春天的声音

蔡德仙 ◎著

陕西新华出版
太白文艺出版社

图书在版编目（CIP）数据

春天的声音 / 蔡德仙著. -- 西安：太白文艺出版社, 2025.1. -- ISBN 978-7-5513-2892-0
Ⅰ.I267
中国国家版本馆CIP数据核字第20245QX664号

春天的声音
CHUNTIAN DE SHENGYIN

作　　者	蔡德仙
责任编辑	汤　阳
封面设计	Luke
版式设计	Luke
出版发行	太白文艺出版社
经　　销	新华书店
印　　刷	武汉鑫佳捷印务有限公司
开　　本	787mm×1092mm　1/16
字　　数	300千字
印　　张	23.5
版　　次	2025年1月第1版
印　　次	2025年1月第1次印刷
书　　号	ISBN 978-7-5513-2892-0
定　　价	58.00元

版权所有　翻印必究
如有印装质量问题，可寄出版社印制部调换
联系电话：029-81206800
出版社地址：西安市曲江新区登高路1388号（邮编：710061）
营销中心电话：029-87277748　029-87217872

《春天的声音》之自序

◎ 蔡德仙

20世纪70—80年代中期，家乡人似乎没有多少时间伤春悲秋。因为在我上初中的时候，身边仍有许多同学在为一日三餐发愁。我虽然没饿着，但也是靠家中的长辈日夜劳作才有饭吃。读小学三年级的时候，遇上洪涝灾害，小小年纪的我，已经会因担心水稻的收成而整宿睡不着了。

那时的岁月好像特别荒凉，农村好像除了野草，其他的东西都很缺乏。点一垄豆在旱地上，如果不除草，草会比豆还茂盛；种一畦菜在田头地尾，如果不除草，草会比菜还碧绿；插一亩秧苗在水田里，如果不除草，草会比禾苗还高……

所以一到农闲，家家户户都要忙着除草去了。

但草生生不息。开春，父亲刚把田间小路的草除得干干净净，再添上新泥，最后抹得平整光滑。转眼间，小草就偷偷地钻出来了。其他没有修整的地方，草可谓长得肆无忌惮，惹人愁又惹人爱。

春天的声音

在农村,草是不可或缺的。如果没有草,耕田地的水牛就没有吃的;如果没有草,家里没其他柴火时,就没有烧的;如果没有草,没有种上农作物的地方就成了光秃秃的一片……

当时还是农村小丫头的我,对草的喜爱不是一般人能够理解的。那时候,我像春草一般茸茸嫩嫩。虽然年纪小,个子也小,但随着长辈起早摸黑忙了一春又一春,柔软的性子磨砺得坚韧了,也深深地体会了人生的艰难、生活的不易。

记得某个著名作家说过,再贫苦的童年也是金色的。因为,童年是天真无邪的,是简简单单的。童年里虽有风浪,也依然是风景如画,日子虽然过得辛苦,但快乐却唾手可得。

农闲时节,当牛在地毯般的绿草地上静静吃草的时候,我喜欢拔一根嫩嫩绿绿的草芯衔在嘴里,眯着眼睛躺在茂密的草地上晒太阳。风温柔地抚摸着我的脸庞,青草的芳香萦绕在鼻端,水牛吃草的沙沙声是一曲酣畅的劲歌,生命的光华在最嫩的草叶间跳跃。变幻多姿的白云,用天边的那抹轻纱小心地把我包裹成了一棵摇曳的小草。我的童年与严寒酷暑嬉戏,与风吹雨打相依,倾听万籁絮语,笑看云卷云舒。

农忙时节,人们忙得脚不沾地,牛只得把一个白天吃草的时间分成中晚两顿,吃草的地方也不讲究,有时在沟渠旁边,有时在公路旁边,有时在新割了水稻的田间小路上……匆匆忙忙间,哪里有茂盛的小草,哪里就是我的乐园。沟渠旁,摘水边的野花;公路边,编织草蜻蜓;田间小路上,捡拾稻田里落下的稻穗……

人世的困苦与美好总是相对的,悲欢离合也是如此。唯有一颗善良的心,可以在任何时候感受到世间的美好,也才可构造一个美好的世界去感动别人。

若干年后,我从乡村走向了城市,从乡下姑娘成为人民教师。一晃我已到了中年,世事纷纭几多成烟。回首如烟往事,岁月无情地让我两鬓霜染,这么多年不间断的职场紧张繁忙,但文学之梦却始终没有完全绝缘,也发表过一些文学作品,现在我要把其中一些文字结集成册,用朴素的文字,记录下我前半生刻骨的记忆与感悟。

《春天的声音》按内容分为春晖、春花、春风、春雨、春泥五个部分。这恰是小草心之所向:感谢三春晖,与百花为友,在春风中笑,在春雨里长,在春泥里涅槃重生。小草的心声既是春天的声音,又是时代的足音,在今天这片绿草如茵的土地上,生活着许多善良美好、努力拼搏的人。

春晖是家人,是光明,是温暖,是爱。"谁言寸草心,报得三春晖。"既然报答不了,就把自己变成一抹微光,既照亮自己,也照亮别人,温暖与爱也是双份的。这些可以是"阳春白雪",也可以是"下里巴人",但都离不开琐琐碎碎的生活,也都离不开一颗时时刻刻牵挂家人的心。每天,我们从家里出发,又回到家里去,温暖与爱就像太阳一样璀璨,绵绵不绝,地老天荒。

春花是朋友,是同学,是学生,是友情。在小草的心里,他们都是最珍贵、最美丽的。他们是芝兰之室,让我久闻其香,与之化矣;他们是最鲜艳的花朵,让我一路繁花,岁月安然。在他们身上,不管是年华正好,还是似水流年,都磨灭不了深情厚谊。他们是我心灵深处的神来之笔、铁画银钩。

春风是风物,娴静优美;是民生,事无大小。只是风莫测也,一往无前,穿万物而过,留万种声音。且可吹生万物,春风尤甚,风正是因变而生。旷野的小草特别喜爱春风的吹拂,在风中,它变得坚韧而豪放。小草是一个合格的听风者,风奏响的万种曲调,不管是缱绻悱恻,还是雄健浑厚,都一一铭刻在心底;也不管哪种曲调,听后都能够豁然开朗。万事万物也不过如此,珍惜现在,人间处处是坦途,处处是风景。

春雨是杜甫的《春夜喜雨》。小草在它的滋润下,视酷暑如清风,视冰

春天的声音

霜如甘露。那一步一个脚印的泥泞是铸就高楼大厦的基石，那不期而遇的倒春寒是打破桎梏的枪炮，那惊天动地的雷声是奔赴战场的鼓点。因为就在我们身边，一个个平凡普通的生活强者，用他们成功感人的故事告诉我们应该怎样活着。感恩劳动，感恩遇见，感恩挫折，感恩祖国。一切精彩，只因有你。

春泥是路上的美景，是家乡的习俗和变迁，是故土浓得化不开的眷恋。黄色的土层是岁月的沉淀，是历史的风霜，是一代代人辛勤的见证。你承载着儿时的懵懂无知，也承载着儿时的喜怒哀乐，但每个人对你的深情和依恋却让你变得厚重。我们都承担不起，唯有把自己埋进你的胸脯，吸取你的乳汁，为你添砖加瓦，为你奋不顾身。

我们是风筝，你是牵着风筝的那根线，不管我们飞得多远多高，你都可以把我们拉回来。我们渴望你越来越美丽，越来越年轻，可是，我们深深知道，不管你是何种模样，你都是最美的。你是我们的出生之地，也是我们的皈依之所。渴望有一天，我们能在你宽厚仁慈的怀里得到永生，而我还是那棵小草。

暖暖的阳光轻轻把我唤醒。我伸伸懒腰，用细嫩却有力的小手掀开松软的泥土，悄悄地探出头："哇！风轻轻、凉凉的！雨斜斜、密密的！世界好小好小……"

2024年的春天，我又遇见了你——那个放牛娃。

对，我就是当年那个放牛娃，一个像小草般弱小但又坚强的孩子。半个多世纪过去，我有幸生活在祖国的大变革时代，即使历经坎坷，也能矢志不移地追求理想，过着安宁幸福的生活。而我的理想就是用文字书写这个大时代。

改革开放分田到户那年，我刚上三年级，不但要放牛，还要跟着父母种田种地。家里人口多，田地也多，可只有我父亲一个男劳力，所以农活干得很慢，也很辛苦。每到农忙时节，母亲都要三点起床煮饭，天不亮就要下地。我也跟着早起，帮她烧火、洗衣服。春雨霏霏，冷雨随着冷风钻进雨衣直往衣服里渗，即使全身湿透，双脚冻得麻木也要坚持插完秧苗。夏日炎炎，汗水如豆般流下来，把衣服浸透了一遍又一遍，却还要在海子般宽阔的稻田里继续收割。

有一年暑假，我和姑姑们一起收割1.8亩的水稻，顶着烈日，腰酸背痛劳作了一天都收割不完。父母打稻谷和运稻谷也累得腿脚酸软、肩膀红肿脱皮，而家里还有二十多亩水稻等着我们抢收。

正因为自小和长辈一起务农，深刻体会了农民吃苦耐劳、勤劳质朴等美德，才让我由衷地对普通劳动者充满了敬意，把他们像英雄一样地赞美。

也正因为自小和长辈一起务农，我才深切体会到父母种田的辛劳，体会到他们养育我们五姐弟的艰辛。为了分担父母生活的重负，我忍痛辍学了，早早接受社会的敲打。我做过小刀、鞋厂工人，只是因为自小莫名地喜欢看书、喜爱文学，即使去打工也手不释卷，坚持自学并写日记，还悄悄地爱上了写作。当我有幸成为一名乡村教师，忙碌的工作中也从未放弃写作。

1994年，《阳江日报》发表了我第一篇散文，广西桂平的《金田》杂志刊登了我的第一篇小说。后来，我通过自考完成了中山大学汉语言文学专科学习，又通过网络教育完成了华南师范大学汉语言文学本科的学习。

2014年1月在阳江市江城区作家协会主席梁永艺的带领下，我先后加入了区作协、市作协、蓝鲨诗会等文学大家庭。在各位老师和文友的引导下，我在写作上慢慢地进步着。

2023年，在丈夫刘元满，本家大姐蔡秀文，小弟蔡劲庞、蔡所，堂侄关林生，文友项劲、钟剑文、陈世迪，朋友颜小英、杨华志、姜理涛等人的鼓励下，我决定出版我人生的第一本散文集。如果没有大家的支持，就没有我出书的决心。在人生和文学的道路上，我曾遇到过很多激励和帮助我成长的亲友和前辈，他们的名字都铭刻在我的心里。此刻，我要说，今生有幸遇到你们，我是快乐的，也是幸福的。

整理完这本书，我的眼前又出现了童年那片嫩绿的小草。放眼望去，那无边无际的草地，就是呈现在大自然当中的一面生命旗帜。

未来的岁月里，我还是要像这小草一样活着，一生无怨无悔地活着，不管平凡和伟大，都是生命的一种荣耀。

我想用这本书，洗濯自己的心灵，洗去所有遗落在前半生的尘埃，更轻松惬意地向理想迈进。我要将灵魂安放于文字中，坦然面对人生得失，做好自己，不必与他人相比。明白真正的优秀是优于过去的自己。而你们能够通过我本真的文字，体会生命中更多微不足道却又弥足珍贵的美好。如此，足矣。

目录
CONTENTS

001－056
第一章　春晖篇

003 —— 爱在粗茶淡饭中
005 —— 曾祖母
010 —— 父亲的脊背
013 —— 父亲的星空
015 —— 父亲与海
020 —— 妈，节日快乐
023 —— 母爱是一条红带子
025 —— 牛背上的书香
028 —— 女人如歌
030 —— 人在旅途
033 —— 如果，你还在
036 —— 书海痴心过周末
038 —— 水仙花语
040 —— 同舟共济姐弟情
042 —— 温馨的全家福
044 —— 仰望父亲
046 —— 也听听孩子的诉说
048 —— 育儿之乐
050 —— 丈夫的主人翁情结
053 —— 父亲

057－110

第二章　　春花篇

- 059 —— "荷"美莲开
- 062 —— 穿衣与买菜
- 064 —— 当我又戴起红领巾
- 067 —— 得不到的美好
- 069 —— 闺密阿红
- 071 —— 寒潮袭来腊鹅香
- 074 —— 母亲的电子邮件
- 076 —— 难忘青春年少时
- 079 —— 陪你一起看月亮
- 082 —— 朋友者，风乎舞雩
- 085 —— 趣味运动会
- 088 —— 岁月如花
- 091 —— 生命因你而精彩
- 095 —— 文学六"姐妹"
- 098 —— 夏夜的两颗星星
- 102 —— 咱爸咱妈
- 104 —— 找回遗忘的青春记忆
- 106 —— 两个忘年交

111－216

第三章　　春风篇

- 113 —— 蝉
- 116 —— 春天的声音
- 118 —— 匆匆岁月里的淡淡幽香
- 121 —— 稻草人
- 123 —— 稻花
- 127 —— 等待一株昙花的盛开
- 130 —— 杜鹃声声花嫣然
- 133 —— 多味的粽子
- 137 —— 怀念一棵杧果树
- 140 —— 黄土高原上的"大风"歌
- 143 —— 家有"四宝"
- 146 —— 假如你是一棵树
- 150 —— 开着褐色花的茅草
- 153 —— 老井
- 157 —— 利是
- 160 —— 蚂蚁
- 163 —— 请别糟蹋你的爱情
- 165 —— 什么决定婚姻的幸福指数
- 167 —— 石头之美
- 170 —— 时光的痕迹
- 173 —— 四棵黑骨茶
- 175 —— 围城风景
- 177 —— 温暖的家乡
- 179 —— 小时不识月
- 182 —— 咬了一小口的月饼
- 184 —— 一街的阳光
- 187 —— 一条飞上天空的鱼
- 191 —— 一株花
- 193 —— 因为"爱"，所以"梦"
- 197 —— 雨夜
- 199 —— 树影
- 202 —— 野草
- 204 —— 野百合的四季
- 211 —— 期待新年
- 214 —— 老水牛的春节

217 — 304

第四章　　春雨篇

219 —— 从山村里走出来的书法名家
223 —— 风筝老艺人退休后的生活
226 —— 感恩会开花结果
241 —— 老骥伏枥，无处话沧桑
246 —— 谋大事者大格局
250 —— 人到无求品自高
254 —— 深巷的酒香
258 —— 十年做一"龙"异国展风采
263 —— 玩的是风筝，放的是心情
266 —— 喜欢踢毽子的阳江人
269 —— 下岗厂长的漆艺情结
273 —— 一杯沉淀下来的茶
280 —— 一个半路出家成功创业的八〇后
284 —— 一个古稀老人的艺术人生
288 —— 一个年轻人的微电影梦
291 —— 风筝梦
296 —— 因为亲情恋上阳江
299 —— 用汗水浇灌多彩的人生
302 —— 铭记，与太阳一同升起

305 — 364

第五章　　春泥篇

307 —— 白鹭飞处
310 —— 端午雷州行
320 —— 赶海的故乡
325 —— 过年的模样
328 —— 金山植物公园记忆
331 —— 那方热土
336 —— 翩翩归来报春燕
344 —— 人生若只如初见
347 —— 榕树的繁茂与木棉的高大
352 —— 阳西路上花解语
356 —— 鸳鸯湖的四季

第一章

春晖篇

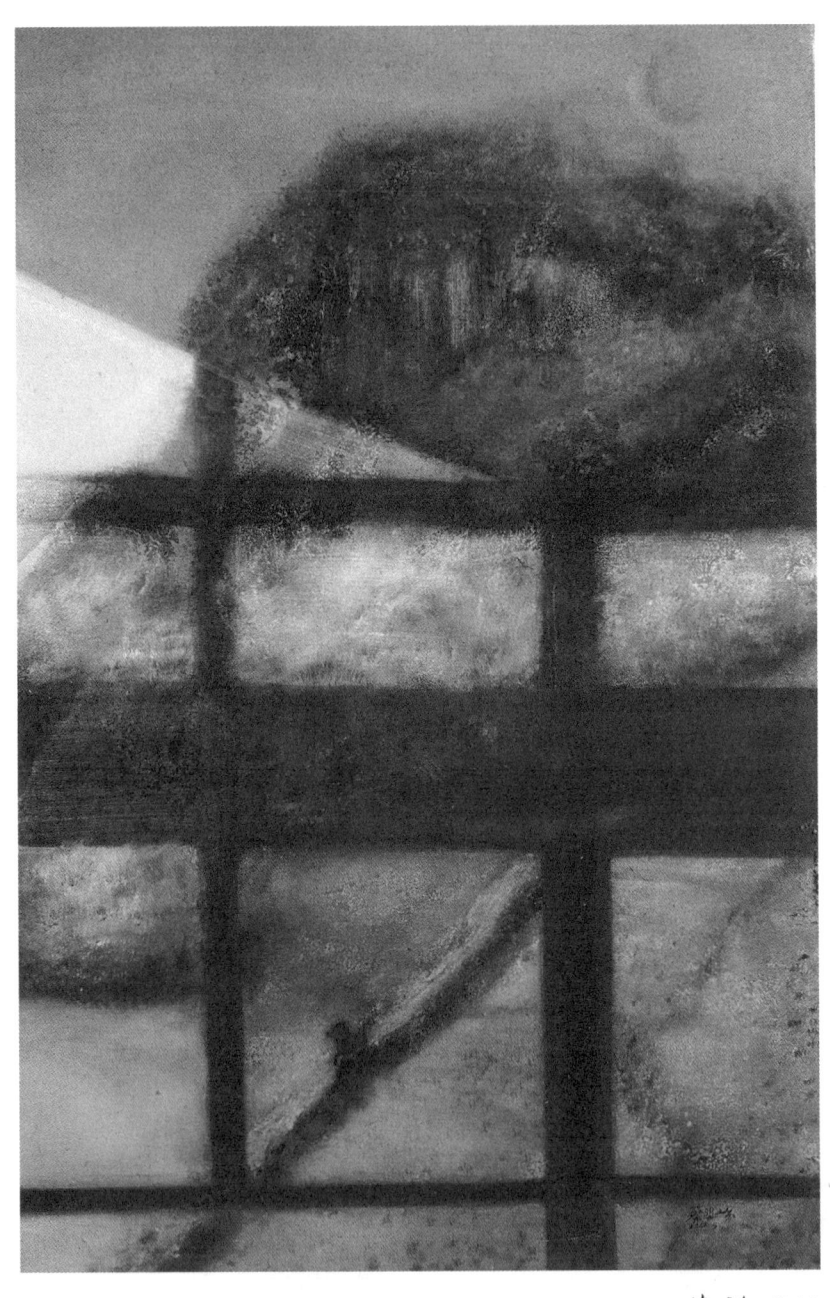

蔡所 作品

爱在粗茶淡饭中

我和丈夫以前是同事,结婚后却不在一起工作了。

现在,我和儿子居住在城区的东边,丈夫则像一只早出晚归的鸟,每天到城区西边的一个小镇上班,来回奔波三十多公里。早上,当他告别我们娘儿俩时,太阳还没出来;晚上,当他回来的时候,则已华灯初上。我曾笑着对儿子说:"你爸有恐光症,所以太阳下山之前,你休想见他。"幸亏这种情况两三年后略有改变,但早上太阳一露脸,他就得走,晚上回来也已日薄西山。这样,白天所有的家务和照顾儿子的重担就理所当然地落在我的肩上,只有晚上丈夫回来,我才可放下。

一岁十个月就上幼儿园的儿子,小时候很黏人,也很贴心,不但没怪他老爸,还拿凳子让晚归的父亲坐。这时,一脸疲惫、瘦条条的丈夫总是露出灿烂的笑容说:"我儿子真乖。"可惜,要让儿子觉得爸爸可亲,并不是一两句赞美的话就行的。每次我和丈夫有分歧,儿子都是我坚强有力的同盟。一次,丈夫因为粗心做错了事,我生气地骂他"大桶粥"(阳江话,粗心之意)。丈夫便笑着回骂我"小桶粥"。三岁的儿子一听,马上反驳他老爸:"不是,妈咪不是小桶粥,妈咪是大桶粥!"我和丈夫都乐了,哈哈大笑起来。年幼无知的儿子，他只知道帮他老妈，哪里懂得并不是所有的"大"都是好的。

现在已上初中的儿子，爸爸在他的眼中却变得重要起来。因为丈夫每天晚上会陪他一起做各种各样的运动。老妈？闪一边去！用儿子的话说："和妈妈玩，没劲！"唉！谁叫我不会掰腕子，也不会引体向上，更不会打篮球。这时的儿子，更需要一个玩伴，而不是一个老妈子。

我很是失落：养大个儿，倒被他甩了。丈夫理解我，便常"教训"他的宝贝儿子要孝顺妈。

儿子也真够"孝顺"的。那天，老师布置了一道写人的作文题目，儿子走到正在煮饭的我身边，两手搭着我的肩膀，亲昵地说："老妈，我很想写你，但你长得矮矮胖胖，浑身肉嘟嘟的，头发又短，有什么可写的呢？"我苦笑着说："你能抓住妈妈的特征描写，这很好，但也太夸张了吧？而且，不知道谁曾在小学作文里写了自己的妈啦！"儿子不吱声了。我又说："你外婆在我眼里全是优点，你为什么看不见妈妈的优点呢？""噢！妈妈是叫我弄虚作假，我更不写你了。""哪里有，你这坏孩子，你根本就不爱妈妈！"我分辩道。儿子又不吱声了。我不知给儿子扣顶"不爱妈妈"的帽子对不对，但有一点是肯定的，正处在叛逆期的儿子根本就不懂得怎样爱他的妈妈，而我也须换一个角色和他好好相处。

吃晚饭的时候，我闷闷不乐。丈夫把仅剩的两块鹅肉夹到我的碗里说："来，你辛苦了，把这瘦的鹅肉全吃了，我吃肥的。"知道我不吃鹅皮，丈夫把鹅皮全剥了，才把鹅肉放到我碗里。我说："你喜欢吃皮，就吃那鹅皮，肥的油就不要吃了。"丈夫说："这鹅油才是真正的好东西，瘦瘦的我吃着正好呢！"我不再吭声，但内心的感动却翻江倒海。

这粗茶淡饭的日子虽然很普通、很平凡，但只要有着家人满满的爱心，日子就一定会过得有滋有味，越来越美满、幸福！

曾祖母

每到草长莺飞的季节，总会忆起曾祖母。

曾祖母姓梁名月，父母早逝，孩时孤苦。她有两个弟弟，一个走失，一个卖给很远地方的一户人家，从此没有音信。曾祖母嫁到蔡家后，就再没娘家可回。

曾祖母个儿不高，大约1.56米，用一个髻箍梳着齐耳短发，几十年不变。她喜欢穿黑色和蓝色的斜襟衣服，经常两种颜色换着穿，非常得体、整洁。曾祖母是个善良慈祥的人，鹅蛋形的脸上布满皱纹，眼睛小小的，即使不笑都像一条缝，显得她更加和蔼可亲。

记忆中，曾祖母很会照顾孩子，也很会唱歌和讲故事。

我的姑姑、表姑、表叔一共十一人，是她一手带大的，接着是我们五姐妹和三姑的儿子。八十高龄还带大了小表妹。那时，刚满月的小表妹寄养在我们家，没有奶吃，整天哭闹，极为孱弱。曾祖母因为年纪大，就白天照顾小表妹，夜晚则由母亲陪睡。但即使这样，曾祖母也挺辛苦的，因为小表妹

春天的声音

是那样弱小，更需要无微不至的照顾。记得一次，小表妹病了，发着高烧，曾祖母就整天抱着她，给她喂水、喂米汤、喂中药。直到小表妹烧退了，曾祖母才放下她，自己休息一会儿。曾祖母几乎是所有晚辈的保姆，她的大半辈子也在照顾孩子中度过。

平时，曾祖母话语不多，但她记得许多儿歌和故事。我永远都不会忘记，曾祖母在夏天的傍晚教我们唱儿歌的情景。那时，我大约四岁，和小弟小妹坐在村口的晒谷场上，看着满天星斗，吹着凉爽的晚风，沐浴在淡淡的月光中，跟着曾祖母一句一句学唱儿歌。那嘹亮的歌声送走了一个又一个欢快的夜晚。在无聊的下雨天，曾祖母就会给我们讲故事。那经典的鬼谷先生和桃花仙姑斗智斗勇的故事让我们百听不厌；那凄美的水上人家爱情故事则让我们觉得风声、雨声听起来格外悲伤。我们就在她优美的儿歌和动人的故事中健康成长，她也成了我们心中最受尊敬的人。

曾祖母是个勤劳的人。我读初中时，曾祖母跟着三姑和我们一起住。每天，她总是天没亮就起床给我们做早餐，干完一天的家务活，晚上还要熬一大锅猪食才能休息。有一次，我参加学校的春游活动，需要很早出发，便请她早点做早餐。第二天，我发现早餐是凉的，便问曾祖母什么时候做的，曾祖母说她半夜三点就起床做早餐了。我听了既感动，又心疼，怕累坏了曾祖母，就对她说："你不用这么早起来的。"曾祖母说："老人睡得少，早起一点，累不着，你上学的时间可不能耽误。"有这样一个曾祖母，我还有什么可说的呢？以后不再叫她早点做早餐就是了。

曾祖母对我很信赖，从来都不责骂我，我和她说什么，她都同意。长大后，我经常想：曾祖母为什么那么信任我呢？难道在她眼里，我就是一个完美的孩子吗？如果我是个坏孩子，和她说一件坏事，她也会赞成吗？虽然我不是一个完美的人，但因为我自小就喜欢读书，书籍早就教我该做一个怎样的人，也懂得人生的取舍。从这方面说,曾祖母可谓是独具慧眼。或许,曾祖母早就知道,她的信赖可以更大地激发我的自信心,也可以给一个早熟孩子巨大的心灵慰藉。我确信:假如没有曾祖母的信赖,我"多灾多难"的青少年时代将没有一丝亮光。我从小跟着母亲起早摸黑干农活,深知母亲的辛苦。五年级就会分担母亲的忧愁,一到下大雨,就整夜睡不好,担心大雨淹了禾苗,母亲的劳动白费了,家里没有收成,一年的生活就艰难了。因此,少年时期,我的目光是忧郁的,我的思想也与其他孩子不同,我的心里更少阳光。是曾祖母的信赖,让我相信自己,也相信别人,我要感谢我的曾祖母!

曾祖母是一个性格坚强、疼爱我们的人。有一年,天大旱,井里的水不够大家喝,老人和小孩就得排队等水。轮到我家,我在井底舀水,曾祖母则挑水回家。路上有个陡坡,年迈的曾祖母一不小心摔倒了,摔断了手骨。我伤心得直哭,断了手的曾祖母不但没哭,反倒安慰起我来。

曾祖父离开我们的时候,儿孙都哭得像泪人儿,曾祖母却紧闭双眼一声不吭地躺在大厅的凉床上,没掉一滴泪。这让我对曾祖父和曾祖母的关系充满好奇,便在一次谈话中提起曾祖父,曾祖母只是骂了一声:"那苟且!"便闭口不谈,我也不好意思再问。"苟且"是曾祖母唯一骂人的话。哪一个儿孙不乖,曾祖母都只会骂一声"苟且"。因此,这一句骂曾祖父的话会不会仅仅是曾祖母骂人的口头禅呢?记忆中,曾祖父可是个"伟丈夫",生前不但是一村之长(村主任),而且勤劳能干,总是天不亮就带领村民下地干活,村里、家里的事都处理得妥妥当当。这个疑问,一直到曾祖母临终的时候,母亲和我谈起曾祖母的病因,才有了较清晰的答案。

母亲说曾祖父一脉单传,和曾祖母育有二子三女,但我的二叔公长到十九岁时,从一棵大树上摔下来,不久就离开了人世。自此,曾祖母除了对儿孙尽心尽力之外,对谁都淡淡的。曾祖父走时,她没掉一滴泪,是因为她

春天的声音

的泪早就为二叔公流干了。在没有二叔公的日日夜夜,她不知偷偷哭过多少回呢!她骂曾祖父"苟且",大概只是不想提起他罢了。失去爱子也是曾祖母罹患心脏病的祸根。这么悲痛的过去,曾祖母却一直将它埋在心底,对我们只字未提,母亲也是听我爷爷说了才知道的。而我爷爷的身体也一直不大好,可想而知,曾祖母可是为了两个儿子揪心了一辈子啊!

我明白了:曾祖母不是不会骂人,她是疼爱我们,舍不得多骂一句;少言寡语也不是她的天性,而是因为她心中藏有巨大的悲痛,她宁愿独自去承受,也不愿意让她所爱的人分担一点点。曾祖母是个多么坚强的女人!她对我们的爱又是多么深沉!

曾祖母善解人意,特别体谅晚辈的难处。在生命的最后两年,她由于视力不好,腿脚也不大方便,经常独守家中。但她没有一句怨言,不像一般老人那样怕死,有病有痛也不常挂在嘴边,只常对我说:"老了,没用了,为什么还不死?"我就对她说:"谁说你没用?你操劳了一辈子,现在该享儿孙福啦!"但曾祖母还是会反复地说着同样的话。母亲常对我说:"曾祖母为人真好,农忙时节,不管什么时候吃晚饭,她都不说一句,也不挑食。"我理解曾祖母,她是个吃过苦的人,为儿孙奉献了一辈子,年纪大了也不想麻烦大家,只求速速归去。

可惜,我和曾祖母在一起的日子太少了。虽然在她最后的两年,老天派我回到她的身边工作,但因为忙于工作,陪她的时间还是很少很少。唯一让我安心的是,曾祖母临走那段时间,我始终在她身边。她在人间看的最后一个医生,是我请来的;她喝的最后一碗粥是我盛的;她临走时,踢翻床前的凳子,是我听到的……曾祖母是一个好人,她一定是上天堂了,而且是驾鹤西归的。因为在曾祖母逝世的当天晚上,母亲说看见一只白鹤在她住过的房间徘徊。

曾祖母是在草长莺飞的五月离开我们的，至今已走了二十多年。她生前给了我们爱和幸福，走后也留下大好的春光。我始终觉得她没走远，一直都在惦记着我们。十多年前，当我在人生大事上犹豫不决时，曾祖母就曾出现在我的梦中，让我做出了正确的选择。曾祖母是我最敬爱的人，也是我最想赞美的人。

提笔写下"曾祖母"三个字时，我一时热泪盈眶，但写着写着，我就变得无比坚强。我不断鼓励自己：我不能辜负曾祖母对我的爱，我是她最信赖的曾孙女，我不能让她失望，她在天堂看着我呢！

您安息吧，我至亲至爱的曾祖母。您的爱会一代接一代地传承下去，我们也会永远怀念您！

春天的声音

父亲的脊背

　　那天，天有点冷，阳光也不够灿烂，但春天已经来临。我和父亲带着小侄子去爬望瞭岭。不满一岁的小侄子认生，不肯让我抱，年近古稀的父亲只得把他放在肩膀上"担公仔"。父亲和侄子在前，我在后，很自然就看见了父亲的脊背。父亲的脊背瘦瘦的，有点驼，即使穿着厚厚的冬衣，向上伸着两手托着小侄子也很明显。当年腰板挺直、里外一把手的父亲，何时变得如此瘦弱、衰老了？幸亏父亲的腰腿还健康，走路还利索。

　　山上鲜花姹紫嫣红，路旁高高的树枝上挂满了红灯笼，小鸟自由地在林间鸣唱、跳跃。小侄子在父亲的肩膀上很惬意，不时发出"呵呵"的叫声，充满了惊喜，父亲随着这惊喜的叫声也不时应和、解说着。祖孙两人进入了游山玩水的忘我境界。我完全被他俩吸引，把他们的一惊一乍尽收眼底，那一声声有韵律的"呵呵"声也像号子般悦耳动听。但父亲的脊背让我觉得特别刺眼，便哄小家伙下来让我抱，可他就是不答应。父亲就安慰我说："没事，累了，我就放他下来休息。小孩子就喜欢这样，你小时候不也一样？"

父亲的话一下子把我拉回了过去。小时候，我只记得父亲的脊背特别温暖，但那时自己究竟有多大，则忘记了。

家乡离小镇较远。为方便农民办年货，每年临近春节，镇上的供销社总会选一个晴天拉着大批的日常用品，在傍晚时分到我们乡小学的校园里售卖，大家把这叫物资交流。每到这天，乡里每个村庄的人都像过节一样开心。大人小孩早早吃完晚饭，打扮得漂漂亮亮去办年货，即使不买什么，也要赶着去看看热闹。

岁末，天气一般都较冷，特别是晚上。那晚，我伏在父亲的背上，被父亲用一条背带牢牢绑着，里面裹着一条毛巾，外面用一床小被子盖住头脸才走出家门。一路上，我什么都看不见，只把头紧紧埋在父亲温暖的背上，倾听呼呼的北风怪叫。偶尔，还听见别人和父亲说话，大概是天气真冷之类的。可我只觉得父亲的脊背是一个火炉，这个火炉烧得旺旺的，把一切寒冷都抵挡在外面。即使外面冰天雪地，里面依然春日融融。父亲就这样背着我，一直到达物资交流的地点——灯火通明、人声鼎沸的校园——才把我放下来。于是，我看到了有生以来最热闹、最美丽的人间天堂。暗夜里咫尺之外伸手不见五指，寒风呼啸，这里却亮如白昼、温暖如春。黄亮的灯光，像和煦的阳光包裹着喜气洋洋的人们，到处都是欢声笑语，仿佛每一个人的心里都种植了一颗欢乐的种子。买锅的，在黑黑的、大大的铁锅前温声细语地细心挑选；买丝巾的，把蓝色的方巾披在漂亮的脖子上笑脸如花；买麻绳、买扁担的两手满满，称心如意……人影幢幢，大家热情地打招呼、叙家常、交流买卖的经验、分享收获的喜悦。夜渐深了，人们像潮水般退去，父亲又把我放在脊背上背回家。美好的物资交流会一直被人们津津乐道，直到下一次物资交流会的到来。可惜，年事渐长的我，只记住了唯一的那一次。大概是因为往后，父亲不是背着我去，而是要背着弟弟妹妹了吧。

春天的声音

  是的，一定是的！年轻时的父亲用健壮、挺直的脊背支撑起整个家庭，也庇护了他的每一个孩子。即使现在年纪大了，脊背瘦瘦的、有一点驼了，还继续发挥余热。别看小侄子在父亲的肩膀上兴致昂扬，"呵呵"声不断，但他总会累的。相信那时，父亲的脊背就是他温暖的港湾。

  初春，余寒犹厉。父亲的脊背啊！愿你永远这样温暖。

父亲的星空

那年，开完毕业晚会之后，已是凌晨一点，但我和几个要好的同学却意犹未尽、难舍难分。毕竟，这一别不知何时能再次相见。而且，对未来的迷惘也像石块似的压住年轻的心，我们便携手来到绿草茵茵的操场仰望星空。

夏夜的星空热闹非凡。一颗颗星星就像一个个眨着眼睛的调皮小孩，不肯乖乖睡觉。夜风也十分凉爽，一阵一阵的，发出簌簌的声音。朦胧星光下，操场上的绿树、芳草穿着水墨色的衣裙正在跳一支抒情、自由、酣畅的舞蹈。

我们选了一块喜欢的绿草地坐下来，就抬头望星空。夜空深邃静谧，繁星点点，让我不由自主地蹦出一句话："天星疏，晒烂锅；天星密，沤烂勒。"同学都很惊奇，问我从哪里学到的。我就口出狂言："这是我父亲的星空，当然是跟父亲学的！"同学们更惊奇了，一致刨根问底。我就得意地指着天上的星星一一向她们介绍父亲熟悉的星空。

我首先指着西边最亮、最大的那颗星，告诉她们这是星星的管家，叫"顾天扛"，是最尽职尽责的一颗星，每夜都值班巡逻，月亮明亮时就暗些。接

春天的声音

着又告诉她们北斗像条捞篱柄,在北边,夏天最清晰;南斗像舵,五颗星组成;东斗像钟,很多小星组成;西斗像磬,很少见到。还告诉她们牛郎星与旁边的两颗星排列成三角形,样子像牛郎挑着他的两个孩子。织女星像镖梭,牛郎织女隔银河。七宿,由七颗星组成,朝间七宿,耙田撒谷;晚间七宿,禾米归屋。水门星在海陵岛的草皇山西边,水门星东位高,海水就涨;水门星西位高,海水就退……我如数家珍,同学们听得目瞪口呆。看着她们可爱的模样,我就诚恳地说:"我父亲读书不多,但他虚心向生活学习、向身边的长辈学习,积累了丰富的经验。他就靠着这些经验上山下海、耕田种地、养儿育女,平安快乐地活着。"

同学们都沉默了。她们是我的知己,知道我接下去想说什么。初中毕业对我们是一道不高不矮的坎,也是人生的一个转折点,能不能迈过去、该怎么走都未可知。但我说的话至少让她们明白:读书不是唯一出路,一个人即使不读书,也不能停止学习,学习的外延是无限的,未来有无限的可能。

在静默中,我们仿佛第一次发现星空的辽阔,也第一次对神秘的星空产生了热切的向往。如水的夜风仿佛知晓我们的心事,它轻轻地抚摸着我们,原本很沉重的心情就一下子轻松了不少,迷惑的我们也好像一瞬间就找到了前行的勇气和方向。

二十多年以后,同学聚会,那晚的情景依然清晰地活在我们的记忆里。看到当年的好朋友虽然工作岗位不同,但都健康幸福地生活着,心里就非常感谢父亲的星空。是父亲的星空告诉我们生活有多么广阔,也是父亲的星空教会我们该怎样面对未来。

每年的六月,都有一些年轻人毕业,都将面临艰难的选择。但是,不管你是谁,也不管你选择什么,让我们一起仰望星空吧。在无边无涯的星空中,你一定会发现星空是如此广阔、璀璨!

父亲与海

"女娃！女娃！"父亲又叫我起床赶海了。

那急切短促的叫声总能让我从梦中醒来。于是，关于父亲与海的点点滴滴便从我记忆的长河里汩汩流出……

父亲年轻时只留下一张相片，从这张唯一的相片看，父亲是个瘦高的英俊青年，即使表情显得有点拘谨，但生得浓眉大眼，不失清朗之气。父亲出生在一个有山有水名叫关村的地方。村旁有一条河流过，河通大海，可像大海般潮起潮落，但水却是淡的，过滤可饮用。潮涨时，村里人都来河边舀水挑回家里的水缸，作为一天的饮用水；潮落时，则可在河里捕鱼捉虾，作为一天的伙食。因此，父亲自小就是一个游泳、捕鱼的高手。

九岁时，父亲失去了双亲。一开始，他与唯一的哥哥靠着这条淡水河为生。后来实在无法生存下去，哥哥只得外出谋生，年幼的父亲就去投靠嫁在埠场对岸村的二姐。可是二姐有许多孩子，在那艰难的岁月，她没有能力多养一个小弟。父亲便在一个风雨交加的夜晚独自浮水游过对岸河，又投靠嫁到平岗沙头垅的五姐。从此，父亲就和大海结下了缘分。因为沙头垅的南面就是一片大海，除了农忙时节，父亲差不多每天都要赶海，捕鱼捉虾养活自己和亲人。特别是和母亲结婚后，父亲成了沙头垅蔡屋村的上门女婿，就更离不开大海了。

但父亲不是渔民，而是一个实实在在的农民。蔡屋村就建在海堤边的小土丘上，村里人世代以务农为生，打鱼只是副业。村子的北面有一条北位河静静地流过；西边有一条比村庄还高的公路，连接海陵大堤；东南面则是大海，被一条比公路还高的海堤护着。夏天，北位河长满荷花，芳香遍野，赶海回来的人都在河边拾掇干净，再潜到河里挖一两截藕茎边嚼边往家里走。冬天，北位河的水干枯了，全村老少就打着赤膊到河里挖莲藕，个个都成了泥人，但晚饭时，那满村的藕香让人乐此不疲。

自我记事起，父亲就是小村里的队长。小村只有十多户人家，大家同一个姓，都以叔伯相称。听村里人说，父亲的上一任队长是曾祖父，每天，他总是第一个起床叫醒大家，比公鸡啼鸣还早，也总是第一个下到地里干活。但小时候，我记忆最深刻的是曾祖父在天井（大厅门口露天的空地）编制各种竹器，如竹箩、畚箕等农具。曾祖父瘦瘦的，留着小胡子，个子不高，却精神矍铄。想到那个农闲时，穿着黑布衣服坐在天井里，有条不紊地编着农具的老人，我怎么也想不到他曾是叔伯口中叱咤风云的队长。他只是个慈祥的老人，是我和小伙伴们闹纠纷时最合适的倾诉对象。尽管我向他"申冤"时，他头也不抬，手也不停，只是说："是吗？他打了你？好！等一下我帮你教训他。"而且我也从没见他帮我"教训"过谁，却神奇地安慰了受了委屈的我。因而，每次听完曾祖父的话后，我就又蹦蹦跳跳地出去找"打我"的小伙伴玩去了。父亲应该是很好地继承了曾祖父的优点。当曾祖父不幸患病离开我们之后，村里人就很少提起他了，开始夸父亲能干。因为父亲总是会带领大家按时做好春耕、秋收工作，也总是第一个按时、按质、按量缴纳公粮。当其他村子还以白粥度日的时候，我们村里的人们却可以吃上香喷喷的白米饭。

现在回想起来，这些似乎都与我无关。因为父母忙得昏天黑地的那个年代，我只会牵着弟妹的小手紧跟在抱着小弟的曾祖母后面，到村口的晒谷场等他们回家。

水泥浇筑的晒谷场经过一天夏日阳光的暴晒，天黑了还是温热的。但因为四周较为空旷，晚风一阵阵地吹过，倒是个乘凉的好地方。而且，它就在村口，农人们干活回来都从这里经过。因此，一到晚上，大人们干活干到月亮爬上来了还不见回家的时候，村里的老人和小孩便齐聚在晒谷场上，以家为单位，铺上草席，或坐或躺的，在上面唱着古老的儿歌等待各自的家人回来。凉风习习，月色朦胧，晒谷场上此起彼伏的儿歌让最渴望见到母亲的婴孩都安静了下来。

曾祖母有许多儿歌，总是唱不完。作为她最得意的弟子，我也仅仅学会了十多首就长大了。记得曾祖母经常教我们唱的一首是歌唱月亮的歌，开头是这样的：月亮里头一个人，着领红衫伴白裙，想吃桃子栽桃树，朝朝担水定头根……当时不明白曾祖母为什么总是让我们唱这首儿歌，长大了才明白歌词的含义。曾祖母其实是通过儿歌教育我们做人要勤劳，读书要勤奋，才能创造幸福的生活。

父亲无疑就是最勤劳的人，他也要我成为勤劳的人。农忙时节，繁重的农活我们小孩帮不上忙；农闲日子，父亲却一有机会就带我出海"淘宝"。家乡的海很特别，它沙少泥多，一脚踩下去，泥巴就没到小腿，所以每次出海都挺累人的。但海里有许多宝贝，不要说海边茂密的红树林里那许多海鸟蛋和"泥虫"，也不要说那可爱有趣的跳跳鱼和小蟹，单是那各种海螺以及鱼虾就多得一年四季都淘不完。

春天的声音

春天，父亲带我去扒"米头螺"。米头螺，顾名思义就是米粒大小的海螺，它的壳很薄，肉却很饱满。当严寒还未退尽，米头螺就遍布西南的海面，我们趁退潮时出海两三个小时就可满载而归。

夏天，父亲就带我出海捕鱼。父亲有许多张大小不一的渔网，他总能根据需要选择合适的，然后把网撒到鱼多的地方，我就负责去网里捡鱼。一条条活蹦乱跳、银白色的鱼要想逃出我的手掌是很难的，因为它已经被网紧紧地缚住了，只能动不能逃。这时，我就和父亲比赛，看谁捡的鱼多，淹没到大腿的海水就在我来回奔跑中唱出悦耳的歌。当父女俩凯旋时，父亲总是问我累不累，然后就夸我厉害。那时，我大概七岁，但在父亲的指导下，已掌握了不少捕鱼的技巧，有时和村里的小伙伴出海，自己也能捕到很多鱼。父亲的生活离不开海，我们家餐桌上的美食就全靠他。我的生活也离不开海，大海有我们父女俩同甘共苦的足迹，更有我童年的欢乐。

秋冬两季，父亲就常带我夜间出海，有时捉鱼，有时耙蛤蜊。每当我还沉浸在梦乡，父亲就叫醒我。"女娃！女娃！"这短促的叫声听多了，常常父亲只叫一声，我就可翻身起床，摸黑穿好衣服，乘着月色，一脚深一脚浅地跟在父亲的身后出海。只有当双脚泡到冰冷的海水里，我才完全清醒过来。抬头望望近在咫尺的月亮和云块，有时候黑色的云块正快速移动，四周的景物则模糊不清，似有无数不明物体向我奔来，呼呼的海风从耳边刮过，似乎又把一切吹走了。海里水草的影子常常被我当成水蛇，唯有心惊肉跳地紧挨着父亲行走。夜间出海耙蛤蜊，往往是在冬天，天气很冷，但要走很长的路。我们几乎是沿着海堤摸黑向东走，一直走到身体微微发热，才能走到出海口，然后跨过两条海沟，到达一片沙地。一到目的地，父亲拿出工具迅速地操作起来，我则用小脚踩海沙，一踩到硬的滑滑的蛤蜊，马上捡起来。我们动作必须麻利，因为很快会涨潮。一旦潮水涨起来，过海沟就很危险，经常就有动作缓慢的人被潮水夺去了生命……总之，夜间出海让我胆战心惊。每一次只有和父亲踏着曙光往回走时，收获的快乐和满足才把我的恐惧一扫而光。

就这样跟在父亲的身后，我历经十多个寒暑，看过无数次的潮涨潮落。长大后的我，因为读书、工作不得不远离父亲，远离大海。但无论我走到哪里，只要想起父亲，就一定会想到海。父亲与海似乎成了一个不可分割的整体，父亲与我一起赶海的日子也似乎成了一条长长的海岸线，随着我成长的足迹不断延伸，海浪拍击岩石的声音总在我的梦中回响。

如今，父亲和母亲跟儿子在城市里安享晚年。但我相信，在海里浸泡过漫长岁月养大了五个儿女的父亲，曾经带领乡亲们一起创造了美好幸福生活的父亲，依然对海有着热切的渴望，就像梦里他那急切呼唤我醒来的声音一样。

"女娃！女娃！"你听，父亲又在呼唤我起来赶海了……

妈，节日快乐

那晚，大概还有十分钟就到十一点了。我像往常一样做着自己的事，想想再过一会儿也该睡觉了。

突然，手机"嘀"的一声响，像是信息的提示声。谁这么晚了发信息？我连忙拿起手机看。

"妈，节日快乐！"一条信息跃入我的眼帘。

"啊——"我一激动，竟喊起来。而泪水在一瞬间溢满我的眼眶，内心也被欣慰和满足填满了。

因为，这是我正读高一的儿子发来的。在儿子青春期这几年，我与他的心好像离得越来越远了。我越是想接近他，他越是抗拒，好像磁铁相同的两极。我知道，这一切，都是因为我们母子之间越来越升级的"爱的战争"。

这让我很难受，我们曾是一对心连心的母子啊！那是儿子很小的时候，问我为什么总是知道他想什么，我就说："因为我们心连心呀！"儿子乐了。以后，每当看见我不开心的表情，他就会安慰我，并且帮我打开电视，说："妈妈，你不高兴，看看电视就会开心了。"这种美好的亲子关系一直持续到儿子小学毕业。这个阶段，儿子与我特别亲近，我去哪里，他都像小尾巴一样跟着。夜里睡觉，有时还撒娇地往我的被窝钻，说很久没有和妈妈睡了。

可是，一上初中，儿子一点也不和我亲了。不但不想跟我去哪里，我请他陪我一起去，他还很不情愿。有时，我想摸摸他的头，他都不高兴，更别说向我撒娇打闹。而且，处处和我作对，与我有什么不同意见，还非得辩个清清楚楚、明明白白。母子之间这种不和谐的关系，我美其名曰"爱的战争"。

有一次，我送儿子上学，他坚决不戴头盔。坐摩托车戴头盔，是我一直向他灌输的安全知识。现在，他却以诸多理由拒绝了。如：不戴没关系，有很多同学都没戴，也没见警察拦他；经过他这么多年的考察，对我的车技绝对放心等。其实，他就是嫌麻烦，而且觉得自己长大了，胆子也大了，不用小心翼翼戴头盔了。结果，被我好好修理了一番。

还有一次，我接他放学。过红灯时，儿子想让我冲过去，理由是路上没人，也没有监控器，而且，恰巧有两个警察也骑车呼啸而过。我不同意，和他说了一大堆道理。他不服气地问："为什么警察可以过？"我只得无奈地解释说："或许，警察正在办案呢！"

我知道，这是儿子长大的标志。他开始有自己的看法，且以自己的认知去思考问题。但是，他表现得不大成熟，我不得不纠正他。一来二去，母子关系就变得越来越紧张。后来，涉及他读书、看电视、玩电脑和手机等问题，有时母子之间更是引爆了"世界大战"，这让他父亲也头疼，外公、外婆、舅舅等亲人都来相劝。幸运的是对儿子的教育，我始终没有松懈，特别在做人方面的教育更是严格。

当儿子终于考上理想的高中时，我大大松了一口气，但儿子对我的态度还是没有改变。只是，此时我已经不再着急，我相信慢慢成熟的儿子一定不

春天的声音

会让我失望的。

  结果,"三八"节这天晚上,住校的儿子借别人的手机给我发来了那条让我惊喜得落泪的信息。儿子一直很内向。在家的时候,每逢节日,我让他说一句爸爸妈妈节日快乐,他从来不好意思说。现在,却借别人的手机发一句祝福语给我,实在出乎我的意料。我没想到,他竟然这么关心他"讨厌"的老妈。

  "儿子可是比我想象的更棒啊!"我擦干眼泪想。但愿每个与母亲有关的节日,天下的母亲都能听到孩子一句简单而美好的祝福:"妈,节日快乐!"

母爱是一条红带子

　　母亲三年前就帮在外地工作的弟弟照顾儿子了。对有孙万事足的母亲来说,照顾孙子虽是苦差,她却整天乐呵呵的,经常病恹恹的身体也有所好转。这种神奇的力量倒也让我减少了对母亲的牵挂。心里一轻松,才发觉,原来母亲不在身边的确省了不少事。不过,即使母亲不在身边,母爱也还在。有时,母爱可以是一条红带子。

　　记得三年前,母亲身体孱弱,经常打针吃药。弟弟们不在家,照顾妈妈的重担就落到了我和妹妹身上。有时母亲身体特别不舒服,半夜三更都要跑去照顾她,还要找遍全城二十四小时开门的药店给她买来急需的药。

　　深受疾病之苦的母亲,身体一有好转就去附近寺庙做善事,祈求菩萨保佑她身体安康。久而久之,母亲就信起了佛教,每天都念经拜佛,还经常向姊妹、子女筹集善款,在菩萨、佛祖前面祈祷大家安康幸福。

　　有一次,母亲给我带来几条红带子,说是在佛祖面前求来的,系在摩托车的车头,可保出入平安。我虽不相信,但不想让母亲担心,便按母亲的吩咐,

春天的声音

把红带子系在车头。

不知不觉，风里来雨里去，那红带子已在我的车头飘扬些时日了。滚滚红尘，多少往事都付笑谈中，那鲜艳的红带子也不例外。只是每当看见那不知何时褪了颜色，沾染了不少灰尘的红带子，就不由自主地想起母亲。现在，年老体弱的母亲忙着照顾小孙子，怕是再也没空念经拜佛，祈求菩萨保佑她的儿女了吧？

一个寒冷的下午，我匆匆忙忙送了儿子去上学，就骑车赶着去上班。突然，车头传来一声尖锐的响声，接着车子就骤然停下来了。我大吃一惊，不知怎么一回事，忙下车去查看。原来车子的护杠断了，它掉下来，挡住了轮胎，车子就完全瘫痪了。我就这样僵在公路边，想找个人帮忙，可东张西望，只见疾驰而过的车辆。一筹莫展之际，我看见了母亲求来的红带子！紧紧系在车头的红带子也仿佛在焦急地看着我。忽然，我眼睛一亮，就有了办法。我小心地把红带子解下来，然后一边一条，把掉下的护杠吊起来绑在车头上。这样，就暂时固定了护杠，轮胎就可自由转动了。在车子发动的一瞬间，内心竟涌上一种莫名的情感，让我热泪盈眶。

母亲虽然不在身边，可她的爱却以另一种方式存在。即使她远隔千里，但在我最需要帮助时，她就会出现。此时此刻，母爱就是那一条红带子！母亲，愿你永远安康快乐！只要有你在，女儿就不会孤苦无依。

牛背上的书香

  偶读何其芳的《秋天》,一句"牛背上的笛声何处去了,那满流着夏夜的香与热的笛孔"一下子就把我拉回遥远的故乡。

  少年时,我就是放牛娃,但不会吹笛,牛背上当然没有笛声。只是,我酷爱读书,牛背上倒是有书香。

  很小的时候,当看见别人背着书包去上学,我就嚷着要去。母亲却以我要照顾弟妹为由拒绝了。我号啕大哭。这是我为读书第一次流泪。冥冥中好像告诉我:读书于我是奢求。

  终于可以上学了!我非常认真地学习,即使每天放学要赶海,经常要背着弟弟去上学,成绩也名列前茅。读书多么有趣啊!有老师教育我们,还有同学陪我们玩耍;可以解答一道道数学题,可以书写一个个汉字;可以唱歌,可以跳舞……

  因为对读书的热爱,我由衷地喜欢阅读文学书籍,但在闭塞的乡下,看书被视为不务正业。我自然就成了不务正业的人。家里的农活繁重,少干一点便被骂为懒惰。我只好经常熬夜看书，或者把书揣在怀里，一边放牛一边看书。那应该是我此生最美好的一段光阴，所以，至今念念不忘。

那年，我刚上三年级，已把家里仅有的书刊囫囵吞枣看完了。暑假回老家，发现邻村的六公有一柜子藏书，而且都是我喜欢看的，就双眼发亮，央求六公借给我。六公是个风趣爽快的人，他一口就答应下来。我如获至宝，便利用一切空闲时间看书。当暑假结束，六公的书也看完了。

那时，乡下还没有电灯。在如豆的煤油灯下看书，我总是很紧张。首先怕吵醒陪睡的曾祖母。幸亏曾祖母对我格外宽容，醒后不骂我，只叫我早点睡觉。而且，叫一两声后，就又转身睡过去了。因此，我往往一看就是一个通宵，或者把油灯的煤油烧光了才肯睡觉。小时候，我很怕黑。在寂静的夜里看书，风吹草动都让我怀疑有妖魔鬼怪出没，但抵不过书里精彩故事的诱惑，唯有战战兢兢地看下去。这样，每看完一本书，我总是又累又怕，书的滋味反而没多大心思咀嚼。

放牛的时候看书就完全不同了。一门心思都在书上，牛背上风吹过什么气味，书就有什么味道。有时，风里带着青草味，书就蕴含着青草的芳香；有时，风里飘过一阵花香，书就满纸芬芳；有时，风里有一股鱼腥味，书里也有……

家乡海边公路的右边有一望无际的淡水鱼塘，公路与鱼塘之间有一条沟渠，长满茂盛的野草，我就经常在这里放牛。

夏天，热情的阳光在海面上跳着闪亮的舞蹈，公路边树木的叶子在沙沙絮语，波光粼粼的鱼塘和蓝天捉迷藏。但是，沟渠的野草会埋没小腿，粗壮的草芽会戳痛我的小脚丫，公路上飞驰而过的货车，会把地面碾得震动不止，有时还会把风沙刮过来。可我还是喜欢这里。因为这儿没有农作物，牛儿可以自由自在地喝水、吃草，我可以坐在树荫下悠然自得地看书，像蓝天上的朵朵白云一样惬意。

牛儿吃完了这块草地，我再牵着它到另一块草地，就又是一番世界了。这里的天地更加广阔，离海边更近，离公路却远了。我完全可以放开牛绳，给牛儿更大的自由，即使它跑远了也不怕。喜欢集体生活的牛儿，总是三五成群的，小伙伴自然会帮我找回来。我则像脱缰的马儿一样沉醉在书海里。风儿与树叶的悄悄话听不见，大地受惊的颤抖感受不到，风沙也销声匿迹。在这片寂静里，一株野花却悄然绽放，淡淡的幽香渐渐变浓，弥漫整个旷野，翻开的书页就满是花儿甜甜的清香。

最妙的是在晚霞中骑着牛儿回家。这时，绚丽的彩霞铺满天，有的像小狗，有的像奔马，有的像飞鸟，有的像绵羊……总之，各种各样，五颜六色。我一边欣赏这奇异的景象，一边模仿书里的故事，和那些小动物对话。它们纷纷向我讲述一天的见闻，我家的牛儿听见了，也掺和进来，不断地与它们"哞哞"地热情交流。我忍俊不禁，一边呵呵地笑着，一边决心回去抽空把书再看一遍。

牛背上的书香，随着成长的脚步是渐行渐远了，但放牛娃喜爱读书的习惯却没有改变，一看见书就眼睛发亮的神态也依然。在后来无数个不眠的夜晚，书香一直与我相伴。

女人如歌

又是深夜醒来才洗澡，这是自做母亲之后不得不养成的"好习惯"。

丈夫已熟睡，稚儿已熟睡，端详着他们香甜的睡容，似乎一切都是那么美好，没什么可抱怨的了，纵是如此苦累。女人的心就是如此容易满足，但那一丝丝的遗憾，那一丝丝对自己不满足的遗憾仍是侵入了她的灵魂，打破了她内心的平静。

丈夫是个好丈夫，他早出晚归工作了一整天，回到家又忙个不停，都毫无怨言。昨晚，当他谈起工作上的遭遇，作为一个妻子，是应该和他分担一些什么的，而她却累极了，陪着孩子一起睡了……

孩子是个可爱的孩子，每天都要弄得筋疲力尽才肯睡觉。因为没有时间照顾孩子，孩子未满周岁就跟着她一起奔波劳碌，上班就送到外婆家，下班再接回来，一天四趟。

工作本是愉快的，但在一切以孩子为中心的日子里，工作也成了负担。有时为了照顾好孩子，不得不耽误了工作；有时为了做好工作，不得不疏忽了孩子……患得患失的心理，使她恨不得马上学会孙悟空的七十二变。

……

一切的一切，仿佛本该如此，又仿佛不应是这样，就好像她从没想到的事很自然地发生了，虽然无法忍受，但她一切都忍了，一切都认了。生活就是这样：在荆棘坎坷中寻找那弥足珍贵的快乐和幸福。

她很喜欢唱歌。当某一天，发现生活中少了歌声的时候，她恍然大悟：女人就像一首歌，此刻，正翻涌着悲壮的旋律。

人在旅途

听长辈们说，外面的世界很脏很乱，拐卖抢劫时有发生，他们实在不放心我一个女孩子出远门。可因为是去广西桂平参加一个创作笔会，我不得不力排众议，在闷热多雨的夏季开始了这趟孤旅。

客车是在凌晨四点钟抵达贵港市的。经过半天和一夜的颠簸，我为自己终于到达旅途中的第一个小站而深感高兴。可一听司机大佬说这车是途经该市的，他只能从这里放我下车，要到贵港车站还要搭乘几块钱的"电单车"，心里马上又紧张起来。长辈们把外面的世界说得很可怕，毕竟产生了作用。

街道冷冷清清的，不见一个行人，只有远近几盏灯在谨守职责，发出昏黄的光。一空如墨，晨风从四周林立的房子中间吹来，带着浓重的雨气，凉丝丝的，听说这地方正遭受新中国成立以来最大的水灾。

在下车的一刹那，望着这被夜色笼罩、风雨欲来的陌生城市，我不由得打了一个冷战：下了这趟从阳江开出的车，我就完全处于一个陌生的城市了，再也难听到乡音，离家乡也真正的远了。这时，妈妈的话在耳边响起："一个女孩子离家出门，千万不要轻易相信别人，遇事要机智，切莫多嘴。"我重新整了整简单的行囊，把裸露的双臂紧紧抱在胸前，暗暗在心里说："我一定要好好保护自己！"

刚刚下车，一会儿便有几辆"电单车"从黑影里冒出来，招呼我上车。我仔细打量着这些喧闹的异乡人，发现他们都有一张纯朴的脸。我装着很老练地问："去贵港车站多少钱？""三块！"一个年轻人抢着回答。我不知贵港车站离这儿有多远，但为了不露出自己不是本地人的无知，就顺着说："好！看三更半夜的，三块就三块，搭我去贵港车站。"

一上车，我便发现年轻人十分健谈，不用我开口，他就主动谈起他家乡的这一场大水灾，说起他的搭客生涯。从他滔滔不绝的谈话中，我知道他是贵港市人，非常热爱自己的家乡，也非常热爱他的工作，并且对那些出外打工的兄弟姐妹抱以深切的同情。他说，即使他干这一行很辛苦，往往半夜三更还得蹲在街上等生意，不论刮风下雨还是严寒酷暑，而且赚钱也不多，但比那些到外省打工的兄弟姐妹好多了。他们一年到头难得回来一趟，有的甚至好几年才回来一次。他有个表姐十八岁出外打工，二十八岁回来结婚时，差点连家乡话也不会讲了。末了，这年轻人回头瞄了我一眼，突然问我："你是从外地打工回来的吧？"我稍愣了一下，回答说："是的！"

年轻人便问我的家乡在哪里，我只好把自己最终的目的地告诉了他。

"桂平？"他一听我说完，马上看了看手表说："现在是五点十分，五点三十分就有一辆从贵港开往桂平的客车，乘这辆车，七点钟你就可到家了。你坐稳一点，我把车开快啦！"年轻人刚说完，"电单车"马上就风驰电掣起来。晨风变得凛冽起来了，抽打着我忐忑不安的心，这年轻人可信吗？幸亏这时天已蒙蒙亮。

果然如年轻人所说的，七点钟就顺利抵达了桂平市。当我从电话中听到

春天的声音

妈妈为我平安到达而发出欣慰的笑声时，心里不由得对那热情的年轻人充满了感激之情。同时，一份深深的愧疚也不断地折磨着我：我不该对一个真诚的人说谎。

但外面多姿多彩的世界毕竟还存在着长辈们所说的坏人，不时还有违法乱纪的案件发生，用妈妈的话来说："防人之心不可无。"唯愿人与人之间变得亲密无间，不用再伪装自己，走到哪里都是自己的家。

如果，你还在

当满头白发的伯父送走满头黑发的你时，你就成了天上的那轮皓月，永远地活在了我们心里。因为你走了之后，伯父经常念叨你出生的那天夜里，正是月上中天……

小时候，我记不清见过你几次。因为我大概一年回一趟老家，而你比我大，也不和我玩在一起。因此，对你只有模糊的印象。印象最深刻的那一次，是我小学毕业的那一年，我骑着自行车一个人回老家。此时，你已辍学回家务农了。

伯父对我说，你聪明伶俐，成绩总是名列前茅。但是，家里穷，没办法供你读初中，懂事的你读完小学就主动回家种地了。一下子，我就被你感动了，觉得伯父生了一个好儿子，但是，也深深地为你惋惜。你德才俱佳，皮肤白皙，剑眉朗目，却让你这么小就整天与泥土、太阳亲近。老天爷对你太不厚道了！

临别时，伯父让你送我一程。我和你一前一后，在一片茂盛的甘蔗地骑车而过。晚风吹动我们的衣襟，夕阳照耀着我们的身影，迎面看见和你一般大的初中生放假回来。大家擦身而过时，都对你热情地打招呼。我听见你轻快地回应他们，但不知你内心的感受。想必你的心会像太阳一样迅速西沉，变得凉飕飕的吧。

在这个知识日新月异的年代，读书少成了你的硬伤。但你却凭借着吃苦耐劳、头脑灵活成了一个靠手艺赚钱的小老板。你走南闯北，孝敬父母、养家糊口一样不落，年纪轻轻就在城里买了两套房子，车子换了一台又一台。正当你事业、人生两得意之时，你却像流星般陨落了。即使大家竭尽全力请省城最好的医生医治你，也回天乏术。

你，在如日中天的时候离开了我们，但你皓月般的笑脸却永远地留在我们的心里。

你临走之前，我去探望过你两次。一次是你大病初愈，自我感觉良好的时候。我看见你表面确实没有什么异样，你也故意表现得生龙活虎。伯父还说你自己开车回了一趟老家。但我就是掩饰不住内心的悲伤，抱着堂嫂偷偷落泪。

最后一次探望你是在医院里，那时你一脸蜡黄地躺在病床上，很不耐烦，却又无可奈何。我看到你眼里的深深悲哀，却无法安慰，便很快离去，不忍心再回头看你一眼。

你走了之后，我很后悔。因为你在世的最后两年，我有一两次看见你脸色憔悴，也经常听堂嫂说你加班熬夜，却从没提醒你注意休息，保重身体，或者去看看医生。孤陋寡闻的我，哪里想得到刚过不惑之年的你，会把身体透支得那么严重！

你，就这样走了，就像一轮皓月刚升上中天就掉落下来！是否，你出生的那一刻就注定了你会在最美的年华离开这个世界？

不是的！伯父总是说你出生的那天夜里，正是月上中天，是说你的一生如皓月般美丽，而你也把创造的美好留给了最亲的人！只是，你却决绝地离开了我们！这让我们痛彻心扉！这让我们永远不能接受！

你冰壶秋月般的一生就这样戛然而止了。如果你还在，当一轮明月升起来的时候，就照不见伯父痛失爱子久叩不开的柴门；如果你还在，当一轮明月升起来的时候，就照不见堂嫂倚栏独望的迷惘与思念；如果你还在，当一轮明月升起来的时候，就照不见侄子举头问月的孤苦与无助；如果你还在，当一轮明月升起来的时候，就照不见兄弟姐妹无法与你千里共婵娟的遗恨。

你冰壶秋月般的一生就这样戛然而止了。春光依旧，如果你还在，一定在百花丛中笑；盛夏依然，如果你还在，一定在似火的骄阳中葳蕤；秋实累累，如果你还在，一定在原野里闪闪发亮；隆冬岁月，如果你还在，一定在疏影横斜中暗香浮动。

可是，你不在了！再也不会回来了！

痛定思痛，小堂哥告诫我们：不要给自己太多压力，人生即使长命百岁，也有尽头！

是的，你不在了，似给我们敲响了警钟：好好珍惜自己，身体健康比什么都重要！

可是现实生活中，还有许多德才兼备之士因为忘我工作，失去了健康而英年早逝。

我们大家都应该保重身体，珍惜生命，让生命在各自的岗位上发出最灿烂璀璨的光芒，实现更大的生命价值！

今天，国家发展得更加美好了，人们生活也更加幸福了。如果，你还在，该有多好啊！

书海痴心过周末

几年来，我的周末都是在书海里度过的。

小时候，因为家里穷，没有机会继续升学念书。这对酷爱读书的我而言不能不说是人生一大憾事。

走向社会以后，除了拼命赚钱补贴家用，让弟弟们可以安心读书之外，便是千方百计挤点时间自己读书，那就要把别人玩乐的时间都用上。因为我是个打工的，一干就得十几个小时坚持下去，根本没有空闲的时间让我舒舒服服地读书，最多的就是节假日放假的几天。

几年下来，我就养成了爱书如命的习惯。一天不读书就睡不了觉，即使刚看一眼就睡着了，我也要看。而我最渴望的是那几天难得的假期，因为这几天我不但可以多睡一会儿，还可以随心所欲地读我所爱的书。这就是最好的休息了。周末这个词的意旨不就是让人好好放松一下吗？

今天，我加入了上班一族，真正拥有每一个周末了。这是我多年惜时如命自学的结果。因此每个周末我便加倍地珍惜，也比别人多了一份钟爱，让每个周末都过得多姿多彩。

我不但可以用周末的时间读我喜爱的书,而且还可以做我感兴趣的许多事。

我可以一整天足不出户,关在屋里搜集整理学习资料,或把酝酿成熟的一篇文章一口气写出来。我也可以修剪一下阳台那几盆花草,把一下午的时间用在拔草、施肥、浇水上。我还可以安静地坐在一边,看着晚霞怎样把天涂成五颜六色,或在微微细雨中漫步在乡间的田埂上,放飞自己的思绪。我更可以在温馨的灯光下,偎在父母的身边做一下娇娇女,一家子享享天伦之乐……

一直以来,我把我的第一时间给了工作。如果时间就是生命,那么周末就是我的第二个生命,它让我更加体会到工作的愉快,做人的乐趣,人生的价值!

水仙花语

照片上的爷爷奶奶笑容一样，都露齿而笑；神态一样，都慈祥仁爱；目光一样，都不约而同地看着镜头……有人说，夫妻生活久了，样子会变得越来越相似，这就是夫妻相，有夫妻相的夫妻就是特别有缘分的人。我的爷爷奶奶有夫妻相吗？一看见爷爷奶奶这张老年唯一的合照，我总是会寻找他俩的相似之处。但其实，爷爷奶奶已经用一生告诉我，他们是世间最有缘分的人，即使我们从没听见他俩说过爱情两个字。照片上在爷爷奶奶前面怒放的水仙花似乎也明白地告诉我：他们有着最纯洁的爱情，而左边五颜六色的糖果则象征了爷爷奶奶多姿多彩的甜蜜生活。

奶奶是个普通的农村妇女，她没上过一天学。爷爷是当时镇上的供销社主任，他乐善好施，家乡的老年人一提起爷爷都会竖起大拇指夸他。有一次，我在异乡看见一个八九十岁的老乡，他问我是谁的后代，我一提起爷爷的名字，他就点头说："啊，你是他的孙女，我认识！"接着，马上就把我当自家人看待，和我说了许多心里话。爷爷一生究竟做过多少好事，我不大清楚。

我只记得爷爷一直接济守寡的姐姐，帮助她养大三个儿子，自己的女儿和孙女却没钱交学费。我还记得爷爷曾救过一个外地人的性命，那个外地人后来找到爷爷，和我们做了好朋友。

爷爷是个能干的人，年轻时，他每天忙于工作，很少回家，奶奶就和女儿在乡下务农。后来女儿成家了，爷爷奶奶才在平岗镇一起生活。但爷爷退休后，单位派爷爷到珠海做生意，他们两地分居差不多又十年。总之，他们聚少离多。爷爷从珠海回来后，有一次，我听见他和奶奶开玩笑："年轻时，有很多女人喜欢我，要是我不是个负责任、忠诚的男人，早和你分开了。"奶奶也笑着说："你为什么不提出来？我给你生了一堆女儿，却没生一个儿子，你想分开，我没意见。"在重男轻女特别严重的农村，爷爷和奶奶始终不离不弃，牵手一生，确实让人敬重。

爷爷奶奶晚年时期，我和他们待在一起的时间较多。一到春节，我们姐妹们放假回家过年，总会帮助他们打扫卫生，还买许多零食水果给他们。忘记是哪一年春节，我特意买了一盆水仙花回家，摆在客厅的茶几上，然后叫爷爷奶奶坐过去给他们照了这张相片。买水仙花时，我只想到自己的喜爱，但当水仙花成了爷爷奶奶照片的点缀时，我却觉得是给他们买的。水仙花语是纯洁的爱情，是吉祥如意。名字叫祥的爷爷把他纯洁的爱情无怨无悔地献给了一个纯朴的、目不识丁的农村妇女，也把吉祥如意送给了他的子孙后代和他帮助过的人。

同舟共济姐弟情

海天一色间,沙滩上搁浅着一艘木船,三弟穿着灰色毛衣和蓝色牛仔裤坐在船头,我穿着棕色大衣和黑色裙子坐在他左侧的船舷上。就在这苍茫大地上,就在这浩瀚的翻腾着雪白浪花的海陵岛银海城的苍穹下,姐弟俩把青春的一个足迹永远定格在了那一刻。那一年,我刚换了工作,三弟刚上大学一年级。

1996年的冬天特别寒冷,放寒假的三弟从外省的大学回家过年。恰巧,我的一个外省文友也趁假期来我家玩,我们姐弟俩便带他到海陵岛游玩。第一站就是银海城。那天,天气还算晴朗,但北风呼呼,温度还是挺低的。因此,银海城游人甚少,偌大的一个沙滩上就我们三人在溜达。当我们看见一艘木船搁浅在沙滩上时,文友便提议我们姐弟俩上船合影留念,象征我们姐弟的生命之舟开始了一段新的旅程。照片上那被寒风吹得飘扬起来的头发仿佛就是我们姐弟飞扬的人生,那同舟共济的姐弟情也紧紧相依相随。

三弟上大学时,学费昂贵,做农民的父母辛苦一年也很难供给,何况还有一个刚上高中的四弟。幸亏，我和小妹、二弟已参加工作。我负责四弟的生活费，小妹负责三弟的生活费，学费就由二弟和父母想办法解决。

三弟毕业后，我和小妹、二弟相继结婚，家庭重担就完全落在了三弟身上。三弟努力工作，负责四弟大学的生活费和一些学费，年末回家过年，还把省吃俭用剩下的钱给了父母。为了有足够的钱供给四弟读书，三弟宁愿在一家公司待了近十年，而在这段时间里，他错过了很好的创业时机。2014年11月中旬，四弟在广州开画展，特别提到他这个可亲可敬的三哥。的确，四弟的成长、成才离不开三弟的大力扶持，三弟可谓劳苦功高。四弟醉心画画、音乐，毕业后还经常需要三弟提供生活费，已成家的三弟从来二话不说，并且鼓励四弟继续读书，用心创作，需要钱就问他要。

我作为家中的老大，虽没三弟那么能干，但也从不敢有丝毫松懈。不管生活多艰难，也不管工作多忙碌，凡事总是冲锋在前做小弟小妹的榜样，并且坚持自己的理想，忙里偷闲写一些抒发情志的文字记录人生感悟。

这就是我们姐弟的人生，这就是我们的姐弟情。我相信我们的姐弟情会像薪火一样传递下去，我们的生命之舟也将乘风破浪驶向更精彩的未来！

温馨的全家福

相片,是一台时光穿梭机,让你在过去与现实之间来去自如;相片,是一块魔法石,让你永远停留在那美丽的瞬间;相片,是一把钥匙,让你开启记忆之门。此刻,我盯着一张20世纪80年代拍摄的全家福,思绪立刻回到了三十多年前的新年。

家乡的春节,农历十二月末就很有氛围了。做粉酥、酥角等过年点心直到大年初一才告一段落。拜神、贴春联是新年的头等大事。我家房子多,长辈又特别敬重祖先,每间房子的神位、祖先堂都要祭拜,所以除夕至初二,父母拜神都要一两个小时。贴春联也是如此。我做父亲的帮手,还要忙一个上午。激动人心的舞狮锣鼓声总能把春节的气氛推向高潮。家乡临海,听说舞龙会"浸番水",就很少见。最让我期待的是大年初二,三姑回家省亲的日子。这天,我既可拿到三姑的大利是,又可请三姑父帮我们照全家福。

相机在当时是稀罕物,照相在乡下也是稀奇事,但能干的三姑父却拥有一台相机。初二一早,三姑父就带着他那宝贝相机,陪着三姑高高兴兴地来到我家，我们就嘻嘻哈哈地忙开了。我斟茶递水；父母杀鸡宰鹅，准备丰盛的午餐；爷爷奶奶一边陪着三姑父喝茶、话家常，一边照顾孙子。三姑则找曾祖母、姊妹说体己话。当十几口人开心热闹地吃了一顿午饭，就去新建的两层楼房照全家福。三个笑脸如花、青春靓丽的姑姑和我手搭着手站在最后一排，显得亲密无间；奶奶和我的双亲坐在前面；三个小弟弟紧紧依偎在父母身边。可惜，曾祖母、爷爷、六姑、小妹没空来照相。午后的阳光温暖和煦，静静地洒在每个人身上，大家都笑眯了眼。身后茂盛的绿树翠竹象征着我家蓬勃的朝气和家人谦虚、正直的品格，也象征着家人的长寿与幸福。

光阴荏苒，转眼人到中年。当鼓声隆隆敲打在心坎上，竟是那么渴望回到故乡。但对一个已嫁到他乡的女儿，故乡是越来越远了，多亏这张全家福让我找回了乡情乡音。但愿现代文明能发扬光大淳朴的民俗民风，让人们逢年过节都可享受大家庭那种温馨、和睦、团结的快乐，品味生命的盛宴！

仰望父亲

我的父亲虽只是个平凡朴实的农民，但一直让我敬仰。

父亲九岁就痛失双亲，他从小就无所畏惧地行走于天地间。"有天生，自有天养！"这是他的口头禅，如今继续激励着他的儿女勇往直前。

父亲年轻时被推举为小村的生产队长，在艰难的岁月带领大家起早摸黑解决了温饱问题。至今，村里的男女老幼都对他尊敬有加。

父亲中年外出学人家做生意，辗转多年，一无所获。但他能屈能伸，回家重操旧业，依然是首屈一指的庄稼汉。

晚年，父亲倾尽所有支持儿女成家立业，自己却舍不得花钱买一床厚棉被。

当儿女独立后，秉持"仔大仔世界"（儿女大了，世界就是儿女的世界了）观点的父亲就随着儿子离开劳作了几十年的家乡，来到城市生活。一切家业都交给儿子打理，他和母亲就在城里安享晚年。

那是几年前一个寒冷冬季的一天，头发花白的双亲来到我家。母亲说夜间冷得睡不着。我一听，便很着急地问："爸，你们为什么不多盖床被子呢？"

父亲说:"家里其他的棉被已经破旧,又厚又硬,根本不保暖。""您不会买床新被子吗?"我高声质问。父亲不吭声的一瞬间,我就知道自己错了,感觉心里很疼。

几个弟弟都在外地上班,我和小妹早已出嫁。平时,家里只有两位老人在家。一直勤俭持家的父亲,现在年老体弱,不能赚钱养家了,其实是舍不得花费儿女一分钱给自己买一床新被子吧?而且,父亲确实老了!他经常吃药,一向淡定从容活着的父亲也需要照顾了!寒冷的冬天,作为儿女,我竟疏于问候父母的冷暖!我为自己的粗心愧疚,马上到商场买了一床新被子,还给他和母亲买了保暖的毛衣毛裤。

每一次给母亲庆祝生日的时候,我就会问:"爸什么时候生日呢?"妈妈告诉我日期,原来早过了。我告诉自己要牢记父亲的生日,可第二年一忙起来,又忘记了。我请求母亲提醒,母亲却说父亲从来不庆祝自己的生日,就算了。父亲的生日随意,父亲节可不能随意。可是,一到父亲节,我又不知给他买什么礼物了。一向都是能干的父亲给我们买礼物,小时候,每个圩日,赶集的父亲总会随着季节给我们买回不少新鲜的水果。

父亲不吸烟,也不喝酒,也拒绝买新衣服。二十多年前,我在广州给父亲买了一件冬衣,他现在还在穿。而且,一提起那件衣服就夸料子好,既穿不旧又穿不烂的。父亲节就给钱吧,父亲一向独立自强,身上多点钱,即使儿女不在他的身边,相信他和母亲也可以生活得好。

恰巧,父亲节前几天,父亲来到了我家。看到我七八点钟才吃晚饭,父亲就提议帮我买菜。临走时,我拿钱给父亲。父亲不知所措,不肯要。我也木讷着,不知怎样表达。最后,我只好说:"给您帮我买鱼的。"父亲才收下来。

父亲,一直像座大山挺立在儿女面前,如今年纪大了却变得弱小了。现在该是儿女孝敬父亲的时候了,就像父亲当年疼爱我们一样。

也听听孩子的诉说

某人认为：严格要求孩子是好的，但结果不一定理想。如果也听听孩子的诉说，再讲点教育策略，因势利导，则有意外的收获。

我家的孩子虽才一岁多，但已很调皮、很贪玩。就是晚上哄他睡觉，也得颇费心思。孩子因为贪玩，所以非常不愿意早睡。每天晚上非玩到十一二点，累极了才肯睡觉。如果还不到这个时间，你叫他睡觉，他一定会一边摇头一边不停口地说："毋、毋……"这时，你再强调几次无效之后，采取措施强迫他睡觉，必招来一番哭闹。最后孩子虽熟睡了，但做母亲的心里也不好受。借孩子父亲的一句话说："为什么你每天晚上都要让孩子大哭一场呢？"而且最不好的是让孩子因此讨厌睡觉。每天晚上，即使已躺在床上，但一听到我说睡觉，他就条件反射般哭着说："起身！起身！"非要闹几回别扭才肯睡去。

后来，我终于想出了一个办法。

一天晚上，当孩子到了睡觉的时间时，我对他说："宁宁，我们上床玩玩。"孩子一听"玩玩"，可不管在哪儿玩，马上扑到我身上，让我抱着往卧室走去……

　　这样几次以后，孩子竟然忘了睡觉的可恶，慢慢地，可以按照我规定的时间睡觉了。因为我并没食言，真的陪孩子在床上玩一会儿再乘机哄他睡觉。我家楼下有户人家养着一条狗，每到晚上总不时叫几声，我就乘机对他说："宁宁，狗叫睡觉啦，快点睡觉吧。"当然，这话也有失灵的时候。可是，只要孩子在床上，哄孩子睡觉就容易多了，这个方法不行，还有其他的嘛。最要紧的是避免了让孩子哭得精疲力竭才睡去的心疼局面。需要注意的是，如果孩子实在精力旺盛，那就另当别论。不过，只要孩子养成了早睡的习惯，一切也就迎刃而解了。

　　久而久之，孩子兴致好的时候，只要一听到楼下的狗叫声，还会自己走回卧室说："睡觉、睡觉。"只是，孩子——这个最爱折腾人的小家伙，仅让我松了一口气，新的难题又出现了。因为经常在床上玩，孩子就有了上床玩的嗜好。有时候刚从外面回来，鞋子还没脱，他就往床上爬。当我气急败坏地跟着跑进来，小家伙还嘻嘻笑着直往床里躲，以为我在和他玩呢。

育儿之乐

儿子睡了，窄小的家也像和他一起睡了似的，显得十分安静。我的心却变得柔柔的，带小儿的劳累忘得一干二净，脑海里涌现的全是他活泼可爱的样子及他那美如仙乐的稚语。

儿子八个月会叫妈妈，稍大一点他就不叫妈妈了，而是叫"妈咪妈"。对儿子这个新颖的称呼，我十分高兴。小家伙感觉到了，便连爸爸也改了称呼，叫"爸比爸"，乐得他的父亲直扮鬼脸。

儿子很小的时候，就特别喜欢小动物，每当他哭闹的时候，我一指对面人家饲养的小狗对他说："宁宁，看狗狗，狗狗说和你玩呢。"小家伙就一定会被吸引过去，不哭也不闹了。当小儿会说话后，他和小狗成了无话不谈的好朋友，吃饭、睡觉的时候也不忘和小狗打声招呼。如果下雨了，看见小狗还在阳台上，就会在自家窗前大声叫："小狗——快进屋，雨淋着你！"不过，我想不到好戏还在后头。

不知何时，家里的布娃娃能吃下白米饭了，玩具小汽车能载着爸爸、妈妈、外公、外婆……一家人去旅行。更有甚者，一天早上，我给儿子洗脸，他发现水面上有泡泡就惊喜地叫道："泡泡，有泡泡！"隔了一会儿，水面平静了，没有一个泡泡，儿子就说："泡泡睡觉了。"当我把毛巾放进水里搅一下，又有泡泡了，儿子就又叫道："泡泡睡醒了。"我只好对他说："宁宁，你快点和泡泡说再见吧，不然，等一会儿泡泡又要睡觉了。"

为了锻炼儿子的记忆力，每当我们和儿子去哪里玩了之后，总会让小家伙回答诸如此类的问题：到哪里玩过，做了些什么，吃过什么，和谁说过话等。每当小家伙答对了，我总是竖起一个大拇指表示鼓励，有时候还竖起两个。

有一次我们去玩过后，我忘记出题考儿子了，小家伙就忍耐不住反问我："妈妈，我们今天去过哪里？"我一听就知其意，就故意说忘记了。但儿子偏要我回答，我只好说："问你爸爸去，可能他还记得。"爸爸装模作样地想了一会儿就说："好像是去过……"然后就停住了，怎么想也想不出来的样子。儿子终于抢着回答了，他津津有味地说完以后，见我们还没有竖起大拇指表扬时，就大声嚷道："手指头，两个，两个！"

嘿！我家的这个小顽皮，让我高兴的事还有许多呢，就是做梦梦到，也会笑醒。

丈夫的主人翁情结

怎么说丈夫好呢？

有一次，一家人和一个朋友一起吃饭，朋友问我对丈夫的要求，我随口而出："我不要他做大丈夫，也不要他做小丈夫，我只要他做好丈夫！"朋友拍掌赞同。

丈夫是个好丈夫吗？不细心、不体贴、没大志、啰里啰唆……特别让人难以忍受的，是他的主人翁情结。

丈夫的勤快在我们小区是出了名的。从哪里看出来的？他特会表现自己呀！每天家里倒垃圾的活他都抢着干。而倒垃圾必须走出家门，小区的大人、小孩看见了，久而久之，就夸他勤劳啦。谁不喜欢自己的丈夫被人夸？看在他的沽名钓誉之举能满足我的一点点虚荣心，就不与他计较了。可气的是小区的那些少妇对他赞不绝口，一看见他就把他当作好男人的榜样，火辣辣地盯住他，还热情地和他搭讪。有一次，楼上的一个年轻漂亮的妇人看见我就很直接地说："真羡慕你！有一个好丈夫，你该知足啦！"我真想脱口而出：

"你有一个喜欢抢着倒垃圾的丈夫,也该知足啦!"幸亏我还有一点涵养,要不就露馅了,家丑不可外扬嘛!

而且,丈夫不但喜欢倒家里的垃圾,还喜欢扫小区的垃圾。小区本来有一个每天值班的阿姨搞卫生的,但丈夫就爱多管闲事,还振振有词地说是小区主人,要发挥主人翁精神搞好小区环境。你看,这是不是主人翁情结?小区那么多住户,谁不是主人?就他瞎积极!一有空,就从家里拿出扫帚扫楼梯。有一次,他下班回来,看见楼梯上有好多带血的鱼腥水,连晚饭都不吃,就马上提着一大桶水去清洁楼梯了。

最让人难以置信的是,他不但喜欢扫地上的垃圾,还喜欢捅"天上"的垃圾。我们小区是旧楼房,排水设施不大好,一到下大雨,天棚上的积水好多天都流不完。那好像永远流不完的积水随着高高的墙壁一直往我家的露天阳台上灌,遇到大风一吹,简直就是瓢泼大雨了。刚搬进不久,丈夫还不知怎么一回事,但经过一两次的观察,就彻底搞明白了:楼顶有大量垃圾,堵住排污管道了,再不清理,后果将不堪设想。

从此,他就喜欢上天棚捅垃圾了。一遇到下大雨,就急忙往楼上跑,仿佛楼上有个红颜知己等着他。前不久,雷暴天气,电视台发布了红色暴雨预警,我们一家都休假在家。大雨足足下了一个上午,乌天黑地、电闪雷鸣,挺可怕的。中午天色稍缓,但依然雷声轰隆,雨哗哗地下个不停。我正在家里看着书,突然,电话铃声大响。我吓了一跳:谁现在打电话来?是不是有急事?匆忙拿起电话,只听见对面楼房的阿姬焦急地说:"菲,你家房子的水管爆了,那水像瀑布似的往下流,还不赶快叫人修理!"妈呀!真有急事!一放下电话,我就放开喉咙喊丈夫,可没听见他答应,在家里找了一圈也不见人影,便问儿子,儿子也不知他老爸去哪儿了。丈夫"失踪"了!这好像比水管爆了还令人着急。我简直成了热锅上的蚂蚁。这时,电话铃声又响起。我大惊,都不敢接电话了，但又不能不接。我深深吸了一口气，哆哆嗦嗦地拿起电话，又是阿姬急急的声音："菲，好像不是水管爆了，而是排污管道的水大量流下来了！是的，肯定是排污管道的水流下来了，一会儿急，一会儿慢的。"我一听，马上松了一口气，也知道丈夫去哪儿了。忙连声道谢，感谢她的好心，让我虚惊一场。

当丈夫像落汤鸡似的"约会"回来，我不由醋意大发："好呀，吃了豹子胆啦，风雨无阻去会情人都不通知一声，害我白担心！"丈夫不怒反笑，嬉皮笑脸地说："哪个男人去会情人告诉老婆的？"哇！该不是让我说中了吧？怒斥："谁叫你雷暴天出去多管闲事的？不要命了？"丈夫见我动真格，忙举手投降："是，老婆大人！我这个小区主人还想扫一辈子垃圾呢，一定好好爱惜自己！"唉！对这个"胸无大志"的丈夫我实在没辙了。

不久后，楼上的美妇一见我又眉开眼笑，笑得我心里直发毛：难道我脸上开花了？终于，她开口了："你真有个好丈夫呀！前天，我的车子在停车处漏了不少油，他看见了，不但告诉我，还帮我把油迹清洁干净。要不是他发现得早，还不知会有什么后果呢！"我笑嘻嘻地说："客气了！没什么。"

不过，渐渐地，我不再那么讨厌他的主人翁情结了。有一回，家里来了俩客人，一踏进家门口就夸："你们小区虽然旧些，但清洁卫生搞得很好！"一向低调的我竟骄傲地说："这有我丈夫的功劳！"还有，随着儿子的成长，丈夫的主人翁精神好像注入了更多内涵，他开始尽心尽力履行一个做父亲的职责，每天陪孩子玩耍、锻炼。既教孩子做引体向上，又教孩子打乒乓球、篮球。儿子每天黏着他，都不要妈了。不过，我可不会傻到吃儿子的醋！

唉！该怎样说自己的丈夫呢？甭说了！

父亲

父亲，年已古稀。年轻时高大硬朗的模样不见踪迹，年纪越大，越矮小瘦弱。近几年，父亲在外地帮助三弟照顾孩子，很少回家，心里不免常挂念。

想起父亲，总是从他用犁铧犁开的第一块春泥开始。

立春过后，寒风还对人间恋恋不舍，父亲就挽起裤脚，赤着双足，赶着牛儿，扛着犁耙到长着绿苔的水田耕地了。这田地是父亲早就耙好，还把猪牛的尿和粪便、草木灰等倒在田里沤肥了的。春雨一下，田里就满是绿苔了。因此，这绿苔成了田地肥沃的标志。这么肥沃的田地是用来播种秧苗的，父亲耕种得非常仔细认真。新春的开始，父亲把一年的希望都寄托在了这些田地上。父亲曾说："把每一块泥土都耕得松软细腻，秧苗才会长得又快又壮，拔秧的时候也特别容易。这样省时省力，禾苗就可尽快插进田里，不会误了农时。春耕做好了，六月才能有好收成，也才能及时插下秧苗过秋，保证一年的丰收。"

这春耕的第一犁，父亲重视如斯，渐渐地，在我心里酝酿成诗，父亲自然成了诗中的主角。

春天的声音

　　早春二月，春风摇曳出如丝的细雨、淡绿的小草。当田野还在熟睡，一个穿着蓑衣、戴着斗笠的年轻农人就赶着一头黝黑的水牛走在泥泞的小路上了。这时，天空才蒙蒙亮，一些懒惰的公鸡才刚刚打鸣。炊烟在村子的上空袅袅升起，似乎还在与父亲依依惜别。寂静了一冬的田野，刚被父亲的脚步声惊醒，就迫不及待地紧紧拥抱了父亲。父亲的双脚一踩到冰冷的水田里，就用有力的胳膊把犁耙轻轻地插进泥土里，然后又轻轻地挥一挥手里的牛鞭，口里"噢"的一声，牛儿便迈开大步，满犁耙新翻的光滑泥土就"啪"的一声，舒展在天地间……

　　大地完全苏醒了！父亲成了他手中的犁铧，欢快地跟在忠厚老实的水牛后面，哼唱着一首首春耕之歌。早起的燕子喃喃低语，有的紧随在父亲的身后，争抢着新耕出来的虫子；有的停在高高的电线杆上忙着谈情说爱；有的低飞盘旋，尽情抒发回到老家的愉悦。密密麻麻的春雨淅淅沥沥，斜织着父亲的梦、燕子的梦、田野的梦。天空越来越亮，三三两两的农人从小村不断涌出，像春草般一下子长满了田野的每个角落，绿色的地毯还在不断地延伸……

　　想起父亲，还难忘他捕捉回来的鱼。

　　父亲是捕鱼能手。他捕鱼的本领，让我觉得很神奇。小时候，只要父亲有空，我就有鱼吃。父亲只要背上一张渔网出外走一圈，就能捕到满鱼篓的鱼回来。三四月间，他即使扛着锄头出去，也能捕到鱼。那鱼刚捕回来的时候，有的还是活蹦乱跳的，因此味道十分鲜美，至今让我回味无穷。

　　想起父亲，最难忘的还是六月的父亲。总觉得那时的父亲是一团火，饱含了对生活的热爱。

　　六月的太阳，一出来就开始燃烧了。但是，父亲这团火总比它更早地出现在田野上。在太阳出来之前，父亲就割倒一大片水稻。太阳刚升起来，父亲已挑着两大箩筐稻谷往家里赶了，头上豆大的汗珠像路边草叶上的露珠一样晶莹。而当太阳把浑身的精力燃烧殆尽，回到西方的家里睡觉时，父亲这团火还有余力。他乘着凉爽的晚风，一直劳作到月亮升上老高，才尽兴而归。整个六月，父亲就这样与时间赛跑，直把一个粗壮的汉子磨炼得精瘦精瘦的，紧张繁忙的六月才算结束。

可是，年复一年，父亲这团火好像不再旺盛了。他虽然仍比太阳还勤奋，但不会再像年轻时那样，睡醒一觉，那团生命的火光又如初了。

不久前，父亲回来，我发现父亲消瘦了不少，脸色也不大好，就详细询问他的身体状况。父亲说身体没什么大碍，只是夜里睡得不踏实。但是，我还是不放心，就劝父亲去检查一下身体。刚开始，他不同意。后来，见我太焦急了，就答应去看一下医生。我知道，这两年家里有不少事，让父亲很操心，这是他睡不安稳的真正原因。但我还是担心他的身体，毕竟他的年纪已不小了。

面对着日渐衰老的父亲，我觉得自己很无能，既不能让时光倒流，又不能让时光慢走。每逢想起他，心就隐隐地疼，眼泪就忍不住流下来。我唯有尽量做一个乖巧孝顺的女儿，努力过好自己的生活，不让他操半点心。

第二章

春花篇

蔡衍 作品

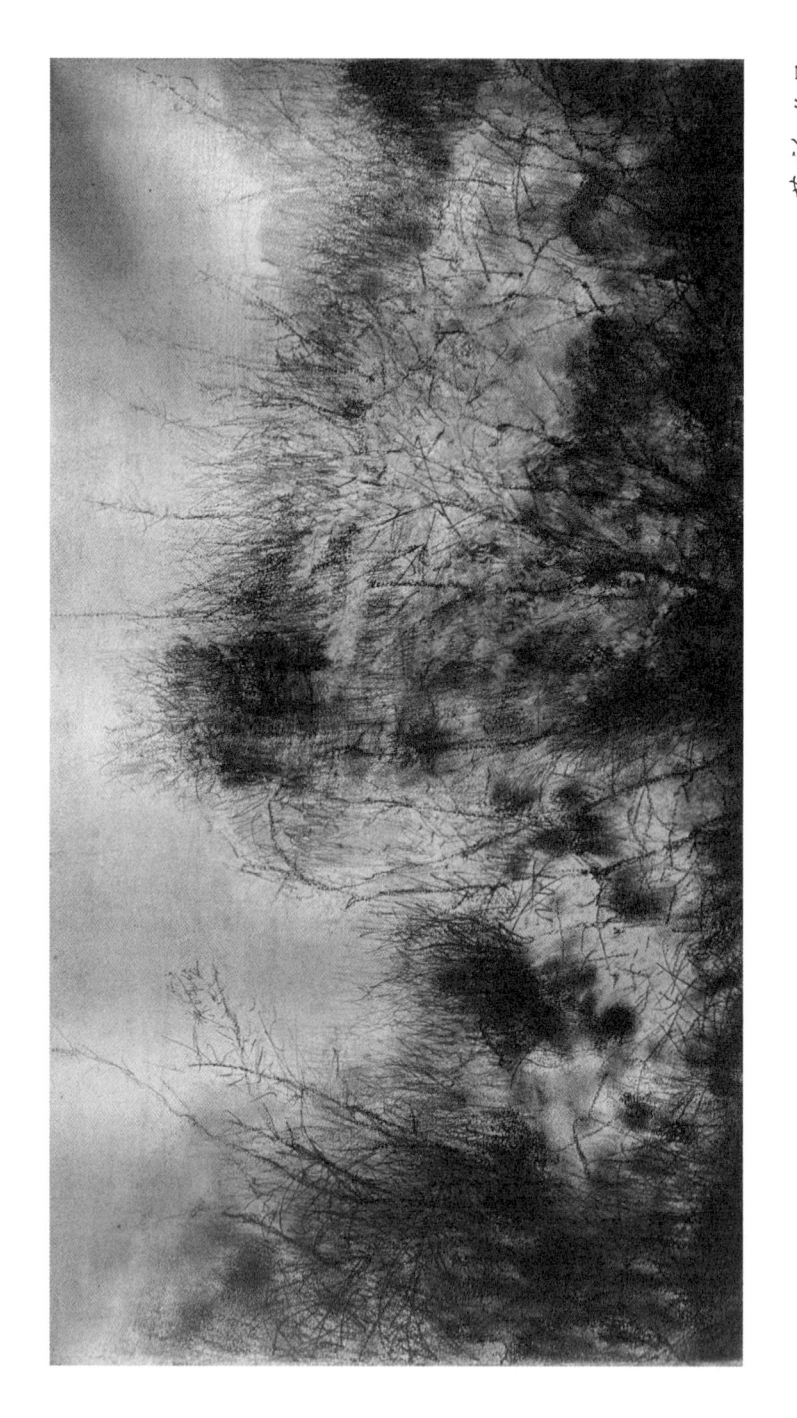

"荷"美莲开

荷花，在我印象中是最美好的花。它不但姿态优美，而且给人洁净空灵的感觉。

初识荷花是在家乡的小河。那时的小河，河水清澈。夏天，微风吹过，就把满河荷花的清香送入鼻端。烈日下，依偎在水中碧绿的田田荷叶硬是让人生出缕缕凉意，像是喝了一杯冰镇凉茶，清热解暑。垂直于莲叶挺立的荷花则宛如出浴的仙子，清新美丽。

可惜，小河与家相隔着大片田野，不能与荷花朝夕相见。即使见到荷花，也是因为赶海归来，匆匆在河中洗净满身的污泥与汗水。因此，每次有机会遇见荷花，便当作今生今世的福分。

今夏，因为机缘巧合，竟然随处可见荷花，心里那份满足就非笔墨可以形容了。

那天在湖北一所大学里，我刚进校园不久，就在郁郁葱葱的树林间，瞥见左边一个小池塘里种满了荷花。但是，不见一株菡萏。满池的碧绿静静地躺在水面，不急也不躁，仿佛一个个满腹诗书的学子，在耐心等待辛勤酝酿的美酒。转过一个拐角，右边的荷塘就姹紫嫣红了。那荷叶高高举起，像一把大伞给粉红的芙蓉遮风挡雨。只是，那露出尖尖角的菡萏为了让飞累的蜻蜓有一个暂时歇脚的地方，更是高高地挺直了腰身。它们像一个个穿着粉色衣裙的小天使，在绿叶丛中翘首以待，似等待蜻蜓，又似等待我们。而我们无疑更能获得它们的青睐，争相与我们合影留念。正午的阳光直直地照射下来，给整个荷塘涂上了一抹明亮的色彩，把一池荷叶的叶脉照得一清二楚。而我与荷花就在这明明白白中坦诚相处，自得其乐。

再往校园深处走去，在学校图书馆门前让我有了与荷花亲密接触的机会。因为这里的荷花是盆栽的。它们一盆盆摆在人行道上，在亭台楼阁和假山池沼间错落有致。我走在花丛中，就襟带飘香，神思飞扬。仿佛自己就是一朵荷花，荷花的飘逸圣洁已经渗入骨髓。

这时候，我想起了那个荷花般的女孩。

20世纪90年代末，这个女孩刚好是如花般的年纪。她来自广东一个农民家庭，因为家里不重视读书，初中毕业她就只能外出打工。半年后，她认识了湖北一个勤劳懂事的小伙子。这个小伙子读书比她还少，家里很贫穷，还有一个瘸腿的母亲。女孩的家人不同意他们交往，可是女孩对他一往情深。最后，她偷偷和小伙子领了结婚证，嫁到远离家乡和亲人的湖北荆州。面对一贫如洗的婆家，女孩勇敢地和丈夫挑起了家庭重担。但是，生活还是很艰难。因为没有路费，女孩整整四年都没有回娘家探亲。在这四年里，女孩曾和丈夫外出打工。但为了照顾年迈的婆婆，只好又回来了。后来有了孩子，就更不能外出了，他们就一边种田，一边做些小本生意。因为没有经验，做生意亏本了，只好一心一意种田。幸亏国家政策鼓励承包农田和大力发展养殖业，头脑灵活又勤快的小两口承包了一百多亩的水田种水稻和养小龙虾，才在近几年脱贫致富。

现在，两口子安安心心生活在农村，一家人和谐美满。因为种田和养小龙虾前景很好，每到收获季节，女孩娘家的哥哥都会来帮忙，两家人也来往更多了。懂得感恩的小伙子，每年还趁着春节前空闲的日子带着老婆孩子回岳母家住一段时间。

"一朵芙蕖，开过尚盈盈。"我相信，所有与"荷"同行的日子都是幸福的，而能娶得一个如莲的女子相伴终生，更是能幸福一辈子。

春天的声音

穿衣与买菜

　　天气骤然变冷了。一早上班,看见女同事都穿起漂亮的冬衣,不由得连连点赞。当我赞美其中一位真会打扮时,这位穿着黑衣黑裤,里面一件橙红色长毛衣,脖子再围上一条枣红色薄丝巾的娇艳女同事谦虚地说:"没什么,我看见柜子里的衣服随便穿的。"我一听便对身边的另一女同事说:"这才叫高手呢!还记得我们刚学买菜吗?总要先想好买什么,然后才上市场去买,要不,看见满市场的菜就不知买什么好了。现在呢,买得多了,根本不用想,见到什么合适的就买,回家也能煮成一桌佳肴。这穿衣打扮不是和买菜一样吗?"大家听了都笑呵呵地点头,欢乐就在空气中弥漫。看来,女人会打扮真是娱己娱人啊!

　　所谓"三个媳妇一条圩",话匣子一打开,话题就滔滔不绝。一个说:"我真佩服我妈了,鱼腥味、膻味刺鼻的市场,她每天走一趟,走了几十年,要是我,早就晕了。"另一个说:"你好命,有个老妈给你买菜煮饭,像我,臭味熏天不辨东西得去买菜,眼花缭乱不辨南北也得去买菜。"旁边的那位终于忍不住开口了:"多晕两次自然就习惯了,现在你还得感谢自己的老妈没空给你买菜煮饭,成就了你这个上得厅堂、下得厨房的女人。"一瞬间,银铃般的笑声就一声高过一声,办公室成了欢乐的海洋。

看着笑语盈盈的女同事好像姹紫嫣红的鲜花,我忽然觉得天气不再寒冷了。一个家,有个既会打扮又会买菜的女人也该是很温暖的吧?

春天的声音

当我又戴起红领巾

校园成了一个春意盎然的花园，飞翔着快乐的黄蝴蝶，也飞翔着慈祥的红蝴蝶。

这是我们84届平冈镇中心小学师生聚会的情景。大年初四，我们一百多位同学穿着统一的黄色风衣，戴着鲜艳的红领巾，和穿着红色风衣的老师齐聚在小学原址。大家一见面就欢呼雀跃，接着就三五成群、兴致勃勃地谈天说地。这一别三十二年的相聚，有多少往事需要叙说，有多少情怀需要倾诉！

我们这一届小学毕业生，一共有三个班。每个班分别照了集体相，再来了张大合影后，就进行班级篮球赛。当比赛进行得如火如荼的时候，忽然，五年级的班主任梁老师问："你又戴起红领巾是什么感觉？"我一听，有点愕然，不知老师何故有此一问，便疑惑地看了老师一眼。看见年逾古稀的老师正耐心地等待回答，我不假思索地说："重新回到了小学时代！"老师听了，微笑着说："好！能不能请你以'当我又戴起红领巾'为题写一篇文章，让我在《阳江日报》上看见?"看着老师亲切、希冀的目光,我仿佛又成了那个站起来回答问题的孩子,怎能让老师失望呢?我稍微思考一下说:"既然是老师的请求,就当是一次作业,尽力试一试吧!"算是郑重地答应了老师的要求。

这时,初春的太阳暖暖地照在沸腾的操场上。那一个个矫健、灵活的身影,是否让那不远处的石蜡树想起了当年的小学生?而这和煦的阳光,是否就是当年同学纯真的友谊、老师殷切的期盼?而且,这缕光,一直从那时照到现在。今天,团结友爱的同学自发地组织了这次聚会,白发苍苍的老师是否依然对我们充满期待?

那时,我们没有上过幼儿园,友谊的珍贵、老师的期望就是从小学开始,如阳光般照亮了我们的生命。校园里两棵最古老的石蜡树可见证,我们一至五年级健在的老师可见证。

友情难忘啊!亲爱的小学同学,你还记得那时我们经常吵架吗?你还记得我们画得分明的楚河汉界吗?你还记得我们一起吃学校那棵树上的果子,我中毒昏迷要抢救的事吗?你还记得我们经常到你家看那棵含笑花吗?你还记得我们一起给菠萝树积肥吗?你还记得我们彼此按脚做仰卧起坐吗?你还记得我们组成学习小组共同学习的事吗?……太多太多无法忘记的事,被我们提起,友谊也越见深厚。

师恩难忘啊!看见一二年级的老师,我们想到当年的小屁孩流着鼻涕、衣着不整齐的样子,是老师帮我们抹鼻涕,帮我们整理衣领,像妈妈一样照顾、关心我们;看见三四年级的老师,我们想到当年刚懂事、害羞的样子,是老师讲的《妲己败纣》《西游记》让我们分清是非黑白和学会辨别美丑;看见五年级的老师,我们想到刚萌芽的青春,第一次接受人生的考验,是老师那栽满校园角落的菊花和金鱼池上面的雷锋雕像让我们相信世界的美好,顽强地走自己的路。

春天的声音

　　当我又戴起红领巾，我找回了小时候的记忆，也找回了童真童趣，更找回了照亮生命的那缕光。是那段或苦涩或美好的经历奠定了我们人生的基础。相信，它会像一面鲜艳的旗帜永远飘扬在我们每一个同学的生命舞台上。让我们学会感恩，珍惜拥有，向往未来！

得不到的美好

同学聚会总有说不完的话题,不管是聚会时,还是聚会后,那份美丽温馨的情怀回忆起来都像醇酒,愈久弥香。

今天几个同学聚在一起,一个男同学大方地谈起高中时曾暗恋某一女同学,可又不敢表白的遗憾。一位女同学说:"当年你真傻,上课了,还坐在那女同学的身边猛说,叫你回去还依依不舍的。"男同学说:"我就想在那儿坐着,能坐多久就坐多久。"

"多痴情的话,要是那时候有勇气说出来,还不迷倒那个女同学?可惜!可惜!现在已为人夫、为人父,真的是遗憾。"我插嘴说,"不过,没有遗憾,怎会产生美呢?"那男同学也认同:"是呀!因为得不到,今天回想起来才这么美好。""这就叫得不到的美好!"我总结似的说。接着,那个女同学又说:"今年我班同学聚会,一个男同学对我说某个女同学是他当时心中的女神,聚会时最想见到她。""对!对!聚会那晚我见证了那激动人心的一刻,我还帮他们拍照留念了呢!"我附和着。

春天的声音

最后，我谈起了初中时，那个迷倒全级男生的女同学。但那时，男生都很含蓄，只敢想不敢做。以致二十年后同学聚会时，一个男同学在凌晨之后拦住那个即将离去的女同学说："知道吗？你是我的初恋。毕业后，我寻找你十几年，只想和你厮守一生，可惜，到最后，我还是没找到你！"

这是一个升级版的痴情男。当我听到他说这话时，很是心酸，但又觉得很安慰：暗恋一个人也挺美好的！没有当年的痴迷，怎会有如今这么深情的表白！而今天的表白，是海阔天空的，既为了对过去的美好追忆，又为了对今天的坦诚相待。这是遗憾美的升华！

得不到的，往往是最美好的。这好像是人的惯性思维，但事实也好像如此，不是吗？或许，也正因如此，人们才不会停止对美的追求。

闺密阿红

滴答滴答的声音突然响起。天渐渐地凉了，晚上这秋雨一下，秋意更浓了。不知是悲秋，还是这寂静的夜晚特别让人怀旧，我再也看不下去书了，就对丈夫说："还记得阿红吗？""哪能忘了？阿红不是你的闺密吗？她不是说来看你吗？怎么到现在还不来？"丈夫一连串地问。"谁知道呢，去年她就说来了，可一年过去了，还不见来。"我担心地说。"阿红不是出城住了吗？"丈夫又问。"哪有，还在乡下。"我无精打采地答。"哦，那她大概是找不到你。"丈夫揣测道。"我的电话没变啊！"我委屈地说。丈夫无话可说了，室外的雨声又滴答滴答的，清晰可闻。为缓解思念，我便拿出一张与阿红合影的旧照片，寻找昔日的回忆。

阿红名叫梁红，是阳江市高新区平冈镇人。不知为何，阿红总是我最牵挂的朋友。或许，是因为阿红的婚姻之路坎坷吧。阿红是一个善解人意、温柔大方的女子。她感情细腻，总是为他人着想，和她相处感觉特别舒服。我是在人生低谷的时候遇见阿红的，当我向她倾诉苦恼时，阿红自嘲般地说："阿红也是这样子的，不怕，你看我过得怎么样？不也挺好的吗？"我心里想："才不是呢！你那么漂亮，是家里最小的，既有父亲母亲疼着，又有大哥大姐疼着。而我一无所有，家里的父母、小弟小妹还指望我呢。"虽然如此，但知道阿红是好心好意地安慰我，心里还是觉得很温暖的。

后来，我才知道，阿红其实也有许多烦恼，她安慰我的话是发自内心的。那时的阿红二十七岁，在农村算是大龄青年，她的婚事成了父母和兄弟姐妹的一桩心事，阿红却毫不着急。按照常理，阿红这样的窈窕淑女，肯定是君子好逑了，可偏偏成了剩女，难怪亲人发愁。我知道实情后，非常担心阿红。我当时很幼稚，认为不喜欢的人绝不嫁。像阿红这样的女子哪能随便嫁给一个男子呢！阿红和我的想法一样，坚决反对家里安排的相亲。阿红对我说："当初，自己被一个不喜欢的男人苦苦追求多年都不曾改变初衷，现在，我也不打算妥协。"我听了之后，暗暗祈祷老天让阿红喜欢的男人快点出现。

可当阿红三十岁出头时，阿红等待的男人还没出现。迫于家庭的压力，阿红带着辛苦多年攒下的嫁妆最终嫁给了一个相识不久的男人。我手中的这张相片是阿红结婚时，我作为伴娘和她的合影。我们坐在阿红的嫁妆——一张还没完全拆开包装薄膜的布艺沙发上，头紧紧地挨在一起，手也紧紧地握在一起。但我们背后的那堵墙壁仅仅涂了一层白灰，墙上陈旧的痕迹还在，地面也胡乱地放着一些杂物，与美丽动人、穿着雪白婚纱的阿红格格不入。

结婚后的阿红我见过三两次，之后辗转奔波，十年间再没见过。早些时候，我从另一个朋友口中知道了阿红的近况，便要来电话约好有空再见，但想不到成了一句空言。

有人说："女人嫁给一个爱自己的男人可以幸福一辈子。"我希望阿红也如此。在这样冷清的雨夜，远方的阿红，你听到我的祝福了吗？

寒潮袭来腊鹅香

今年立冬以来第一波寒潮来的时候，正是星期天。那天下午，我穿着厚厚的羊绒大衣，冒着凛冽的寒风，来到朋友杨的腊味厂，见到了鲜美红亮的腊肠，也看见了肥美黄亮的腊鸭。

杨指着一只颜色棕红、油光水亮的大家伙说："这是腊鹅！"腊鹅？我只吃过腊鸭，竟不知鹅也可以做成腊味，便不由得好奇地问："这很难制作吧？"杨说："难，当然难呀！首先要选恩平七斤左右的小个子鹅，不算上腌制时间，从入炉开始，烘晒就需要一个星期，而且还要定时调节烘晒时间和温度。"

"除了颜色不同，看上去和腊鸭差不多大呀！这么麻烦，做腊鸭不好吗？"我不解。

杨微笑着说："腊好的鹅大概三斤，是比腊鸭大不了多少。可美食制作追求的是味道，可不能怕麻烦啊！"

也是，吃鹅肉毕竟不同于吃鸭肉。吃腻了腊鸭，换个口味，尝尝腊鹅也不错。

春天的声音

"今晚，我们就约几个朋友一起品尝腊鹅吧！"杨好像知晓我的心思似的。

我随口说："这样的天气，最适宜三五知己窝在茶室喝茶聊天。把那冒着热气、散发自然清香的茶水捧在手里，只放在鼻前闻一下就沁人心脾了。"

"茶要喝，腊鹅也要尝。"杨爽快地说。或者，对于杨这样一个经验丰富又敢于开拓的美食制造者，与人分享劳动果实也是一种快乐吧。

于是，我们在开茶庄的友人那里喝到了冰岛普洱茶和2013年的班章茶。茶庄老板见多识广，他和我讲了过桥米线的典故。在优美动人的故事中，我仿佛看见了那个贤惠妻子的身影。她为了给在桥那边寒窗苦读的丈夫送去热气腾腾的食物，想到了用瓦罐装着过桥米线保温的方法，每天不顾严寒，在冰天雪地里徒步两公里。她丈夫最后能高中状元，既与苦读分不开，也与她无微不至的照顾分不开。过桥米线这个美食能传承下去，而且得到全国各地许多人的喜爱，大概凭借的就是这份用功与贴心吧。

去饭店吃晚饭时，厨房师傅先把腊鹅切成几大块，准备用开水清洗。这时，有个朋友接过厨房师傅的工作，亲自动手。腊鹅在开水里，随着铲子不停地翻滚，原来的棕红色渐渐变得淡了一些，而清澈、白烟袅袅的开水也渐渐变得混浊。直到袅袅白烟不再升起来，腊鹅的清洗工作才算结束。杨说："这腊鹅虽是在完全封闭的晒场里晒干的，但吃时还是要仔细清洗。"接着，还反复叮嘱厨师不要下任何调味品，只下一些姜葱和花生油就可以了。我暗暗为杨的卫生意识和细致认真的态度点赞。

当服务员端着一碟清蒸腊鹅和一碟焗腊鹅上来时，众人都欢呼雀跃。我仔细瞧瞧两盘腊鹅，发现清蒸腊鹅和焗腊鹅的颜色有明显的差别。清蒸腊鹅，皮色稍白，肉色玫红，在姜丝和葱白的点缀下，清新诱人。焗腊鹅不但保持着原来的棕红色，还因为下了花生油而变得更油光水亮，让人一看就忍不住想要大快朵颐。而我们也的确这样做了。餐桌转动，每人用筷子把转到面前的腊鹅迅速夹一块到自己的碗里，然后就用手拿着大口吃起来。

"哇！嚼一口，腊汁满口，咸甜鲜美，肉质肥厚而不腻。"一友人马上赞叹道。其他友人也随声附和。真的这么好吃？我的馋虫瞬间被勾出来了。当腊鹅转到我面前，就迫不及待地挑了一块清蒸的鹅腿肉来吃。腊鹅的腿肉很细腻，呈现淡淡的玫红色，皮薄薄的，看不见一丝肥油。我一夹起就往口里塞，入口滑软，没有一点干硬的感觉，却很有嚼劲，只是稍微有点咸。我就对杨说："好吃！但有点咸。"杨说："这是煮之前没有浸泡的缘故。""对了，煮腊鸭之前，的确要浸泡不少时间。"我连连点头。接着，又有朋友说太甜了点。杨说："问一下厨师，下锅前有没有下其他调味料。"一位友人出去问了，回来说厨师习惯性下了味精。杨说："下味精也会影响口感，我知道下次怎么做更好吃了。"大家听了，就笑着继续品尝腊鹅的美味。

我又夹了块焗的，看不出来是鹅的哪部分。这块焗腊鹅的肉纤维比较粗，色泽水润的玫瑰红，看上去晶莹剔透，真有点舍不得入口。另两个朋友为了半块腊鹅头互相谦让，最终也在美味之下双双投降分着吃，一边吃一边称赞："腊鹅头好味，好味哦！"

外面寒风呼呼，人们穿着臃肿的冬衣还是瑟瑟缩缩。饭店里的一个小包间，却因为几个好朋友一起品尝腊鹅而热火朝天。而腊鹅的香，随着我们走出饭店，也飘到了外面，每个友人的脸上都洋溢着暖暖的笑容互相道别。

杨说："我们是为吃一只腊鹅而开心吗？不，我们是为了能在工作之余聚聚而开心。"我说："对，但腊鹅让我们的相聚锦上添花。感谢友人之间的真诚相待，也感谢你用心做出来的美味。真心待人、用心做事的人本身就好美。"

杨听了，眼睛坚定地看着前方。我也看着前方，在刺骨的寒风中仿佛又看见了那送过桥米线的美丽身影。当然，我还看见了杨制作腊鹅的身影……

春天的声音

母亲的电子邮件

朋友的母亲五个在异地的儿子一早起来，就看见母亲的电子邮件，全文如下：

亲爱的儿子，早上好！昨夜，月明星稀。你们的老母亲睡不着，听了一夜的虫鸣，你们小时候那饿狼样也浮现在我的脑海。印象最深刻的是你们三四岁的时候，我带你们去喝喜酒。平时，吃惯番薯、稀粥的你们，一见那满桌的荤菜就放开肚子吃。回到家，"好戏"就开场了：五个儿子轮流拉肚子。那时，家里可没卫生间，要大便，必须到外面的厕所。但因为是夜间，我只好用一个尿桶让你们就地解决。我一会儿抱着这个儿子去拉屎，一会儿抱着那个儿子去拉屎，忙得够呛。忙完了，我就趁着空当，拜门角公，希望他保佑你们平安无事。你们拉了几天肚子，像死了几回。可等你们好了以后，我问你们还去不去喝喜酒，你们竟异口同声地说："去！去！"我可怜的儿呀，看把你们饿的！我这个母亲不好受啊！

其次，就是给你们娶媳妇了。20世纪70年代初，大儿子该结婚了。相好了一姑娘，可人家要求我们家得有几围谷，埕埕缸缸也得装满。没办法，我只得取了个权宜之计——问邻居借谷。其他的，等大儿子娶媳妇后再说。20世纪70年代末，二儿子得娶媳妇了。这时，女方要求有华南牌缝纫机、凤凰牌自行车。幸好，家里的经济状况有了好转，勉勉强强给二儿子完婚了。20世纪80年代中期，三儿到了结婚的年龄。女方的要求又不同了，她要求我家得有嘉陵摩托车、录音机。没问题！你们大家都长大了，会赚钱了，我家轻易地答应了女方的条件。20世纪90年代，四儿、五儿相继结婚，我家满足了女方得有戒指、"刀仔"摩托车、三四层楼房且要贴瓷砖的要求。

我的儿呀，母亲现在七十多岁了，见证了你们成长的每一步，也知道你们都是孝顺的孩子，所以我不愿让你们任何一个伤心，坚持一个人居住在乡下。两年前，你们给我配备了电脑，并教我使用它。我看着你们殷勤的样子，也不想让你们失望，便发挥当初拉扯你们长大的劲头，硬是学会了。我回顾自己的一生，最骄傲的是养大你们，让你们成为对社会有用的人。儿子啊，你们要好好加油啦！既要教育好孙子，又要给我娶一个好的孙媳妇回来。以后，当你听到午夜的虫鸣声声，就当作是老母亲对你们的鼓励了。

难忘青春年少时

每一个人都有自己的青春，每一段青春都有一个故事，每一个故事都有一个遗憾，每个遗憾都有它的美。

国庆假期，我忽然接到初中一位同学的电话，说要和我一起去探望阳春的同学。我一听有点心动，但想到手头还有许多事要忙，而且贸然去同学家，怕打扰她，就婉拒了。可同学又说，阳春同学的妈妈刚做完手术回家，主要是去探望她母亲的。我一听就急了，忙说待安排好一切事宜再联系。于是，才有了我们三个同学的国庆小聚，也才有机会看见初中毕业时六个女孩的一张合照。本来，这张照片我们人手一张，但二十多年间，我四处漂泊，居无定所，自己的那张照片早已丢失了。因此，我看见同学手里的合照颇激动，关于往事的回忆就在温馨的秋阳下冉冉而来。

那时，我们初中一共六个班，我们就读初三（四）班。平时，我们总有许多忙不过来的事。但同学之间很要好，特别是家住阳春的一位叫喜容的女同学，她纯真、美丽，得到了我们全班同学的喜爱。我是个内向的人，熟悉的同学一般都是前后左右几个。可喜容同学刚从阳春转学到我们班不久,我就和她成了形影不离的好朋友。假期,我们都经常见面,不是她去我家玩,就是我去她家玩。

那一年,我到阳春她家玩,受到了她全家热烈的欢迎,经历了许多美妙的第一次。

刚到她家,她妈妈就把家里唯一的下蛋母鸡宰给我吃,还带我上山摘豆角叶煮汤。我生长在海边,从不喝豆角叶汤,但在这里,我尝了鲜。绿绿的汤汁,漂着数张嫩嫩、软软的豆角叶和黄黄的蛋花,一口喝下去,香香甜甜的,觉得是无上的美味。

第二天,喜容同学带我去逛阳春公园,我第一次看见了高大的椰子树。那椰子树有十几米高,我一个人刚好环抱它。白白的挺直的椰子树干直指云霄,我要高高地昂起头,才可看见翠绿的树冠。

第三天,喜容同学的妹妹早上六点带我去逛花滩林场。当时,从春城到花滩林场来回只有一班车。一般早上六点出发,下午三点返回。路上大多是崎岖的山路,要颠簸两三个小时。我第一次坐车绕过弯弯曲曲的环山公路,觉得惊心动魄。也是第一次走进大山深处,满足了对山里人家的好奇心。纯朴迷人的山里妹子,更给我留下了很深的印象。我们一起钻山林,寻找清澈见底的小溪,瞻仰河边堆积如山的木头,探访小池塘里的小鱼小虾,还有山间小路上那呱呱叫得最响的母鸭。山里人去外面一趟不容易,日常所需,一般自给自足。鸭蛋自然就成了稀罕物,难怪母鸭给我一种骄傲的感觉。

这样的假期生活是多么有趣!这样的同学友谊是多么美好!可惜,一转眼,我们就初中毕业了……

在信息不发达的20世纪80年代,考完中考,就意味着我们从此天各一方,不知何时重聚了。我们大家都很珍惜我们的友谊,分别在即,一起开毕业晚会、照集体照、自由合照留念。这张六人合照,就是彼时照的。照片中,六个女孩子,两个留着长发,四个剪着短发。除了一个脸上露出微笑,其他五个都脸色凝重。我们分成两排坐在操场茂盛的草地上,前面的一排紧紧相依,后面的一排用手搭着前面同学的肩膀。每张脸虽然稚气未脱,但青春飞扬。

  毕业后,我们分别二十年时,曾经聚会了一次,然后大家约好每五年大聚一次。自此后,联系紧密的同学,是经常小聚的。一相聚,就谈论家长里短,大家互相劝慰、支持。只是,有的同学毕业至今,还是没能见上一面。坐在后排中间的女同学,我们每次聚会,她都因为在外地定居生活,没法赶回参加。这次阳春小聚,照片上有三个人聚在一起,前面一排右边的是我,中间的是世玲同学,坐在我后面的是喜容同学。

  这一天,我们照了许多合照,但脸上的青葱已被中年眼尾的皱纹所代替。梦里的花落知多少,在现实中没有丁点的浪漫。中年生活的压力、心理的压力不管男女都得承受,而深厚的同学友谊,在这段旅程中相互扶持、鼓励的力量尤为重要。同学之间的友谊,在岁月的淘洗中变得越来越珍贵了!

陪你一起看月亮

八月十五拜月亮的时候，两个学生在微信上发来一首没完成的诗给我，请我续写下去，因为她们实在想不出怎么结尾了。我仔细一看什么"淅沥小雨化成泪，远隔相思同望月"之类的句子，觉得太矫揉造作，而且联想也不合理，就直接回了一句："这真的是'少年不识愁滋味，为赋新词强说愁'！"

天天开心回道："正是少年不识愁滋味，遂求老师出新招。"

我一看乐了："小孩就写小孩的作文，不要矫揉造作。"

天天开心做了一个无语的表情后说："该怎么优雅且不搞笑地回复您呢？"

我又笑："直说，不客气！"

憋了好久，终于，天天开心"不客气"地回复："老师，你是老六，我是老五，彦珊是老四。"

我继续笑着说："我怎么返老还童了？"

彦珊也问："为什么我是最小的？"

天天开心赶忙笑着说："没有，没有！"

"不是数字越大,排行越小吗?彦珊你最大!"我大笑。

然后,大家就发来哈哈大笑的表情包。

就在这快乐中,我把祭拜月亮的照片发到群里。于是,又引来一番话题。

天天开心:"我们这边放烟花,可热闹了。"

彦珊:"老师,你那里的月色好美啊!"

我一一回复:"我这里也有烟花,一阵阵的;这是我家的天台,刚拜完月亮。"

天天开心:"一样,我奶奶刚收拾完。"

我说:"有奶奶好!珍惜!我儿子很小就没有了爷爷奶奶,现在又在外地读书,就我和他爸在家赏月。"

天天开心:"嗯……抱歉!"

彦珊:"老师,我们以后都陪你过节!"

天天开心:"老师,我们以后都陪你一起看月亮!"

我说:"谢谢小可爱!今晚,你们就陪我一起看月亮啦!"

天天开心:"非常乐意。"

彦珊:"非常乐意!"

天天开心:"补三个感叹号,加重一下语气,表明我十分、非常、特别乐意!!!"

然后,大家又发来哈哈大笑的表情包。

如水的月色下,我仿佛真的听见了清脆爽朗的笑声。可是,望着天上不大圆满的月亮绽放清冷的银光与圆桌上红红的蜡烛发出温暖的橙色光芒互相辉映,思念还是像月光丝丝缕缕缠绕心田。心里变得苦涩难言,眼泪也情不自禁地流下来……

孩子长大了,离父母越来越远,今晚,有多少父母与孩子远隔千里?有多少大家分成一个个小家?而父母的父母呢?又有多少成了天上的星星,天人永隔？

　　人长大了，会体味越来越多的孤独。仅此一颗月亮，是否用它永恒的孤独在告诉我们团圆的珍贵？可是，"此事古难全"！除了生活所逼，除了天灾人祸、生老病死，战争的魔爪也时时笼罩大地。那些生活在炮火连天中的人们，今夜，他们是否有闲暇、有心情看一下月亮？为什么民生是如此之艰难？

　　……

　　家族群里、兄弟姐妹群里，红包雨一阵又一阵在庆祝着中秋佳节。偶尔，兄弟姐妹也发上一些在各自家中赏月的图片和视频。圆月、烛光、月饼、水果、美食……美不胜收，让我目不暇接。只是，父母祭拜月亮的苍老虔诚的身影又让我触目惊心。

　　时光易老，人生无常。幸好，我们生活在一个和平美好的国度！在举家团圆的日子里，虽然不在一起，但能在微信上共赏一轮明月就是幸福！

　　嘻嘻、咯咯、哈哈……笑声不断在耳边回响。朦胧的月光也不断编织着瑰丽的仙境。我不由得童心大盛，在微信上高声喊："我十分、非常、特别乐意陪你们一起看月亮！！！"

　　真希望我的声音，传遍世界的每个角落。

朋友者，风乎舞雩

我常梦想自己是田间小路边的一株小草。因为自小生活在乡下，太喜欢那随处可见、具有顽强生命力的小草了。而且，对秋天隐居在金黄水稻之间鲜嫩可爱的小草印象特别深刻。

早晨，农民伯伯的镰刀刚吃饱了被露水沾湿的水稻，厚道的牛儿就眼睛发直，争着抢着吃阡陌上还沾满露珠的嫩草。那草在一片金黄的田野里绿得晶莹，绿得新鲜，绿得温柔。可是，一想到它们刚一展芳容转瞬就沉沦牛腹，我心里就多了几分惋惜。不过，这也正是我喜爱小草的原因。

草，最喜欢与鲜花为伴，鲜花无疑就成了小草最珍贵的朋友。

实际上，生活中我也非常喜欢鲜花。朋友，就是我极其珍爱的鲜花，总把他们栽在心灵的花园，小心侍弄着。

年轻时，在一个狭窄的房间，我曾养过一株茉莉花。我把这株茉莉花栽在一个自己喜欢的花盆里，早晚给它淋水。但是，整整三年都不见它开花，也没见它长大多少，留给我的总是一个浓绿的倩影。这遗憾让我一见到盛开的茉莉花就欣喜若狂。

二十年后，当我新栽的茉莉花终于开花时，心中的那份喜悦竟让我泪眼婆娑。可是，当我忙得三两天没空去看茉莉花，发现它已被害虫吃得连一片叶子也没剩下时，心里那份伤悲让我一找到那条可恶的害虫，就毫不犹豫把它踩死。直到茉莉花重新绽放出新绿，重新盛开洁白晶莹的花朵，我的心才获得救赎。

这样，一朵鲜花带给我的喜怒哀乐，不管时光如何流逝，依然碾过我的心底，留下深深的足印。这又与一个个朋友在我心底留下的痕迹何其相似！

一路走来，我都喜欢养花。当然，也从不缺少朋友的相伴。

曾经，有一个伙伴，我们在她父母的絮语中，枕着波涛安睡；曾经，有一个伙伴，我们在她母亲的笑骂中，吃着香甜的碎米粥；曾经，有一个伙伴，我们在她奶奶制造的神秘中，一起等待一株昙花的盛开……

太多可爱的伙伴！多得如美丽的鲜花，无法一一回想，但他们都在我内心深处。他们和家人一样，是我力量的源泉！是我遇到困难时有力的臂膀！是我闲暇时漫步庭园赏心悦目的花朵！

有这么一个朋友，我们相识于人生最美好的年华。她可以一个人从几千米外的校园走路给我带来中考复习资料；她也可以在毕业晚会后，陪我坐在凌晨一点的青青校园里一起欣赏夜空。毕业后，我们各奔东西，生活在不同的城市，但我们可以在彼此的婚礼上互相祝福，在各自的生活中互相扶持。三十多年来，我们虽然聚少离多，但是我们的友谊一直没变。她是我心灵中不会枯竭的海，她是我心海里那根定海神针，让我的心灵之舟始终待在一片平静的港湾。

有这么一个朋友，他可以在我困难时，一个电话打过去就帮我解了燃眉之急。

有这么一个朋友，当我向她倾诉心里的冤屈时，她会陪着我一起长吁短叹，然后鼓励我寻找新的方向。

有这么一位朋友，当我有疑问向他请教时，他总是不厌其烦地帮我解答，并伸手帮我解决疑难……

太多太多这样的好朋友了！他们真的如美丽的鲜花时刻陪伴在我的身边，让我每一分每一秒都沐浴在淡淡的花香中。

去年，我们初中的同学举办了一次同学聚会。在聚会现场，有个做拓展训练的同学，让我们大家体验了一次拓展训练。同学解释说这项训练难度非常大，要让所有的训练队员进入到一种面对未知的状态中，并且在这个过程中还要把自己的生命交到别人的手中。

当我蒙上眼睛，把手交到一个同学的手中时，心里是那样平静。我没有一点害怕，因为我非常信任我的同学。即使我们分别了二三十年，我仍然选择像相信一位老朋友一样信任他。我相信：不管我们面对怎样的"风雨人生路"，只要把手交给他，他就可以平安地把我送达无风无雨的驿站！

朋友间最讲究的是真诚与信任，我们拥有了这两点，就拥有了好朋友，也拥有了美丽的人生！

"暮春者，春服既成，冠者五六人，童子六七人，浴乎沂，风乎舞雩，咏而归。"这是孔子"与点"的境界。我也愿与我的朋友在春天郊游，风乎舞雩。这大概是小草与鲜花最美的境界吧！

趣味运动会

当阳江市高新区漠南中学 87 届"六二趣味运动会"举办第四次时,我的心再也不能平静。你追我赶的接力跑、趣味十足的多人跳绳、激烈的篮球对抗赛、羽毛球比赛、乒乓球比赛、跳远比赛、跳高比赛等,让大家重温了青涩学生时代的感觉,试图找回那逝去的青春年华。

不久前我们齐聚母校。那天是个艳阳高照的日子,天空中的云格外洁白,高远的天空在它的衬托下蓝得像一块崭新的布,给人一种特别干净、特别深邃的感觉,就像我们同学纯洁、深厚的友谊。浓荫匝地的校园热情如故,不管是古老的大榕树,还是挺拔的棕榈树都尽力舒展着枝叶,给我们深情的荫蔽。我们就在它们的庇护下,悠闲地谈心、拍照、嬉戏……操场上,红艳艳的"活力 87"队旗猎猎作响,"漠南中学 87 届初中第四届趣味运动会"的巨大横幅耀眼夺目。在大家的期待中,2016 年 6 月 26 日下午一点半,运动会准时开幕。

我们举行的第一项比赛是跳绳。两位同学使劲地甩着绳子,我们数人一组进行跳绳比赛。刚开始,我没有勇气参加,但看到其他同学跳得兴高采烈,我的心就痒痒的，便约好几个同学一起参加比赛。我们首先按照要求，四人一组一起跳。但人多配合起来较难，而且看不清绳子，很容易踩到绳子，成绩很不理想。后来，我们又三人一组一起跳，这次容易多了。我随着绳子的节奏，轻盈地跳着，快乐得似乎就要飞起来了。旁边观看的同学一起给我们数数，我们跳得更起劲。但跳到四十个时，与我们一起跳的男同学不知何故退了出去。我一分神，劲头就减了，气喘吁吁的，觉得一口气就要提不上来了。但我和另一名女同学依然坚持，即使跳得不再轻盈。六十个！我们跳出了最好成绩！同学们都欢呼起来，我们也开心地为自己喝彩。

接下来，我们还进行了接力跑、投篮、射门、竞走、乒乓球、羽毛球等比赛，运动会取得了圆满成功。

晚上聚餐时，我们举起酒杯一起庆祝胜利，还为优胜者举行了隆重的颁奖仪式。我们设计的奖项很特别，有飞马奖、黑马奖、突破奖、爆破奖等。颁奖时，看见这些有趣的奖项，大家都喜笑颜开，掀起了另一个小高潮。同学们的获奖感言也很动人。其中一个同学说："今天在家和孩子玩耍之后，妻子问我接下去有什么节目，我说我要出去减压，今天这个运动会能够放松身心，确实给我减压了！"另一个同学说："这个运动会很有意义，能让我们返老还童，重新扬帆起航。我们要连续举办五十年，直到我们大家都走不动为止！"同学们热烈地鼓掌表示赞同。

我不由得想起运动会结束后与同学们的一段对话。我问道："为什么叫'六二趣味运动会'呢？"一个可爱的同学回答："小孩子有'六一儿童节'，我们是大小孩，既想重温儿时的欢乐，增进同学的友谊，又想延续我们母校的体育精神，提倡一种健康有趣的生活方式，永远保持一种年轻的心态，就来个'六二趣味运动会'吧。毕竟我们大家年龄已经奔四了，不能再像小孩子那样疯玩了。于是，经过大家提议，就量身打造出了我们大小孩的儿童节。"

是的,"六二趣味运动会"就是我们 87 届初中同学的儿童盛会!在运动会上,我们又变成了那爱笑爱跳的孩子。

趣味运动会不仅重新点燃了我们的同窗之谊,而且带着我们重返少年时,如同我们生命中的一个加油站。

岁月如花

旅途风景秀美,如果不停下来欣赏,就不能体会其中的美丽。人生也是如此,当你偶尔停下脚步,叙叙旧,就会发现它的美。

今年暑假,有个关姓小学女同学从香港回来探亲。经过精心组织,我们二十多位小学同学聚在一起,在酒店准备了一场丰盛的晚宴欢迎关同学归来。

其实,在这几年,年过不惑的我们经常聚首,就在去年暑假还隆重举行了初中同学三十周年聚会呢。在聚会中,我们很多同学都表演了节目。自幼喜欢跳舞,且有着良好基础的关同学更是载歌载舞,惊艳全场。这也是我几十年间第二次见到关同学。因为这次聚会有几百人,我们这两个既是小学也是初中的同学反而没多少时间详谈。时隔一年,当我们再聚时,才有了更多时间深入交流。

这次小学同学的小聚会,大家除了无所顾忌、信口开河地逗趣取乐外,就是畅谈自己的生活感受,其中谈得最多的是小时候的经历。聚会后,我们依依不舍,就照了集体照留念。

小聚会后，在空闲的时候，会拿起集体照来看看。看着照片中一张张亲切的笑脸，虽然不再那么年轻，但回味闲谈的话语，少年的形象又一个个活现在眼前。

那时候，我们同学的生活都是比较一般的。长大后各自的遭遇也因家庭和生活、工作环境的变化而七彩纷呈。

谭同学小时候家庭困难，几块钱的学费都没钱交。于是，小小年纪就学人家做生意。他利用课余时间卖冰棍、摆书摊。几年下来，当他读到初中时，已拥有一百多块的"私房钱"，成为我们眼中的"小富翁"。

初中阶段，我们的美女宁同学曾瞒着父母，和几个女同学一起离家出走，到异地学跳舞。结果，家里闹翻了天，每个家庭的父母都着急万分四处寻找女儿。幸亏，她们遇到了一个好老师。老师让她们及时打电话向家里人报平安，然后语重心长地劝她们回家继续读书，还自掏腰包给她们买回程车票。

爱跳舞的关同学很小的时候，母亲就患病离开了她，缺少母爱的关同学很渴望家庭的温暖。但是，独自一人照顾三个孩子的父亲无法满足她的一些要求。在父亲续弦之后，她更觉得家不像家。即使还有家，那也不再是她的家了。后来，因为机缘巧合，天生丽质会跳舞的关同学被市舞蹈团录取。但是，父亲极力反对。可是，关同学太想离开那个没有温暖的家了，就想方设法说服父亲。最后，父亲不得不同意。于是，关同学初中没有读完就到市舞蹈团跳舞去了。不久，又到恩平市舞蹈团跳舞。当时，团里一个师姐说要带她到深圳跳舞，她就跟着去了。可是，她发现到处跳舞的生活很不安稳，与她渴望温暖、喜欢宁静的性格不合，就毅然决然不干了。这时，父亲让她回家，她也不想回，因为她在深圳找到了另一份比较适合她的工作。也就是在深圳，她遇到了现在的丈夫，有了自己幸福温暖的家。她说她很幸运，年纪轻轻就遇到对的人，否则，单纯美丽的她都不敢设想未来。

春天的声音

　　往事依稀，时光的页码已悄然翻到现在。现在的我们不但早已当妈，甚至结婚早的，已当了外婆或者奶奶，各自的孩子也都有着很好的发展。

　　看着这张大合照，似乎就可以看出我们同学现在美好幸福的模样。照片中的我们笑脸如花，与大圆桌上的红玫瑰、黄玫瑰争艳。同学之间的深情厚谊也在这一笑中可见一斑。这是一种发自内心的笑！没有心灵阻隔的笑！

　　或许，漫长的人生总有那么一段曲折的经历，那是在如花岁月必须经受的，但却可以磨炼我们。又或许，我们之所以能有今天这样美好的生活，正是因为当年经历过那么多的曲折呢。因此，我们有理由相信：在今天这个追求和谐美好的社会，即使如花岁月时不一定美，但岁月如花时一定美！

生命因你而精彩

你是上帝给我们的特殊礼物，只为了让我们在最美的年华相遇，在黄金岁月相知，在漫长的日子里不再孤单。

一起求学的年代，不管是平静的时光，还是激动人心的时刻；不管是嬉戏玩闹的一刻，还是泪雨纷飞的瞬间。你，始终与我同在！在青草地上，有我们相依的身影；在林荫道上，有我们牵手的足迹。你，是我的知心朋友！在朝阳初升的窗前，我们汲取人类智慧的精华；在夕阳斑驳的树林，我们如归巢的鸟儿畅谈一天的收获。你，与我共同分享！

你不是沉默的天，也不是丰满的地，你是万物之灵用真诚、用纯洁、用无私浇灌出来的一朵奇异的花。

你有一个嘹亮的名字，不管什么时候，不管在哪里，只要听到你的呼唤，我们都以最快的速度，在约定的日子，奔向我们相遇、相依、相知的地方！你有一个亲切的名字，就像家乡的一草一木，即使他乡也有，但你就是与众不同！

春天的声音

其实,你的名字很普通,七岁的稚儿都会时刻把你挂在嘴边。今天我同学怎么样,明天我同学怎么样,这是我们小时候最喜欢向妈妈倾诉的对象。

对,你的名字就叫"同学"!

2017年8月12日,是个永远难忘的日子。在热心同学的号召下,我们从四面八方赶回母校——漠南中学参加初中毕业三十周年的同学大聚会。四百多名师生欢聚一堂,尽情叙旧、尽情嬉戏、尽情欢笑!

蓝天丽日,青青校园因为我们的到来充满了生机活力。校道上,挤满了同学的身影。树荫下,三五成群的同学在亲密交谈。那时而匆匆时而优雅的脚步好像要重新丈量校园的每一寸土地。可是,层层的落叶,崭新的校舍已让我们再也找不回当年的足迹。母校上空形态各异的美丽云朵,好像告诉我们时代在不断地进步,我们也应不断地成长。

我们穿着绿色的运动衣,在宽广的操场拍了大合照,然后同心协力书写了"活力八七30"的字样,再次成了一棵棵在阳光雨露中茁壮成长的小树苗。而不管是排在我们前面的老师,还是站在我们身后的老师,始终用他们的睿智为我们保驾护航。

在学校的集体饭堂,我们拿着自己设计的饭票和搪瓷盘排队打饭,想再一次感受求学时的艰苦生活。但是,我们即使吃的是简单的四菜一汤,也比过去好了许多倍。这让我们感到遗憾的同时,也充满了欣慰。当年的味道变得更加深长——忆苦思甜呀!

下午,每年暑假举行的趣味运动会依时进行,同学们矫健的身影不亚于当年。

晚上,一场激动人心的表演掀起了聚会的高潮。演出者倾情表演,同学们看得津津有味,不吝掌声与喝彩声。大合唱《让我们荡起双桨》一下子让我们穿越了悠悠岁月,回到少年时代。而那些独唱、二人合唱、舞蹈都因为是自己同学的表演，更觉得亲切感人。

一天的欢聚让我们重温了读书时代的美好时光。聚会结束了，我们还舍不得离开，还要手拉手促膝相谈，还要同卧一室彻夜长谈，还要相约明天继续畅谈……

聚会结束了，我们的心情依然无法平静。因为在微信群，同学们对这次聚会仍然津津乐道。不但分享了聚会精彩的瞬间，还分享了许多美照靓照，更说了无数的感谢语。

班长说："一场聚会，你我都应该思考很多问题。你，愿意为同学付出吗？你，理解同学的付出吗？"

同学说："向为此次聚会付出辛劳的每位同学致敬！有你更精彩！感谢！感恩！"

是的，没有热心为同学、为集体付出的同学，就没有我们这次聚会的圆满成功。有同学告诉我，四百人，三十年，一百天筹备只为这一天。一百天只为这一天！筹委会的同学付出了多少辛劳！参加表演的同学付出了多少辛劳！

记得聚会前，87届的微信群分秒在更新、刷屏，都是在谈论聚会的准备工作。寻找一个个久未谋面的同学，讨论级组、各个班级的口号，聚会的各个议程、细节，每个班级准备表演节目的花絮……

一个了解准备细节的同学对我说，有两个女同学为了跳好一支舞蹈，竟整整瘦了十多斤；而一个从香港赶回来的女同学，为了增加晚会节目的丰富性，带领同学们用最短的时间赶出了两个节目；一个参加舞蹈表演的同学紧张得连续几天失眠；聚会的总策划师整天没有一刻停歇，既当晚会的主持人，又做表演者，聚会结束后，他声音竟已嘶哑；还有许多事业有成的同学慷慨解囊，为聚会的成功出钱出力……

正是有了这一个个同学的无私奉献，才有了我们这次难得的相聚，也才

春天的声音

有了我们这精彩的一天。正是有了他们的辛勤付出，我们在欣赏美的同时，深切感受到同学们那颗团结友爱的心。

　　同学，这一天，让我们重新整理行装，用青春的心态笑对明天！这一天，让我们放下一切无奈与彷徨，抹平脸上的风霜扬帆起航！同学，只因有你，我们的生命变得更加精彩！

文学六"姐妹"

我手里拿着一张旧照片爱不释手。看到这张照片，1994年那个多雨的夏季就浮现在我的脑海。

那年夏天，我不顾暴雨天气，参加了广西桂平金田杂志社举办的文学笔会。我和二十多个来自全国各地的文学爱好者欢聚一堂，首先参加了当地的文学沙龙，学习了三天文学知识，然后冒雨游览了南天第一山——桂平西山，最后参观了洪秀全金田起义的旧址。在这个古战场遗址，我是如何都无法高兴起来，不管是专家介绍起义地点的有利环境，还是看见美如西子的金田水库，我的心始终沉甸甸的——我脚下的每寸土地仿佛都在向我倾诉，那个发生在19世纪中叶，震惊中外的太平天国起义。这场坚持了十四年的农民战争既有它的积极意义，又有它的局限性，但不管如何我都不喜欢战争，不忍心看到生灵涂炭。只要一想到那些血雨腥风的日子，我内心的伤痛就绵绵不绝。或许，与我同行的其他五个"姐妹"心意相通，大家心情都很沉重，因此，当我们大家站在金田的一个遗迹——风门坳合影留念时，这种心情就表露无遗。我们表情严肃地列成一队,没有一个人笑,站在正中,手拿红玫瑰放在鼻子下的阿莲,大概也忘记了玫瑰的芳香,花朵倒是无意中成了背景。一个挥舞着右手的杂志社男编辑和穿着白衣服、红裙子,外号叫"林妹妹"的文友面容温和。

照片上的我们,可谓少年老成,但那股青春气息却连沉重的岁月也无法遮挡。左边第一个是四川的郑庆华,他微侧着身子,眯着眼,脖子上戴着我们游览西山时买的一个圆形的小饰物。左边第二个就是我了。我也戴着一个红色的小饰物,双手抓着黑色的背包带,剪着短头发,穿着白裙子,紧抿着嘴巴,眼神忧郁。第三个是来自江苏的阿莲。因为暴雨,阿莲差一点就来不了,但最后赶到的她却带来了一篇让大家惊喜的中篇小说。时任广西壮族自治区文联主席的潘大林隆重地把她介绍给我们。看阿莲留着短发,穿着短衣短裤,左手拿着玫瑰,右手戴着手镯,我们对她就有了一个直观的看法:豪爽柔韧的女汉子。对!阿莲就是这样一个表里如一的人。第四个是来自湖北的尹云芳。她戴着一副墨镜,左手拿着一台相机,穿着米色的长裙,像她的散文《来是空言》中苦苦等待的女主角。第五个"蓝精灵"和第六个凌俊健都来自广西。从照片上很明显地看出我们不是六姐妹,而是三男三女,但爱好文学的我们却无视性别的差异,来自五个省份的六个年轻人一见如故,就结拜成了六"姐妹"。我们还约好,若干年后,如果我们都能坚持自己的爱好和追求,就一定能再见。

现在,当我再次拿起这张相片,写下这些文字的时候,那首因阿莲的红玫瑰触发灵感而写下的散文诗就自然地流泻出来:在茫茫的黑夜／燃起熊熊的篝火／让火光遍及远山／融化厚厚的积雪／让那彻骨的清泉／泡净你满足的泥泞／在烦闷的旅途／让心栽下一个春天／倾听枝叶拔节的声音／倾听种子破土的骚动／让困倦的双眼写满对生命的惊奇与崇拜／在登山的时刻／你就撑起一片绿荫吧/让汗水和着叮咚的泉水流向远方/让思想在静谧的时空里畅想遨游/独个体味夕阳与冷月/在漫山遍野的郁郁葱葱中/你就会发现/一朵异彩的玫瑰在悄悄吐露馨香/正如你唇边绽开的微笑/口中呵出的长气/将江山点化……

我亲爱的姐妹们,在文学的旅途上驻足十多年的我,又重拾秃笔,艰难跋涉。你们在哪里?你们还好吗?但愿我们能再次相遇。

春天的声音

夏夜的两颗星星

又在夏夜仰望星空了。

街灯明亮,恍如白昼。墨蓝的天幕,云走星现,但只稀疏的两三颗。倒是那过往的飞机,一闪一闪,快速移动,十几分钟就飞过四五架。这世界变化太快了,怎么飞机比星星还多?稻谷差不多该收割了吧?那夜晚的晒谷场是否还在?

小时候,夏天是父母最忙碌的季节。因为每年六月,他们既要忙收割,又要赶插秧,每天都得凌晨三点起床劳作,直到晚上八九点才乘着月色归来。

夜晚一到,就是我们孩子思亲的时候。一天不见父母,夜幕降临就觉得孤单。特别是那些嗷嗷待哺的孩子,自然更是思念母亲那香甜的乳汁。虽然中午带孩子的老妇人一般会背着他们到野外找母亲喂奶,但一天只喝一次母乳,哪能解馋呢?因此,一到傍晚,村里总会听见孩子的哭声。但在家照顾孩子的老妇人自有妙计。她们早早让大点的孩子吃饱、收拾干净,然后一边哄着小的,一边拿着破损的旧凉席到村口的晒谷场等待孩子的父母归来。这时,晒谷场就成了儿童乐园。家家户户的孩子或坐或躺在凉席上,一边唱着儿歌，一边等待着各自的父母。大家都神情愉悦，仿佛一到这里，离母亲就近了，渴望见到双亲的心情也暂时满足了。

朦胧的月色中，晚风轻轻地吹着。我躺在凉席上，仰望星空。深蓝的天空，万里无云，月亮里的丹桂树清晰可见。满天星斗像地上的孩子那么多，星光闪闪像孩子的眼睛眨呀眨。或许，它们也在思念着某人吧。一条白练横挂东西，把天空割成南北两面，也割断了牛郎织女的美满幸福。曾祖母说善良的人死后灵魂就能升上天堂，一颗颗星星就是这些人的灵魂。这是真的吗？不管真相如何，我内心深处一直渴望这是真的。如果一个人走了，还能在天空俯视着曾经关心的人，那会是一件多么美好的事情啊！

现在，我已是不惑之年，距离美好的童年似乎很遥远了，但童年的一些记忆却日益清晰。

此刻，望着夜空中两颗明亮的星星，我仿佛看到两位对我影响颇深，但已经仙逝的老师在瞧着我。

那颗小一些的星星，应该是张老师的灵魂。张老师教我们三年级时，已经快退休了。他上课的时候，戴着老花镜，我看不清楚他的眼睛大小。只有在下课时，他不戴眼镜了，我才发现张老师的眼睛是那样小，像一条缝。但是，他盯着我们的时候，或者批评调皮学生的时候，我还是能看见一缕锐利的光从缝隙里射出来。

那时，我们有多调皮呢？几十年之后，从同学们在聚会上经常拿当年被张老师惩罚的同学开的玩笑中，就可略窥一二。但是，张老师对我从来都是和颜悦色，还很信赖。

那时，我刚由农村转到镇上小学来，对什么都怯生生的。但张老师却让我当班干部，班内的工作放手让我做，也常和我聊天。张老师的信任很快让我适应了新环境，和新同学的相处也很愉快。还让我树立了信心，有勇气挑战困难。

春天的声音

20世纪70年代末，自行车是稀罕之物，在镇上工作的爷爷却拥有一辆。我很是喜欢，便天天缠着爷爷教我骑自行车。爷爷就以我还小和学自行车很难为理由拒绝。三年级的我，的确个子矮小，坐上自行车的车座，脚还够不着脚蹬。但"难"，我可是一点都不怕。后来爷爷实在熬不过我的死缠烂打，只得让我骑在横梁上学，还教我一条秘诀：骑自行车不是骑得快为好，而是骑得慢，却不会摔下来为妙。我谨遵爷爷的教诲，虽然摔了很多次，但还是很快学会了骑自行车。

秋天，学校组织到校外较远的山上野炊，说会骑自行车的同学可以骑车去。我马上报名，说自己会骑自行车。张老师半信半疑地同意了我报名。但一个圩日，我在镇上骑着自行车乱逛的时候，恰巧被张老师看见了，他马上说了一句："哦，原来你是这样骑自行车的，这样也说会骑吗？"回到学校后，张老师就坚决不让我骑自行车去了。

至今想想，如果当初张老师答应我骑自行车去，那我坐在横梁上的屁股一定很不好受。就是那奇怪的骑车样子，在路上也一定不大安全。或许，张老师就是因为这样才不同意我骑车去的吧。

当我升上四年级时，张老师就退休了。自此，我就再也没见过他。直到小学同学三十年聚会，我才知道张老师已驾鹤西归。对张老师的离去，我的心狠狠地疼了一下，但并不感到意外。人的寿命终是有限的，不管愿望有多么美好，都逃不脱自然的规律。

那颗大一些，也较明亮的星星，应该是李老师的灵魂。李老师在我读中学时，曾教了我两年的语文。他浓眉大眼，须发皆黑，皮肤也很黑，还爱喝酒。我曾把他比作《三国演义》里的张飞，但又觉得不妥。因为张飞原是个杀猪屠夫，后协助刘备成就蜀国大业，被封为车骑将军。但李老师却是个实实在在的语文教师，经常在校刊发表洋洋洒洒的诗词。

李老师上课不会照本宣科，课讲得通俗易懂，就算是语法知识也讲得生动有趣。我非常喜欢听李老师的课。在一次语文测试中，我考了全班最高分。同学们诧异不已，因为他们觉得试题挺难的，不相信我能考那么高的分数。

李老师有才学，但生活负担重。他一个人工作，养儿育女，还要赡养父母。妻子没有固定的工作，上班时，可养活自己，不上班时，也只能靠李老师那微薄的薪水。因此，当不少教师住进学校新建的教师大楼，李老师一家四口还挤在十几平方米的旧宿舍里。

再见李老师时，想不到他再也不能看我一眼了。当时，我从一个同学口中知道李老师生病住院了，就抽空去探望。但李老师昏睡着还没醒过来，我只能看见他弯得如弓的脊背，瘦小得犹如小孩子。我痛心得无法言语，安慰了家属几声，给了一些慰问金，就匆匆而别。

李老师在我心里是伟大的，因为他是个真诚的人，即使在学生面前，也毫不掩饰他的真性情。在他的课堂上，我总能看见他的至情至性。而且，李老师很细心，对我们每个学生都很了解。记得初二时，他给我的评语是不苟言笑，这真的说到我心里去了。至今，我这性格都没有改变。

西边的月亮不知何时已落下，也不见璀璨的星光。一会儿，乌云就占据了整个天空。

人生何尝不是这样变幻莫测呢？我早已离开家乡到异地生活，乡里人也不再种田，想必那晒谷场也早已不存在，而照顾我长大的曾祖母在二十多年前就变成了天上的星星。

此刻，我不知道为什么在那么多教过我的老师中，偏偏只想起这两位恩师。或许，他们一直在天上默默地注视着我，和我一起度过黑夜，又一起迎来朝阳。

唯愿，不管人生有多无常，世事有多沧桑，我都能在夏夜里看见美丽的星星。

咱爸咱妈

刚买菜回来，就看见邻居老徐在忙活，打了声招呼，问他："忙啥呢？"老徐笑嘻嘻地说："这不是父亲节嘛，趁空闲也孝敬孝敬咱爸咱妈。"我一听有些愕然：老徐的老爸老妈不是早过世了吗？再仔细瞧瞧老徐忙活的对象，心里像有一股电流流过，一下子将我钉在地上一动也不能动，只呆呆地盯着他的动作。

老徐穿着浅色长裤、短袖T恤蹲在地上，左手拿着一瓶天麻水，右手拿着一块棉质的小毛巾轻轻地擦拭一个红褐色的相框，相框里一个古色古香的家里，两个穿着枣红色古装、慈眉善目的老人端坐在太师椅上正对着我微笑呢。

当我终于回过神来，就满怀敬意地问："这就是你爸你妈？何时装裱得这么漂亮？""就今年寄到广州重新裱过的，我们五兄弟一人一张相片，每张装裱费、上色费八百元，我的这张在运送的过程中沾上了一些脏东西，现正清理着呢。"老徐头也不回地说。"哦，难怪这么漂亮呢！你家兄弟也挺孝顺的。"我由衷地说。"咱爸咱妈人好啊！一辈子做好事，儿子孝顺，这是福报啊！"老徐感叹道。我一下子来了兴趣，就请老徐讲他父母的故事。老徐就开始夸奖他的父母："咱爸自小是个穷小子，但脑瓜子灵、心肠好。一次，他从水中救了一个地主的儿子，地主为了报答他，就让他陪自己的儿子读书。可惜好景不长，刚读完小学，日本鬼子就入侵中国了。地主一家逃到国外去了，留下一个小姨太看家。不久，那小姨太生下一个男孩就走了。咱爸那时刚结婚不久，在一个钱庄当账房先生，知道后二话不说就把那男孩抱回家，当作自己的儿子养，这就是我的大哥。后来，咱爸咱妈连续生了我们兄弟四人，咱爸也因战乱失业了，一家人没柴没米都没扔下大哥。这是咱爸做过的最修心积德的事。咱妈虽是个老式妇女，但做得一手好的针线活，孝顺公婆，相夫教子，还会接生孩子。经她双手接生的孩子不知有多少，遇到家庭困难的，还一分钱不要……"末了，老徐还意犹未尽地说："你说，在那艰难的岁月，这么好的人不应该有好报吗？咱爸咱妈都是高寿的人，都活到八十几岁，两人走时，儿孙都在身旁。我那大哥后来也出国了，但每到清明必回国拜祭咱爸咱妈。"

五十有几的老徐是一个渔民，平时只有休渔期才回家住上一段时间，因此虽做邻居多年，我也是第一次听他说父母的事。看着小心翼翼继续忙碌的老徐，忽然觉得他是个挺幸福的人：有一对好父母可以让子孙永远津津乐道，难道不幸福吗？

找回遗忘的青春记忆

我微信的头像是一张小学的黑白照。朋友们都好心地建议我换一个头像，理由是太老土了。还有人很奇怪地问，为什么用这样的头像？当我做了解释后，他们都支持我的做法了。因为这张黑白照对于我来说，是一份珍贵的青春记忆。

距离小学毕业三十个年头的时候，我们组织了一次同学大聚会。热心的同学还创立了小学同学微信群。我们这一届，小学有三个班，考上初中后，有很多同学就成了初中同班同学。刚开始，大家的记忆有点模糊，不知谁和谁是小学同班同学，谁和谁是初中同班同学。有一个女同学，大家都认为她是我们班的，可偏偏只有她认为自己不是我们班的。直到有个同学晒出她当年毕业时赠送的一寸黑白照，她才相信。

于是，大家怀念起读小学时的黑白照片，回家后纷纷翻箱倒柜找照片，找不到的表示很遗憾。有个同学甚至在微信里承诺："谁能帮我找到小学时的靓仔相，重重有赏！"

其实，这个同学说的话，也算讲出了我们的心声。我们小学毕业的时候，既没有集体照，又没有彩照，只有黑白照。毕业前，大家就到照相馆晒几十张一寸的黑白照分赠给要好的同学做纪念。这些黑白照就是我们小学记忆的唯一物证了。

记得读小学时，我们男女同学很少交流。因此，当有心的同学把保存了三十年之久的黑白照在微信上晒出来时，大家马上就发现一个有趣可笑的现象：男同学保存男同学的，女同学保存女同学的。这时，有个男同学就调侃道："以前，楚河汉界分明着呢！"另一个女同学马上说："那时候真的是男给男、女给女的，观念多陈旧。"此话一出，马上又有一男同学长叹："想起我们七〇后可真悲！连个个人彩照、集体照也没一张，时代不给力啊！"

在同学的纷纷议论中，我不由得感慨万分。的确，我们虽然只有黑白照，但黑白照却深深地烙下了那个年代的印记啊！我们拥有的，是别的年代无法拥有的。一张黑白照，让我们找回了多少遗忘的回忆，找回了多少纯真的友谊！而这些宝贵的东西和今天的毕业生照的彩照、集体照价值是一样的。

我的这张黑白照就是其他班的一个同学晒出来的。当年，我们虽然不同班，但却是一见如故。即使后来为了生活各自奔波劳碌，心底那份情谊始终没有改变。我想：就让这张珍贵的黑白照见证一份真挚、永恒的同学友谊吧，而这种珍贵的情谊不管哪个时代都需要，是永远都不会过时的。

春天的声音

两个忘年交

我曾经有两个忘年交，一个相识在青年时代，一个相识在不惑之年，都是因为文学结缘。

青年时代结识的，原名冯荣业，笔名绿叶，我叫他冯伯。冯伯的年纪比我父亲还大，是一名省级作家，20世纪90年代初在东平镇中学任语文教师。他瘦高个儿，戴着银框的眼镜，斯文内敛，一看就是个谦谦君子。冯伯养育了四个女儿、一个儿子，其中有三个是大学生，一男一女还继承了他的衣钵。冯姆没有工作，冯伯就靠着微薄的薪资养儿育女，孝敬父母。

认识冯伯的时候，冯伯最小的儿子已经上大学，所以无法想象他当时养育儿女的艰辛。但当我在台风天第一次登门拜访冯伯，看见不急不躁的冯姆和他懂事勤快的小女儿时，我就完全理解了。一个人要经历多少艰难困苦才能养成安之若素的品格？一个孩子若不是懂事勤劳，哪能抢着帮我洗被大雨淋湿的衣服，还主动让出自己整洁温暖的小床给我睡觉？而冯伯更是热情好客。他用早已准备好的新鲜食材，愣是在窄小简陋的厨房里倒腾出各式菜肴招待我。

第二章　春花篇

自此以后，我多次到冯伯家做客。他们一家，除了他大女儿和三女儿在深圳居住，我无缘认识，其他的都认识了。我不但是冯伯的好朋友，还是他两个女儿的好朋友。他的二女儿出嫁时，我作为伴娘去喝了喜酒。而我出嫁时，是冯伯的小女儿做伴娘。冯伯待我像是亲女儿一样。他学校的文学社举办采风活动，冯伯邀请我和他的二女儿一起参加。我见他写文章的稿纸与我在外面买的稿纸不同，就问他的稿纸在哪里买的。他不但告诉我在哪里买的，还专门出城带我到卖稿纸的地方去买。我对文字排版有兴趣，冯伯就耐心地给我讲解相关知识，还特别教我文稿中一些特殊位置的标点符号使用规则。

有一次，阳东县文联举办征文比赛，他特意打电话通知我参赛，并帮我把稿件交上去。交稿后，他还在电话里笑着和我分享交稿时的趣事。他说负责收稿的工作人员指着我的稿件问作者是什么人，他就骄傲地说："她是未来的大作家！"我听后，哈哈大笑，但内心却多了一份沉甸甸的责任，而这份责任就来自冯伯对我的期望。后来，或许是因为冯伯的名头，我所写的小说还获得了一个小奖。

结婚后，因为忙于工作和家庭，我就很少到冯伯家了。以致后来冯伯退休后不久就患了病，还不肯就医吃药我都不知道。偶尔，我和冯伯通电话，他说得最多的是他的儿子，总是担心儿子的婚姻大事，还托我做媒。冯伯走时，我也不知道。直到有一次我去东平办事，顺便去他家拜访时才知道。这简直是晴天霹雳！他的小女儿说："爸爸临走时，还不断念叨他还有一个'小文友'。"我听后更是悲痛万分……

不惑之年结识的另一个文友家住阳春，他叫蔡少尤，是一位国家级的作家。因为同姓，我便尊称他为蔡大哥。蔡大哥是2022年初春离世的。本来在他走之前，我是可以见他最后一面的。因为年初他曾去阳江参加一个活动，但是我却没时间参加。这成了我心中永远的遗憾。因为这个遗憾，整整半年

春天的声音

我都处在悲痛中。我总是谴责自己为什么听到蔡大哥患病的消息，要被他"哄骗"没事，就不去探望他。而蔡大哥待我的好，更是在一个个难眠的深夜被我一再回想起来。

犹记得我买新房时，每当我打电话向蔡大哥咨询有关屋宅的问题时，他总是不厌其烦地给我解释。而且总是解答得很中肯，让我神奇地以为他就站在我的面前，和我一起看房子。有一次，我看中一套房子，商谈了一月之久却在一夜之间被屋主告知卖给亲戚了。我很是难过，便告诉了蔡大哥。蔡大哥安慰我说："没关系，还有更好的等着你。"蔡大哥说完这句话不久，真的让我遇到了现在所住的房子。当我买下更喜欢的房子时，我丈夫说："蔡大哥真是神了，怎么一语成真了？"后来，我们和蔡大哥在阳春见面时说起买房子的事，蔡大哥谦虚地说："我哪里有那么神，只不过在电话里听见你的声音就知道你喜不喜欢罢了。"听到蔡大哥这个回答，我觉得很意外，但在内心却更加佩服他的才干：能通过声音判断一个人的喜好，这也是一种过人之处。

2020年初冬的一个下午，我们去阳春办事，便约蔡大哥出来吃饭。蔡大哥一听见我们来了，就十分高兴地说："我请你们吃饭，一是作为同宗的兄长，二是作为一个文学前辈。"然后就不顾我的推辞，在一个酒店上好菜等我们到来。因为我们办事耽误了时间，到达饭店时就比较晚。一到饭店，看见蔡大哥一个人面对着已经放凉的饭菜，孤零零地等待我们，我愧疚不已。但我又不会说客气的话，只是觉得心里不好受，话语反而更少了。饭桌上，蔡大哥和我说了阳春蔡氏宗庙的事，也谈了关于文学创作的事。这次见面后，我就再也没有见到过蔡大哥了。那时，我绝对想不到那会是我与蔡大哥的最后一面。

平时，蔡大哥总是忙于写各种文章，听文友竹哥说蔡大哥就是以写文为生的。以前，蔡大哥儿女还小时，一家人生活很是艰辛。有时竹哥接到一些写稿的任务，会和蔡大哥一起合作赚稿费养家。现在蔡大哥的儿女都长大了，一家人的生活也好了起来。但是，蔡大哥仍是忙于写稿。我屡次打电话邀请他到我家吃顿便饭，他都说忙，没时间。在阳春那天晚上吃完饭时，蔡大哥说下次一定到我家坐坐，也没能成行。可是，我一打电话给蔡大哥，他总是第一时间就接起电话。有一次，我在微信上发了我写的一组诗歌请他雅正，他虽没有时间细读，但也能及时回复："清爽，纯洁，朴雅，得闲时细读。"还不忘发来两个第一的手势和两朵花鼓励我。

冯伯和蔡大哥都是十分坦诚、内心温暖的人。他们满腹诗书，但都过着平凡普通的日子。他们深深扎根于生活，用生活的艰难困苦磨砺手中的生花妙笔，既写文又修行，这是值得我永远学习的。

第三章

春风篇

蔡所 作品

蝉

　　一个艳阳高照的早晨，校园里响起了蝉鸣声。刚开始，是稀稀疏疏的叫声，像炒豆子般。但一节课下来，就像千军万马般吼叫起来。我好奇心顿起：这得有多少只蝉呀？在二楼的走廊上眺望校园里的几棵盘架子树，果然发现许多蝉就伏在枝叶之间。回到办公室，听见个别同事低声抱怨："这么吵，怎么上课？"我心里暗暗回答："没关系的，它也闹不过几天。"

　　早两天买菜回来，竟然在楼梯上发现一只蝉一动不动地躺在地上，就怜惜地捡起来带回家。小心翼翼地把它放在桌子上，看见小东西痛苦地侧歪着身体静静地躺着，我就沉痛地问它："你为什么失去了生命？是哪个顽童把你逮住了，然后……"我实在不敢想象下去。

　　小时候，对蝉并没有好感。我的一个小学老师根据它"知了，知了"的叫声，就把它判断为一个骄傲自大的家伙。后来看了一个童话故事，又把它看作是一个喜欢安逸享乐、不喜欢劳动的懒惰家伙。因为故事里说它每天只顾着弹琴唱歌，而不去寻找食物，一旦断粮了，就只能饿死。平时，经常听

春天的声音

见别人嫌弃它令人烦躁的叫声，对它就更没有好感了。

于是，一直以来，蝉对我来说，就是一个戛然而止的符号，或者是一个故事的高潮、结尾部分。总觉得蝉刚在我耳边聒噪时，它就消失得无影无踪了。不过，与它有关的记忆却是深刻的。

在我的家乡，一听见蝉鸣，就意味着多雨闷热的天气已经来临，繁忙的六月也即将到来，那些白豆、黑豆、红豆要赶着收获。一吃过五月粽，就要拔花生；一拔完花生，就要收割水稻……恼人的蝉声谁有空计较呢？它仿佛是一个收获季节的锣鼓，热烈的叫声就是急促的鼓点，催促大家投入辛苦、愉悦的丰收中。而当我们把所有的粮食颗粒归仓，又插下黄秧过了秋，才发觉蝉声不知何时销声匿迹了。但没有一个人会遗憾，因为第二年夏天它们又不约而至。

我们就这样周而复始地遇见它，淡忘它，漠视它。记住它，仅仅因为它是一个收获季节的开始。直到有一天，知道它一般要在地下缓慢生长三到十二年，才在阳光下生活六七十天，我才对这只小昆虫肃然起敬。

这几十天地上的生命，蝉是一分一秒都不能浪费的。它们要赶在秋天到来之前，完成繁衍后代的重任。雄蝉一边用自己坚硬的口器——一根细长的硬管把嘴插入树干一天到晚吮吸汁液维持生命需要，一边努力地收缩着肚皮的两个小音盖，扩大瓣膜发出的声音，每天唱个不停吸引雌蝉。雌蝉（哑巴蝉）听到这美妙的音乐，就会寻过来和它交配。交配受精后，雌蝉就用像剑一样的产卵管在树枝上刺出一排小孔，把卵产在小孔里。几周之后，雄蝉和雌蝉就死了。小小的幼虫从卵里孵化出来，待在树枝上，秋风一吹，就把它吹到地面上。一到地面，幼虫马上寻找柔软的土壤往下钻，钻到树根边，吸食树根液汁过日子，开始下一个生命的轮回。

曾经有人说，蝉的鸣叫是一首生命的颂歌。的确如此。当你听到热烈的蝉鸣声，那是它们对生命的高度赞美。没有谁像它们这样热爱生命！一生活在阳光下，就歌唱到生命终了。那是无数个蛰伏数年的生灵的呐喊啊！它们等待了那么多年，就为了生命最后几十天的呐喊啊！不要说，蝉鸣为大自然增添了多少浓厚的生趣；也不要说，蝉的引吭高歌抒发了多少诗人墨客高洁的情怀，单是一首首不用任何中西乐器伴奏却可日夜吟唱的轻快歌曲，这可怜的虫儿，就值得尊敬！

春天的声音

春天是有声音的。在漆黑的夜里，在朦胧的黎明里；在和煦的阳光里，在夕阳的斜晖里。

天空穿上了黑色的衣服，笼罩的白雾就被这衣服覆盖了。那一丝丝的雨却充满智慧，此刻变成一把小提琴，让雨的精灵奏响一曲《春夜之歌》。天地为之动容，完全把自己托付给了春雨。

你听：是滴答声。一声、两声是歌曲的前奏。寂静的世界一下子就热闹了：滴答、滴答、滴滴答……越来越密集。雨呼朋引伴，淅淅沥沥的脚步声清晰可闻。近了，更近了，就在耳边。雨在欢笑，银铃似的笑声充满活力与慈爱，鼓励小草相信自己，真正的强者不争朝夕。雨在说悄悄话："墙角的那棵小树在焦急地等待我们，我们不能吝啬，也不能有偏见，万物都是我们的孩子，爱的甘霖应浇遍每一寸土地。"雨在轻轻叹气："那个辗转反侧的年轻人，不要悲伤，我并不凄冷，也并不无情，请你仔细听听那个唐代诗人吟咏的《春夜喜雨》吧！我只是在蓄势，为了明天的美好。"雨在深情地哼唱："孩子们，睡吧！睡吧！舒舒服服地睡吧！我是妈妈口中的催眠曲。"雨声，戛然而止。但——雨仍在温柔地抚摸着枯枝，悄悄地播下绿色的美梦；雨仍在冰冻的大地上流连，偷偷留下馨香的祝福。

　　天空一觉醒来，换上了白色的衣裙，簌簌的衣襟像一串风铃花迎风舒展。雨停了，低调的小草在湿润的泥土中扬眉吐气，柔软的身躯频频鞠躬，像在感谢造物主的馈赠。墙角的小树青翠欲滴、精神抖擞，但那最嫩的枝头分明看见一滴滴泪珠在闪烁，像是为了感谢雨的慷慨馈赠。那个彻夜难眠的年轻人仿佛一夜之间想通了，他打扮得整整齐齐，甩开膀子热情拥抱新的一天。枯枝绽开新绿，黄黄的，惹人疼爱，逗人喜欢。和风送暖，泉水叮咚，鸟语花香，彩蝶翩翩……一曲天籁已经响彻漫山遍野。

　　春天的阳光是一首抒情诗，吟唱母亲的丰饶、美丽。它用高山开头，满山的苍翠让人充满对生命的热爱，即使最阴暗的角落，生命的气息也从未消失。它用大海作为中间部分，那潮起潮落的壮观景象让人欲罢不能；那波涛暗涌、巨浪滔天更奏响生命的凯歌。夕阳下的草原则是结尾，无际的草原被斜阳拉得老长老长，长得只有阳光累了，累得睡了，那吟咏才会结束。

　　在夕阳的斜晖里，浓雾开始弥漫，在朦朦胧胧中，请你静静听听春天的声音，那是在酝酿生命的又一次轮回。细细碎碎的准备工作已经开始了，你听到了吗？

匆匆岁月里的淡淡幽香

近日,重温周敦颐的《爱莲说》,又想念儿时那满河的荷花了。

故乡的北边有一条河,像条银色带子环系在故乡的纤腰上,家乡人都叫它北位河。北位河就在我们村子的右边,向东则汇入大海。遇到大暴雨,哗哗的河水就往海里倒。如果恰巧遇到涨潮,不能放闸,就危险了,暴雨会让河水漫上公路,淹没农田。不过,这种险况很少出现。一般情况下,北位河的两岸都是禾苗青青,一派欣欣向荣的景象。而在我们村子西边的这一段,每年夏天,北位河就仿若仙境。因为在这里,父亲曾经带领村民种下了满河的莲藕。

夏天一到,荷花就开了。那碧绿浓翠的田田莲叶铺满了西边整个河面。亭亭玉立、如粉似霞的荷花不管有没有蜻蜓立在上面,都清新可人。远远望去,这一段的北位河就仿佛笼罩在绿色的雾霭中,又仿佛河面升起的袅袅绿烟。你再眯着眼睛仔细看,似有红衣绿裙的仙女正在梳妆打扮,或在莲池上起舞。熬不过这迷人的诱惑,我和小伙伴总是匆匆踏过稻花飘香的田野,迫不及待地扑入她的怀抱。

那时，我的小伙伴一共四人，一男三女。除了我是旱鸭子，其他三人都是游泳健将。因此，真正扑到荷花怀里的其实就是他们仨，而我只能站在河边帮他们看衣服，津津有味地看他们表演"鱼戏莲叶间"。我把这看作是老天爷刻意的安排，要不我怎会如此胆小，在河边长大，在海里捉鱼，却学不会游泳？记得有一次，在他们的鼓励下，在河边做狗爬式的我向河中心划去，可还没用力，清澈的河水就拖着我往外漂。我害怕极了，就使劲往岸上游，可越使劲，河水就越把我往远处拖。我的头就要沉没到水里了，只得连呼救命。围在我身旁的小伙伴只得笑嘻嘻地把我"救"上来。从此，我不再奢望游泳。或许，北位河的荷花，需要有一个静静地欣赏她的人，而我就是最佳人选。

北位河的荷花，在村子里看不清楚，那荷花的清香也若有若无。年幼的我，从不问这荷花栽种于哪一年，只知道满河的荷花，让大人、小孩都爱往那里跑。不管中午还是傍晚，我都经常看见湿漉漉的匆匆身影，舒舒服服、心满意足地从河里赶回家。大暑天，劳作了半天，到荷香满溢的河里洗个澡，该是一件多么惬意的事情！

而我，就只能走近看看荷花，嗅嗅荷香，吃吃"藕柴"（莲藕根部白白细细的嫩茎，我们嘴馋就潜入水中挖它上来解渴充饥）。荷花大方地挥洒香气热烈欢迎我，从不让我失望。远远地，我就可看见河里绿纱似的雾，闻到淡淡的荷香。再走近，一股沁人心脾的香就扑鼻而来，让我仿佛置身于美人香闺。久之，自己就恍若一张荷叶或一朵荷花，在清凉的水面上葳蕤，朝朝暮暮、暮暮朝朝吐露幽香。蜻蜓也被吸引过来，停在我的肩膀上，与我相依相伴，静享美好的时光。只有当小伙伴把藕柴扔到我的怀里时，才转换为人形，品尝俗世的清甜美味。但是，这种美妙的时刻，后来就很少了。

读三年级时，分田到户，我就很难寻得清闲的时光，静静地欣赏荷花了。夏天到，"六月田"也到了。不管大人、小孩，都要赶收割、插秧，从早忙到晚，没有一刻空闲。母亲常常说："忙呀忙，忙完六月就毋仔影了。"当时以为是母亲看见我们辛苦，折腾得又黑又瘦所说的同情话，却不知道这是母亲用老一辈的话告诉我们要辛勤劳动才有收获。这句话的意思是忙呀忙呀，六月收割了粮食，就不用吃稀饭了。那时，我家每天都有饭吃，哪里会想到米少水多、一锅粥能倒映出人影的饥寒岁月？不过，不管多忙，大伙的心都是热的、美的。我家人口多，分的田地也多，但是劳动力却少。每年"六月田"，我们经常是最后插完秧苗的。我清楚地记得，有一年，父亲不在家，母亲带着我们忙六月。直到农历七月，别人都在家过节吃糕点，我们却还在田野插秧。炎炎夏日，深深浅浅的绿野，只有我家的农田还是白茫茫的；只有我们还腰酸背痛的，在湿热的水田里蒸煮。幸亏后来附近的亲戚和邻居都赶来帮忙，我们第二天就插完了。从此，纯朴憨厚、勤劳友善的家乡人和童年满溢的荷香就一道活在我的脑海里，年代越久远，味道越香醇。

"菡萏香销翠叶残，西风愁起碧波间。"这是秋天的荷。但于我，儿时的荷没有秋天，只有夏天。"接天莲叶无穷碧"，她永远都青绿地活在匆匆岁月的缝隙里，发出淡淡的幽香。

稻草人

"请在给出的图案中选出一个想念你的图标。"这是我学电脑的一道练习题。给出的图案五花八门，但我绝想不到正确的答案是一个眼睛大大、戴着破烂帽子和穿着破烂衣服的稻草人。

小时候，在我的家乡，稻草人在即将收获的田野随处可见，目的只有一个：驱赶麻雀。它们戴着破破烂烂的帽子，穿着各种各样奇形怪状的衣服，被一根棍子支撑着，不分昼夜尽职尽责地守护着庄稼，那嘴馋的麻雀只能远远地瞧着。每当麻雀忍不住想走近一些，只要一阵风吹来，稻草人滴溜溜地转一圈，它们就吓得振翅而起，逃之夭夭。不过，在漆黑的夜晚或是在淡淡的月光下，稻草人黑黑的影子一定吓坏过胆子小的人，如我。

一个月黑风高的夜晚，我干完农活很晚才回来。眼看就要到家了，忽然发现前面有个黑乎乎的身影，轻飘飘的，左右摇摆，便大声惊呼起来，走在身后的妹妹听到我的叫声也吓得直叫妈。走在最后的母亲忙问叫什么，我胆战心惊地说："有人！"母亲笑着说："有人，怕什么？""不是，是人影！"

我舌头直打转。母亲生气了，就骂："鬼丫头，是人，当然有人影。""是鬼！"我胆怯地叫。"鬼？"母亲听了更生气了，"太平天下，何来鬼挡阳间道？你个死丫头，自己吓自己。走开！让我瞧瞧！"母亲三两步走到我前面，再往前走两三步，就哈哈大笑着说："傻丫头，看把你吓的，这是你二伯母今天刚插上的稻草人。"我一听，马上走上前，扯着那稻草人的稻草说："稻草人，你把我当麻雀吓，我就把你大卸八大块！"母亲一听急了，拉着我说："稻草人哪会吓你，你自己胆小罢了。你看，稻草人一夜又一夜站在这里守护着庄稼都不怕呢。"我不由得脸红了，暗骂自己胆小，连一个稻草人都不如。

自此，我对浑身破烂，不管风吹雨打，也不管白天黑夜地站在微黄稻田上的稻草人格外亲近，就好像看见那面朝黄土背朝天的亲人似的。我的亲人虽然是一个个农民，但是他们吃苦耐劳，纯朴善良，用勤劳的双手劳动致富，用坚毅的身影激励晚辈，用挺直的腰杆教我如何做人。

电脑里的稻草人正眨着大大的眼睛与我默默对视，一股思乡之情突然涌起。自从父母搬到城市居住，我已离开家乡十多年。家乡还好吗？家乡人还好吗？家乡的稻草人还好吗？此刻，我浓浓的乡情就凝聚在衣衫褴褛、容颜憔悴的稻草人身上。想念你的正确答案是稻草人，太恰当了！瞧它那因想念而望眼欲穿的眼睛，因思念而变得憔悴的容颜和瘦弱的身躯，不正是思乡人的形象吗？

想念你，家乡的稻草人！请问你有看见像你一样害着相思病的我吗？

稻花

一直莫名地喜欢花。因为喜欢，所以总害怕清扫满园落花。

转眼，春去夏来，夏天的花已开了。

在我家的庭院里，夏天开的花可谓多矣，如金银花、百香果、米仔兰……

其中，金银花是开得最早的。刚一入夏，金银花就开了。金黄雪白的花儿一朵朵、一簇簇缀满绿色的藤蔓，远远望去，就像金色的朝霞装点蔚蓝的天空。

这时候，如果我爱不释手，却舍不得采摘，就会后悔。因为金银花的花期很短，不过两三天时间，花儿就会枯萎，雪白粉嫩的花瓣也会掉到地上，想收集金银花做中药也就泡汤了。真是"花开堪折直须折"。但是，金银花开数载，我依然舍不得采摘，必得用数年时间品尝后悔的滋味后，才能狠得下心来。

幸亏，在金灿灿的朝阳中我下定决心采摘了金灿灿的金银花，马上就把这种后悔赶到了九霄云外。明亮的阳光在绿叶间徘徊，清甜的花香在指尖流淌，阳光和金银花一下子便住满心房了。

春天的声音

百香果的花在茂密的枝叶间是最不惹人注目的。当它开花时,也没有浓郁的花香。只有当你无意间走近它,闻到淡淡的花香,才会猛然抬头寻找镶着紫色花穗的白色小花。但是,即使百香果花低调如此,风雨也毫不留情。只需一夜的蹂躏,花朵就零落成泥。

米仔兰开花的时候总在多风多雨的天气。如果遇到晴天,花香就特别浓郁,整间屋子都弥漫着花香。这时,不用走出院子,我都知道是米仔兰开花了。但我总是忍不住走出院子去看花。因为,在我的记忆里,金黄的粟粒般大小的米仔兰花是生不逢时的花,如果不及时欣赏,它就会被夏天的狂风暴雨所摧残。

因此,当我匆匆跑去瞧那隐藏在碧玉般叶子间的小粟粒时,爱怜之情就会暴涨。小心翼翼地拿起圆溜溜的小花放到鼻端,想着明天或者后天,善变的老天爷就会把花儿弄得满地都是,雨水一冲又不知所终,就更加心疼了。即使摘一两株夹在书页中留个纪念,也只是徒留伤心罢了。

如此,花开的欣喜总是伴随着花落的伤悲,便不由自主地想起自己最喜欢的一种花——稻花。

每到初夏,稻花就开满家乡的田野。一畦畦、一垄垄延伸到海堤的边沿。那是浅绿色的花海,与堤外的蔚蓝相得益彰。"稻花香里说丰年,听取蛙声一片",这夏天丰收在望的景象,任是谁看见了都会充满喜悦之情。因此,在我心里,稻花一直是希望之花、喜悦之花、感恩之花。

家乡的水稻一年种两季,这就意味着我一年可以欣赏到两次水稻花。一次是端午节前后,一次是中秋节前后。

小时候,家乡的田野就在家门口。当水稻开花的时候,一出门就可看到一望无际的稻花,淡淡的稻花香也迎面袭来。当悄然刮起一阵南风,绿色的稻浪就铺天盖地而来,稻香也一浪一浪奔涌进鼻子。这时,我对谷粒形状,有着小小绒毛，鹅黄色的稻花非常感激，仿佛看见父辈布满皱纹的脸上绽开一朵朵鲜花，他们弓着的脊背也挺直了。

"锄禾日当午，汗滴禾下土。谁知盘中餐，粒粒皆辛苦。"李绅的《悯农》只是写了农民炎炎夏日锄禾的辛苦，但一株水稻由生长到开花，不知要付出家乡父老多少艰辛的劳动呢。

首先是选种。选种工作在上一年晚稻收割的时候就开始了。每家每户的长辈都会先在自家的稻田里挑选一些谷粒特别饱满、特别多的水稻出来，然后才开始收割；或者一边收割，一边挑选。最后抱回家晒干、收藏好，作为明年的谷种。

第二年春天一到，乡里人就要早早耕好田地，把小心浸泡好的稻种撒在地里。这时，就需要好好侍弄：既要及时浇水灌溉，又要按时施肥。但是，有时即使做好这些，也不能保证秧苗茁壮成长。如果遇到寒冷的天气，或是大暴雨，秧苗就会被冻死或者被淹死。

记得有一年春天，天气极其恶劣，家乡的秧苗大多都冻死了。插秧的季节到了，却没有秧苗，大家便着急地向远方的亲戚打听谁家还有多余的。然后就不顾路途遥远，天还没亮就赶去拔秧苗。

春寒料峭，恰又遇上春雨绵绵，是种田人最苦的日子。此时，他们面朝黄土背朝天，整日在地里劳作。身上的雨衣只能抵挡一会儿的风雨，时间一长雨水就顺着细小的缝隙往身上灌。这样，半天时间过去，身上的衣服大部分都湿了，手脚就会变得冰冷僵硬。回到家里，需要马上换上干净的衣服，然后用手搓揉好一会儿，冰冻的手脚才暖和过来。

插上秧苗后还须精耕细作。遇上大雨，要冒雨出去排水，以防禾苗被水淹没了。遇到干旱，不但要整日浇水抗旱，还要半夜三更到水渠的上游引水下来灌溉。这时，全村的青壮年都要出动，守着每个水渠口，既可防止水冲

春天的声音

垮了水渠，又可及时阻止一些偷水的人。如果不巧遇到半夜出来觅食的毒蛇，还会有生命的危险。幸亏，这只是对种田人的一种考验，每次遇到毒蛇，大家都能同心协力把毒蛇打死。

战胜了洪涝灾害，害虫又来捣乱。家里的主心骨就要每时每刻寻找害虫的踪迹，一旦发现蛛丝马迹，就得马上杀虫除害……

为了感谢人们的辛劳，水稻终于开花了！大家自然高兴。但是，也不要高兴过头了，因为，很多艰难困苦还在后头。只有等颗粒归仓的时候，农民的心情才了无牵挂地舒畅。尽管如此，我还是渴望看见稻花开。因为稻花开了，农民就有奔头了；稻花开了，"吃粥就不见仔影了"；稻花开了，一春的劳动也算小有收获了。而且，最重要的是，稻花即使凋落了，也不见伤感的影子。这大概就是我最喜欢稻花的缘故吧。

现在，我已很久没回家乡。但每次看到稻花，我都有一种久违的亲切之感，心里都有一个声音对我呼唤——稻花是辛苦的农家人种出来的，它饱含着崇高的劳动美！

当夏雨肆虐，我就又得打扫庭院的落花了。而我挚爱的稻花，是永不凋谢的。

等待一株昙花的盛开

花开自有时，无须等待，花自然会开。可那年，十七岁的那个夏天，你我为等待一株昙花的盛开，守了半宿。

那是怎样的夜晚？我将永生难忘。不知你是否依然记得，因为自那次之后，我们似乎越走越远了。

家乡的小镇很小，只有一条大街，新来的居民向小镇东西南北四条新街发展。你是镇上的居民，住在老城区，巷道狭窄，屋舍低矮陈旧。一走进你的家，不管外面阳光多么灿烂，里面都黑乎乎的，像穿着黑衣黑裤的老妇人。恰巧，你家里真的有一个长年累月躺在床上的老奶奶。那床就在大厅的左边，一进门就可看见，但我从没见过你的奶奶，也从没听见过她的声音。在我的印象里，她就是那摆在大厅的床和床上那黑乎乎的蚊帐。我之所以对她印象深刻，是因为她总让我感到害怕。可我从没对你说，而且总爱往你家跑，只因你是我志趣相投的朋友。

我自小长在乡下，那里有广袤的田野、蔚蓝的天空、辽阔的大海、清新的空气、灿烂的阳光。可以说，我是大自然的孩子，无拘无束。长大了，来到小镇读书，住在宽阔、崭新、透亮的新街，生活环境和你有着本质的区别，可我们却成了最要好的朋友，即使你我不同班。那年的初夏，我们一起参加学校的课外活动，你我都是旗手。记得那天，你举着鲜艳的红旗，我也举着鲜艳的红旗，在街上巡游，素不相识的我们只是彼此用明亮的大眼睛互相对视数秒，然后同时绽开笑容，就成了好朋友。第二天，你就赠送我一本精美的笔记本，即使你还不知道我的名字，我也还不知道你的名字。至于我回赠了你什么，却早已忘记。

朋友之间，我相信臭味相投。我发现我们都是直率的人，都没有心机，而且都喜爱看文学书籍。你的作文和字都写得比我漂亮，是我学习的榜样。但你我有一个不同点：你活泼好动、贪玩，像个长不大的孩子；而我就比较好静，沉默乖巧。我们一起读完小学，初中就被命运眷顾，安排在同一个班级，成了同桌。初中二年级的班主任对我们很了解。给你的评语是：不要玩物丧志！给我的评语是：不苟言笑！而你给我的评语是：木头！木头就木头吧，我很喜欢。因为我对你太喜欢，像一个大人喜欢孩子似的。你在我心里始终是个孩子，不管你有多贪玩、多任性，我都喜欢，还不时充当大姐姐的角色，帮助老师教育你。可是，谁忍心破坏一颗天真烂漫的心呢？如果不是残酷的现实，谁又能够破坏掉呢？

孩子似的你继续读高中，而我却选择了一条充满荆棘的人生道路。对自己的选择，那时，我义无反顾，现在，我无怨无悔。那个等待昙花开放的夜晚，就在你我开始分道扬镳的那年夏天。

为了与我一起分享一株昙花盛开的喜悦，你提前一个星期就和我约好。那天，小镇的夜晚特别黑。因为你不肯开灯，我和你把昙花搬到你的睡房，一个窄小的阁楼上，就在微黄的烛光下，默默地盯着那棵栽在一个高深花盆里的昙花出神。我从没看过昙花的盛开，在你叫我来看昙花之前，我也从没见过昙花。昙花的叶子翠绿、扁平、凹凸不平，枝干却很高大，摆在小方桌上像一个庞然大物。我实在无法想象它会绽开怎样一朵让人惊艳的花，但"昙花一现"这词已让我充满遐思与向往。昙花该是洁白如玉的，像一个高洁清雅的女子吧？昙花盛开，就好像一位月下美人深情款款地走来吧？而你，却早已看过，也知道昙花盛开的模样。可是，你却和我一样好奇，一样用心。我们两只大大、圆圆、黑黑的眼睛就一眨不眨地盯着那昙花，蜡烛熄灭了，就用手电筒照着看。那时，我完全忘了外面漆黑的天，忘了屋里那个躺着的老奶奶，忘了时光的流逝。可是，那昙花始终没有开放，那含苞欲放的花蕾也不见一点点的变化。这昙花不会在今夜开了吧？我疑惑地看着你，而你的眼里满是自信、坚定，我唯有继续等待。可是，等来的却是我的瞌睡虫。因为白天的劳累，我竟不知不觉睡着了！

  我醒来的时候，已是日上三竿。你却毫无睡意，对着我絮絮叨叨诉说昙花盛开的美丽，可我哪里有心细听你的诉说。我后悔极了，对着那唯一一朵花冠闭合的昙花默默伤神，仿佛自己也凋谢了。我只能安慰自己：昙花看见陌生的我一定是害羞了，也不习惯被四只眼睛盯着，所以才趁着我睡熟的时候偷偷开放。

  可是，那雪白、清香的昙花却经常入我梦中来，它似乎想告诉我：不是的，我不是害羞！我是在等待那个最有心的人。你，无疑是那个最有心的人。如今，你孤身一人行走天涯，为等待心中的最爱至今未婚。我希望你能等到那个欣赏你的人，就像你最终能等到那株昙花的盛开。我，不是最有心的，只能与最美的景色擦肩而过，和一个普通的男人结婚生子，过庸碌寻常的日子。可是，我想告诉你："最"字最是痴迷、难求。或许，那个等待昙花盛开的夜晚已经注定两个女孩不同的人生结局。

杜鹃声声花嫣然

春天,是杜鹃高歌之时,也是杜鹃花盛开之际。

我家窗前一株杜鹃花已经傲娇了一秋一冬。当然,春天来临,它会继续一簇接一簇地盛开。

犹记得,夏天刚过,浓绿的杜鹃叶就开始探出深深浅浅的紫。起初,毫不惹人注意。走近看,小小的花蕾瘦瘦的,有一点弱不禁风的样子。稍不注意,一晃几天过去,花蕾就如张开的风帆,笑傲枝头了。

一朵杜鹃花有三瓣花瓣,组成小灯笼状,一般一个枝头有三朵。当一个枝头有五六朵以上时,就蔚为壮观了。这一朵朵花挤在一起,形成一个个绣球状,花团锦簇就呼之欲出了。杜鹃花开得最灿烂时,每一朵花包裹着的三个小花骨朵才一一盛放,像三个演奏得正欢的小喇叭。

熬过了萧瑟的秋和严寒的冬,春天的杜鹃花已没有了浓密翠绿的叶子,只余下少许的嫩叶和裸露的枝丫。但是,就在这些看似光秃秃的枝头,却依然向四面八方高擎着绯红的杜鹃花。如此的顽强与执着,让人不由得想起那叫杜鹃的小鸟。

传说杜鹃花是由杜鹃鸟吐血染成的。杜鹃啼血不管结局如何,本是可悲的事,为此,古代许多诗人作了不少诗。如:唐代白居易的《琵琶行》"其间旦暮闻何物?杜鹃啼血猿哀鸣";李白的《闻王昌龄左迁龙标遥有此寄》"杨花落尽子规啼,闻道龙标过五溪";王维的《送梓州李史军》"万壑树参天,千山响杜鹃"等。而关于这个传说,不同地方有不同版本,在我的家乡就流传着这样的故事。

相传,古代的蜀国是一个和平富庶的国家。那里土地肥沃,物产丰盛,人们丰衣足食,无忧无虑,生活得十分幸福。

可是,无忧无虑的富足生活,使人们慢慢地懒惰起来。他们一天到晚,醉生梦死,纵情享乐,有时连播种的时间都忘记了。

当时是蜀王杜宇称帝,号望帝。望帝是一个非常负责而勤勉的君王,很爱他的百姓。看到人们乐而忘忧,他心急如焚。为了不误农时,每到春播时节,他就四处奔走,催促人们赶快播种,把握春光。

可是,如此年复一年,使人们养成了习惯,望帝不来就不播种了。

但是,望帝积劳成疾,最终告别了他的百姓。可是他对百姓还是难以忘怀。他的灵魂化为一只小鸟,每到春天,就四处飞翔,发出声声啼叫:布谷,布谷!直叫得嘴里流出鲜血,鲜红的血滴落在漫山遍野,化成一朵朵美丽的鲜花。

人们被感动了,开始学习他们的好国君杜宇,变得勤勉。他们把那小鸟叫作杜鹃鸟,把那鲜血化成的花叫作杜鹃花。

李商隐诗云"望帝春心托杜鹃"。望帝那美好的心愿可以感动古人,当然也可以感动今人。

小时候在乡下,一到春天,杜鹃鸟还没叫,刚泛出新绿的田野在余寒中一醒过来,一家家一户户就忙开了。播种的、耙田的、点豆种瓜的、整理田地的……总之没有一个闲人。那跟在人们后面抓虫筑巢的小燕子也忙个不停。锦绣般的生活就在这勤劳的劳动人民手中一天天实现！

现在，不管是花香还是鸟语都成了人们美好生活的点缀，随处都可见爱花赏鸟之人。有两个喜欢杜鹃花的大男人尤其让人感动。

一个是我的丈夫。

有一次，我和丈夫去郊游。一来到长满杜鹃花的地方，他就停下来舍不得走了。当我走远了，发现他还在一朵大红的杜鹃花前流连，就返回取笑他"贪花"。丈夫却不以为意，反邀我和他一起赏花。他一边观看，一边赞叹："你瞧，这杜鹃花多么红艳！多么繁盛！"在一排粉紫色的杜鹃花里，突然探出一丛深红的杜鹃花，确实让人眼前一亮。而且，那红杜鹃开得的确灿烂，好像一只燃烧的火凤凰。这旺盛的生命力自然深深吸引了喜欢养花的丈夫。

另一个是我的朋友。

我是偶然发现这位朋友也是杜鹃花崇拜者的。一天，朋友家空地上一株养了十几年的杜鹃花被"创卫"人员"掳走"了。他痛心疾首地在朋友圈大呼遗憾，与杜鹃花依依惜别。这让我顿生恻隐之心，便决定赠送他一盆杜鹃花。他来到我家，刻意挑选了一盆粉红色的杜鹃花。对他的选择，我很不解。他就解释说一直都喜欢粉红色的杜鹃花，失去的那株就是粉红色的。现在，那花有了一段这么不幸的遭遇，他对粉红色杜鹃花的爱是刻骨铭心了。他之所以选粉红色杜鹃花，就是希望我送的能代替他失去的那一株。喜欢杜鹃花到如此程度，我是自愧不如，唯有默默祝福友人能固守心中所好。

"布谷！布谷！"春天的早晨，望帝张开红唇又殷勤叮嘱人们按农时播下希望的种子了。在这深情款款的啼声里，我不管杜鹃花和杜鹃鸟曾寄托古今人们多少情思，只想在这春心与花争发的季节里，做窗前这朵极尽嫣然的杜鹃花！

多味的粽子

粽子于我有很多种味道，那一件件难忘的往事，在岁月的淘洗下愈发清晰。

立夏刚过，太阳就热情如火。雨也受了感染，一下就是瓢泼大雨。这如火如荼的大自然彻底点燃了人们的激情。当雨过天晴，蔚蓝如洗的天空，滤过的空气也让人心情焕然一新。

一大早，我就赶着去市场买菜。清晨的菜市场永远是最热闹的地方。

作为一个老练的家庭主妇，在哪个菜贩处可以买到农家菜，在哪里可买到好鱼好肉，我都一清二楚。可今天早上，我总觉得市场与往日不同。除了空气特别清新、被大雨冲刷的地面特别干净之外，还有一种特别熟悉的味道，这种味道一年也就只有这十天半月才有。

当这种味道越来越浓，青绿修长的箬叶就像一位清新可人的山里女孩赫然在目。我诧异这山间女孩怎么这么早就出现在这里。是否它昨天夜里三更就已启程？是的！你看她身上的露水都还没干呢，浑身湿漉漉的。那一双双抚摸她的手也充满了怜爱，小心翼翼地把她捆起来，称好，给钱，再把她整齐地放在菜篮子里。我有些麻木地看着这一切，但是心底的记忆却苏醒了：曾经什么时候，我兴致勃勃地看着一个人做着同样一件事？

"我最不想包粽子了，你们一个个小馋猫总是捣乱。"阿婆一边包粽子，一边数落着我们。我们的确是小馋猫，每年的端午节，吃阿婆包好的粽子总是吃到肚皮像皮球那么大，还要把一只只粽子用绳子串起来挂在脖子上，到处炫耀。晚上洗澡、睡觉都不肯拿下来。阿婆包粽子时，我们也没一刻空闲，总是围在阿婆身边，不是拿张粽叶来玩，就是把阿婆包粽子的豆子之类弄得乱七八糟，让阿婆不胜厌烦，于是就唠叨不停了。可我们不怕阿婆唠叨，依然顽皮，阿婆数落我们的话就成了呐喊声、加油声，让我们玩得更开心。无可奈何，阿婆只好手忙脚乱，尽快包好粽子煮给我们吃了。粽子，于童年的我是快乐的味道，但也有痛苦的味道。

那年的端午节，我大概八岁。阿婆虽然很早就起床包粽子，但是邻居二伯婆更早。当二伯婆煮好粽子时，阿婆还没包好，嘴馋的大弟便闹着要吃粽子。做姐姐的，为哄他开心，便搬张凳子从高高的衣柜顶上拿下一个装满白糖的玻璃瓶，想把白糖给他吃。但想不到那玻璃瓶很大，我双手捧着它走路，根本看不见前面的路，一不小心就被一张凳子绊倒了。玻璃瓶碎了，碎玻璃割破了我的手，鲜血直流。我又怕又痛，便哇哇大哭，大弟被吓得反倒不哭了。这时爸爸妈妈都在田野干活，阿婆忙叫人喊他们回来，然后就拿一些东西帮我包扎。但是，那血总是汩汩往外流，阿婆都慌了神。当父亲赶回来时，鲜血已流了一地。我继续大声哭着，都有些声嘶力竭了。父亲一回来，什么都没说，就拿出一瓶从江湖郎中那里买来的云南白药倒在我受伤的手上，鲜血马上止住了。父亲再拿一些白色的纱布帮我包扎好，然后笑着对我说："没事，这云南白药是治刀伤的良药，明天就好了。"我看见父亲笑了，心里也放松了，虽然手还很痛，但不再哭了。只是，结果并不像父亲说的那样。夜里，我受伤的手又出血了。那鲜血直往蚊帐顶上喷,可能是我睡熟了不小心又弄破了伤口。但我不知道自己当时怎会那么清醒,血一喷就知道,然后大叫母亲。睡在身边的母亲赶忙叫来父亲,让他帮我止血。这样连续两夜,父亲也担心了,第三天就带我到镇上去看医生。阿公在镇上工作,他和那些医生熟悉,便带着我和父亲一起去。医生一看见我那只伤手,就大声责骂父亲:"你怎么这么粗心,这孩子的手伤了血管,再晚一点来,后果就不堪设想了。你看,这手指的肉都腐烂了!要赶快动手术!"我一听就吓得大哭,不管谁哄都没用。就在这响亮的哭声中,阿公紧紧地抱着我做完了那次刻骨铭心的手术。过后,阿公对我说:"幸亏你哭着,听不见那烂肉被剪下的声音,最后我都不敢看了。"自此,我的手虽然好了,但一直气血不好,身体大不如前。母亲说是血流得太多的缘故。这年的粽子虽然像往年那样香,我也依然把粽子挂在脖子上睡觉,但我品尝到的只有痛苦。

读书后,我理解了粽子的文化内涵。当端午节一到,我不再那么顽皮,也不再那么嘴馋了。而是遥想那个叫屈原的伟大诗人,真想仿效古人抛一个粽子到河里喂喂鱼虾。年年端午,年年端午的粽子,屈原的伟大爱国精神就这样一代一代传承下去了,端午的粽子就吃出了爱国爱家的味道。

粽子的离别味道是阿婆离开我们之后品尝到的。我们再也不可能吃到阿婆包的粽子了,再也不可能听到阿婆的"加油声"了。我们只是静静地站在母亲的身边,看着母亲拿起箬叶,有条不紊地包粽子。当她把一条草绳的一头用牙咬住,拿起另一头捆绑好粽子的时候,一只四个角的美丽粽子就在巧手下诞生了。母亲包的粽子一样好吃,但我们再也吃不出当年的味道,仿佛快乐也随着阿婆走了,只剩下离别的苦涩。

近十年,随着生活水平的提高,日渐年迈的母亲就懒得包粽子了。平时想吃,外面随时可买到。端午节,满街都是粽子卖,买来更方便。只是吃惯了自家包的粽子，我是不想到外面买来吃的，外面的粽子吃不出家的那种温暖的味道。

几年前，阳春的同学问我会不会包粽子。当我回答说不会时，她便遗憾地说："为什么不学呢？那是我们的国粹。"我一想也是，为什么不学呢？儿子都这么大了，好像还没看过包粽子呢，当然也体会不到我们当年的快乐。这样，他的童年色彩不是很单调？于是，我便请求母亲来我家包粽子，既可向她学习，又可丰富儿子的童年生活。我连续两年请母亲来我家包粽子，母亲都很乐意。只是，我是个笨学生，没有学会包粽子，但对包粽子的辛苦却是深有体会。如果要包咸粽子（阳江人叫白果粽），首先要买来箬叶、草绳、糯米、咸鸭蛋等原材料。如果不买咸鸭蛋，就要买来鲜鸭蛋自己腌制，单是这一件事，就要忙几天。做好了咸鸭蛋，端午节前两天就得洗好箬叶，把草绳弄得细细的，卷成一团，然后和箬叶一起放在锅里煮。煮好就用清水再洗干净，浸泡在一个盛满水的桶里，等着包粽子时用。做好了这些准备工作还不够，还要买半肥半瘦的猪肉，一块一块切好，和上芝麻，再买来红兰、蛤蒌、豆子等馅，才可动手包粽子。包好粽子就放在一个大锅里用水煮两三个小时，直到粽子的米烂熟为止。我陪着母亲做准备工作就觉得很烦琐，儿子却觉得很有趣，就像我们当年那样调皮捣蛋。但母亲不会骂他，而是耐心教他，也耐心教我。煮好的粽子儿子虽然也喜欢吃，但不像我们当年那么喜悦。毕竟，现在物质生活丰富，对粽子的渴望没我们那么强烈，粽子的美味还不至于让他嘴馋。因此，看着外婆亲手包了两年粽子后，儿子兴趣就淡了。我见儿子这样，自己又学不会，为了不让母亲操劳，从此就再也没请母亲包过粽子。粽子的遗憾味道便占据了近几年的味蕾。

真是多味的粽子！不知道在以后的岁月里，粽子还能让我品尝到什么味道。今天仅仅面对这碧绿的箬叶，竟想起这么多往事，倒让我十分怀念。便迈开脚步，期待端午的到来。

怀念一棵杧果树

从厨房的窗门望出去,长长的小巷只停着几辆小汽车。小巷太安静了,不见一个人影,至少在我煮中饭、忙晚餐的这两个时间段里,特别是这个季节,小巷不但安静,还很单调,让我忙碌的视觉很疲劳。

要是有一点绿意多好啊!于是,我才恍悟少了你——一棵长在小巷里、我家厨房窗外的杧果树。

我不知你长于何年,只知道我搬到这个家里,你就在那里。你长得高大茂盛,像一把高高擎起的大伞,直抵我家四楼的窗外。只是,我虽然一时诧异你的婆娑,但却一直忽视你的存在。现在,当你不见了,我才特别想念你。

我想念你的晨昏。

早上,当我还躺在床上不愿起来的时候,你枝叶上吱吱啾啾的鸟鸣声仿佛一首欢乐颂,让我精神百倍地开始一天忙碌而充实的生活。

晚上,我下班回家,小鸟也归巢了。它们好像在悠闲地谈论一天的见闻,让我疲倦的身心霎时放松下来。煮晚饭时,就不由自主地哼起歌来。

春天的声音

我想念你的春天。

立春刚过,你就花开满枝头。那一丛丛、一簇簇的花朵刚开始是鹅黄色的,渐渐地,稍不注意,花就变成金黄色的了。花开得是那样的茂盛,把满树修长浓绿的叶子都压在了下面。我从窗里望见你,便只见你满头的繁花攀着红色的花枝,高傲地挺立着,似乎把整个春天拥抱在怀里。但我从没注意你的脚下,一场春雨就让你落英缤纷,黄金满地。

我也想念你的夏天。

夏天,你结的果子特别大。我看见你努力让深绿色、小指般大的果子渐渐变成鸡蛋般大,再变成拳头般大。但是,每个果子都谦逊地低垂下来,藏在叶子下。

记得有一年夏天,你结的果子特别多,多得满树茂盛的叶子都藏不住了。两个来拜访我的女学生看见后,都惊叹不已。她们发现你的主人正在采摘果实时,便好奇地跑到楼下去观看。

你的主人非常热情,大方地馈赠数个果子给两个小女生。她俩高兴得一直嚷着跑上楼:"老师,好多好多大大的杧果呀!"接着就把怀里的杧果倒在我面前说:"老师,您尝尝。"

我瞧瞧半熟的杧果,又瞧瞧兴高采烈的学生,还没品尝,心里就甜滋滋的。便让学生留下两个,其余的都让她们带回家孝敬父母。

我更想念你的秋天和冬天。

秋冬两季,你没有繁花,也没有果实,但那满树的生机却丝毫不减。一看见你狭长叶子闪亮的绿,我疲倦的双眼总能得到很好的休息,也总能点燃我对生活的希望。

佛经中曾有一个比喻:"菩萨发大心,鱼子菴树华,三事因时多,成果时甚少。"意思是说,世间有三样东西,在因时的数量很多,但真正结果的却很少。第一是发大心行菩萨道的人，发心的人很多，但能恒长精进最后证得无上菩提的人很少。第二是鱼子，鱼一次可以产很多的鱼卵，但能孵化成小鱼，再经历险恶的环境长成大鱼的数量很少；第三样是杧果花，杧果花很小又很多，一串花序上就有上百朵，如果都结成果应该是像葡萄那样果实累累成一大串的，但事实上一串花只能结两三个杧果。

面对着空空的小巷，我想，就让我做你吧——一棵杧果树！付出许多的努力，即使收获很少，也要给世界一点欢乐、一份甘甜、一片绿意。

春天的声音

黄土高原上的"大风"歌

——读蔡所油画《荒野耕牛》

　　远远地，仿佛看见一幅美得没有任何攻击力的秋景图，但是，却莫名让人震撼。因为，图画中的色彩搭配很和谐，让人内心感到舒服。而正是这份舒服让人内心平静，沉醉在画中不能自拔。

　　走近看，景物很有层次感。红彤彤的云很厚重，仿佛就要压下来，幸亏还有山脊支撑着。枯草枯树枝好像被黑褐色的风沙裹挟着，疾走的牛也走不出它们的包围圈。可是，山上的草木该是什么样子，还是什么样子。有时，好像静止不动，一眨眼，好像又在迎风飞舞。只有半山腰上淡蓝色的窑洞，始终屹立不动。

　　凝神细看，山脊中出现的一抹抹无规则的红和枯草枯树中那一点点的红则像音符，既突兀又自然，仿佛是天上掉落的云霞，又仿佛是光的反射，让一切景物都在随风歌唱。整幅图的颜色由红黑黄褐白蓝构成，整体给人厚重感。仅有的亮色是穿着红衣服的赶车人踏着光而来。他的身后留下一片光明，他的前面也色彩斑斓。因为那从窑洞中流泻出来的光就在前面指引着他。就是这片光明给人温暖，让人内心亮堂堂，如同沐浴在春晖里。

这时，我注意到蔡所给这幅油画命名为：《荒野耕牛》。

我曾问蔡所，《荒野耕牛》想要表达什么？

他说，当时，他正在描绘着黄土高原，突然，高原刮起了沙尘暴，一头耕牛拉着车迎面疾走而来……他画的应该是黄土高原现在和过去的联想，那似音符又似云霞的一点点红正是他联想的轨迹。

于是，那首家喻户晓的《黄土高坡》就不断在我的脑海里一遍遍循环：

"我家住在黄土高坡，大风从坡上刮过。不管是西北风还是东南风，都是我的歌，我的歌。我家住在黄土高坡，日头从坡上走过。照着我窑洞晒着我的胳膊，还有我的牛跟着我。不管过去了多少岁月，祖祖辈辈留下我。留下我一望无际唱着歌，还有身边这条黄河。我家住在黄土高坡，四季风从坡上刮过。不管是八百年还是一万年，都是我的歌，我的歌……"

而《荒野耕牛》中的"大风"也在荒野中深情地吟唱。大风歌唱着黄土高坡，歌唱着黄河，歌唱着窑洞，因为这里生养了一代又一代的人；这风歌唱着祖祖辈辈，歌唱着无限的时间，因为人们日复一日的劳作创造了美好的生活；这风歌唱着生命，歌唱着苦难，歌唱着坚强……亘古不变的黄土高原上，即使有沙尘暴经过，一草一木依然恣肆生长着。过去，我们不曾害怕；现在，我们热血沸腾；未来，我们满怀希望。

我又问蔡所作画的时间。他说是在四月份的一天下午三四点的时候。那么，我看到的就不是秋天的荒野。我最初之所以误认为是秋季，是因为我是以一个南方人的眼睛去看画的。而黄土高原的春天来得晚，"人间四月芳菲尽"，那里依然一片枯黄。下午三四点当然也没有晚霞，那红彤彤的天空只不过是沙尘暴中变幻莫测的天象而已。

蔡所说："其实，画的用色有时跟客观事实没有什么关系，画者更多会考虑画面的氛围用色。比如,红和褐黄构成了暖色调,蓝色在里面会变得诡秘、神异,扭动的形状加强了荒野的神秘感,也就是过去与当时的景观达成联想的交感。大面积的蓝中出现少许的红会让蓝的感觉变得更蓝,在大面积的红里同样会存在别样的感受。"

蔡所无疑是一个有颜色修养的画者,他会根据自身的初始想法用色,不被外物干扰,画面感强,直击人心,留给观者精神层面的思考。

或者,画作表现的过去也有创作者自己过去的痕迹。蔡所小时候是一个放牛娃,他整个小学阶段都和牛朝夕与共。当他在黄土高原上看见那头匆匆而来的耕牛的一瞬间,应该就想起了童年陪伴他的那头牛。那是头瘦骨嶙峋的牛,一个放学回家的中午,当蔡所一个回眸看见它在地里埋头辛苦劳作的身影时,就觉得眼睛酸涩。而这个回眸所见的景象就成了永恒。所以,他的《荒野耕牛》让我们浮想联翩,但更感受到光和希望。我们可以在作品中汲取力量,更加从容踏实地面对现实。这也应该是蔡所的一种人生感悟。

蔡所曾很直白地说:"从某个角度看,画家只是营造了一种氛围和凝固了一些想法在画面上,作品一旦完成就已经不属于创作者了,而是属于观者的联想和感受。"

我深以为然。一直以来,我判断一张画的好坏,就是有没有对我的精神刺激。我以为,好的作品会有一团东西在画面凝聚,永远在等待一个可以进入这一团不可名状的东西的人进入。正如当我看见《荒野耕牛》,就听见了刮过黄土高坡的大风在唱歌……

家有"四宝"

家里有四个特别的书架,虽然都不漂亮,有的甚至很陈旧,但我敝帚自珍。

我最喜欢的宝贝是我拥有的第一个书架。这个书架历史悠久,它前身是一张书桌,大概是我读小学的时候爷爷送给我的,是爷爷请单位一个木工师傅做的。这个师傅听说我要定做一个实木书桌,就奉劝我说:"外面的书桌既轻巧又时髦还便宜,何必呢?"我说:"我不喜欢,我就喜欢实木的,而且是按照自己意愿设计的。"于是,第一个书架的前身——书桌就这样诞生了。这张书桌是淡黄色的,中间是放脚的地方,上面有三个抽屉,左右两边有两个大约五十厘米高的小书柜。抽屉里全放书籍。两个小书柜一个放衣服,另一个放书籍。当我有了自己的衣柜,就全部用来藏书。后来,当我的书越来越多,我就画了一张书架的图,请略懂木工的父亲按图做了一个小书架放在书桌上面。这时,儿时渴望拥有一个书架的梦想好像实现了。

我自小喜欢读书,三年级把爷爷、姑姑的藏书读完后,又向邻村的亲戚——六公借书看。六公家里有一个两开门的小书柜,一打开书柜门,就可看见满满的一柜子书，大概有一百本。自从看见六公的书柜，我就羡慕不已，一直渴望也能拥有一个。因此，当我有空闲，坐在自己的书架前看书写字，心里就有一种满足感。

我的第一个书架还有几趟难忘的旅程。它是我结婚时从娘家带回的唯一嫁妆。因为书架较大，也较笨重，搬运时需要几个大男人从楼顶用绳子放下，可谓大费周折。当时，家人还劝我不要了，可我死活不同意。结婚后，我一共搬了三次家。每次搬家，那些帮忙的亲戚都怕搬这个书架。最后一次搬家是搬进一间没有电梯的商品房，我的一个姐夫搬完后，竟感慨道："唉！搬得这么辛苦，我绝不买这么高的商品房！"究竟是商品房高惹人嫌还是因为书架又大又重？我无暇细究，但心里暗暗高兴：幸亏这个书架是实木做的，要不哪堪这数番折磨！

我的第二个宝贝书架其实是儿子小时候的一张书桌，它在儿子读完小学后就完成使命了。现在，它成了我的床头小书架，我的第一个书架则成了儿子的书桌。因为儿子长高了、长大了，小的不再适合他，我的大书架却挺合适。这个小书架非常实用，上面都摆放着我最近爱看的书。劳累了一天，每天晚上临睡前手拿一本喜爱的书挨在床头看，大概是我一天最惬意的时候了。小书架的书流动性较强，往往看完了一批书，我又换上新的一批。这些书有新有旧，有的是新买的，有的是百读不厌的，但它们都是我的最爱。

小书架摆在睡房门口的左边，一进房里，第一眼就可看见它。一看见它，儿子小时候在书架前学习写字的样子就浮现在眼前，但一眨眼，儿子就大了。时光匆匆，无痕无迹，留下的就是眼前这个小书架了。它仿佛每天让我重温着儿子成长的故事，提醒我努力做一位好母亲。这是我喜欢这个小书架的另一个原因。

第三个宝贝书架名副其实，是专门给我家宝贝藏书的。为了让儿子养成读书的好习惯，儿子很小的时候我就给他买了许多书。随着儿子的长大，他的书也越来越多，实在放不下了，我就和他去买书架，但逛了几个家具商场都没有合适的。我的一个堂哥知道后，二话不说就送了这个书架给我们。这个书架是敞开式的，有四层，也是实木做的。为了防止尘埃弄脏了书籍，我制作了一张遮尘布覆盖在上面，就成了今天这个独一无二的书架。

现在，已读初中的儿子不再喜欢看他小时候买的书了，这个书架和书架里的书成了他童年记忆的一部分被珍藏在我睡房的另一角。堂哥的深情厚谊当然也被我们一起留在记忆的深处。这是一个充满关爱的书架，既有我们的爱子之情，也有堂哥的叔侄之情。但愿这份浓浓的亲情能让儿子心怀感恩，翱翔书海，实现凌云壮志。

书房里，一个古色古香的书架高高耸立。这个书架也有一段难忘的经历。搬进新居时，我很想在书房放置一个时尚的书架，让我那些放在柜子里的书生活在爱书人羡慕的目光里。但因为经济能力有限，中意的书架贵得吓人，便宜些的又不喜欢。逛来逛去，最终没买成。恰巧三姑卖旧屋换新房，家里一个旧书架扔了可惜，便问我要不要。对实木书架情有独钟的我，就毫不犹豫要了回来，成了我第四个书架。这个书架是三姑结婚时定做的，深红色的油漆越擦越光滑、越擦越亮，是20世纪80年代流行的款式。听三姑说上面那一层架子也是后来加上的，它没有油漆。这个书架我主要用来放一些常用的工具书和工作上的一些专业书籍，平时工作忙不过来，就带回家在这里完成。

这四个宝贝书架放在我家仅有的三个房间里，家就显得狭窄了，但心胸和视野却变得宽阔了。每天我都可以穿越时空和高尚、博学的人交谈，告诉他们我哪一年哪一月哪一日买了他们的作品，花了多少个日日夜夜拜读了，他们的人格魅力和创作才华是如何让我佩服……每当夜深人静之时，我还听见书架里的书在窃窃私语，他们在谦虚有趣地诉说各自的特色，在真诚坦率地赞美着对方的优点。我的这些宝贝书架让我的精神变得富足了，每天都充实地渡己渡人，浑身充满了正能量。

春天的声音

假如你是一棵树

——"全球生长——从阳江出发"艺术项目回眸

天一黑,长庚星就眨着明亮的眼睛出现在西方的天空上。我坐在温暖的帐篷里,依然感觉到夜色如水。国会园林的树木要睡觉了,黑黑的树影长身玉立,寂静安详。风儿也要休息了,拍打枝叶的声音越来越轻……

但此刻,阳江雅韶国会园林的人们都醒着。对于在国会园林沸腾了一天的人们来说,夜晚的到来只不过是另一个高潮的开始。因为今天许超、蔡所、林芳所三位本土艺术家在这里举办"全球生长——从阳江出发"当代艺术作品展览。

园林的东边,阳江曲艺家的演奏悦耳动听。南面,林芳所重构的三十米长《海市蜃楼》也拉开了帷幕。西边蔡所的声音绘画装置《植语风灵》发掘机轰然的声音和炭燃烧时噼里啪啦的声音不时撞击着心灵。而许超的《借枝还魂》《逆生长》在园林的角落悄悄地葳蕤……

但此刻,假如你是一棵树,你会哑然失笑:这一切与我何干!我本是自然的,我的一切也仍是自然的!

可树不知道，人类有很多东西已距离自然越来越远了。人要不断地发展，可是却以不断消耗自然的能量为代价，而且还不懂得反哺。从小生活在风景独特的乡下的蔡所，如今生活在钢铁森林般的大都市，梦醒之后，猛然听到刺耳的挖掘声，居安思危的意识就诞生了：人类生存的土壤在地球上，地球上的人与植物息息相关。可是，我们人类对植物做了什么呢？我们人类对地球做了什么呢？一件件反思人与环境的作品也随之诞生了。

相对于生活在大都市的人们，返景入林已颇为难得，声音装置作品《返景入林》就是通过声音的方式把这一概念景象勾勒出来，表达人们的这种愿景。声音装置作品《借狗声》和《同向吸收》把人与自然和谐相处的理念表现得更强烈。当我问蔡所为什么要借狗声，他却反问："狗声？你借得了吗？"是呀！狗声，我借得了吗？我仔细观察了该作品的现场，发现现场的狗屋里蹲坐着一条一声不哼的狗。它被一条绳子牵着，不管谁来观看都一声不哼，而旁边的录音机却放着一段蔡所创作的音乐。这音乐是用狗屋前面摆设的红色塑胶椅子、薄木板、两段碗口粗的竹子敲击发出的声音和狗叫声组成的。但是，音韵却很古老，给人一种返璞归真的感觉。

我明知故问："狗声，你借得了吗？""当然借来了！"蔡所回答得很干脆。然后，他就和我讲了借狗声的故事。蔡所刚看见这条狗时，狗对他狂吠不止，但他喂了几天狗食，帮狗打扫了几天狗屋，给狗洗了几次澡之后，狗就变成了今天的样子，借狗声自是水到渠成。

《同向吸收》挪用打桩机器钻地的声音，置放在园区的一棵大树的树杈上，制造机械"呼吸"与植物的根部正常吸收能量有差别这一理念，希望人们爱护地球、珍惜一草一木。

在谈话中，蔡所不断地提到"尊重生命""超越生命"，自然就谈到他的声音绘画装置作品《植语风灵》。蔡所说："所有生命只有互相尊重，才可以

春天的声音

超越生命！植物和人的灵魂都是往上的，风是自由的，灵魂也是自由的，人与植物的灵魂化为一体，随风飘动，人就获得了自由。我们达到自由的同时互相尊重，保护我们的每一寸土地，我们的灵魂才可以安在，才可以自由！"

如果人类的灵魂真有重量的话，那么蔡所也相信植物的灵魂同样存在着重量。在鞭挞心脏的噪声中看了蔡所画上的雪白轻盈的灵魂，那么我相信：人类的灵魂如果是纯净无瑕的，人就和风一样自由！

蔡所的艺术创造是种在国会园林里了，是种在阳江家乡的沃土上了。"你我空间"艺术总监胡震老师说："蔡所声音处理得巧妙，不显山露水，但一听到声音就被吸引，就想去探个究竟，可以看出艺术家颇费了一番心机。他的作品与周围的环境融为一体，别人复制的可能性很少。"是的，蔡所的艺术追求偏向悲剧的力量，他的艺术眼光也很长远，他认为在目前的艺术环境下应做出更有时空穿透力的作品。

同样地，和他一起开办展览的艺术家许超、林芳所也有这样的追求。用林芳所的话来说，热爱植物的许超对国会园林产生了共振，他与许超产生了共振，又与蔡所产生了共振，他们一拍即合，共同成就了这一趟艺术之旅。这从他们三人合作的作品《再造一座山》就可窥见。明晃晃的刀恐怖地插在一座腐朽的山前，真的可以再造一座山吗？造出来的山，还是原来的山吗？

许超的装置艺术和林芳所的影像艺术同样也得到胡振的赞许。胡教授说："许超的《借枝还魂》《逆生长》能在日常生活中找出不同寻常的东西。如《逆生长》告诉我们：日常生活中习以为常的东西并不一定是真理，需要艺术家去发现、去探索，从而丰富对人自身、对世界的认识。"

林芳所的影像艺术《混沌》和许超、蔡所合作的《碳元素》作品让人印象深刻。胡教授说林芳所的《混沌》把影像与真实交合在一起，无我与有我交合在一起。许超、蔡所合作的《碳元素》把火投影在树上，好像火把树燃烧起来，这表现手法很新颖，火与树的形态也吻合。

对三位艺术家的作品，胡震的总评是"好玩"。用他的解释是：三人的作品与周围的环境很吻合，好像是从这个地方生长出来的一样，又有思想的表达，让人颇有新鲜感。艺术作品表现得恰到好处，充分表现了这次展览的主题——立足本土，放眼全球！

夜色越来越浓了，艺术家的作品不断点燃人们的激情。假如这个时候你是一棵树，也应该能与艺术家产生共鸣吧！

春天的声音

开着褐色花的茅草

如果，在一片绿色的山坡上，你忽然发现一抹不协调的颜色，比如褐色，你会有什么感觉呢？

当时，我的第一感觉就是：那是什么呢？接着，又想：不管是什么，那也太煞风景了吧！褐色，一种接近于枯黄的颜色，生命力就要枯竭了；绿色，却正是生机勃勃的表现。任是谁都不喜欢前者吧？其实，这抹褐色长在我办公室之外大约两百米的小山坡上。初春的一天，我忙里偷闲往窗外寻找春天足迹偶然发现的。

为了探求它是什么，在一个清晨，我特意登上那个小山坡，发现它竟是一丛茅草的花！草，翠绿的小草我见多了，但似这般一人多高，开着麦芒似的褐色花的茅草确是少见。忽然，母亲那一句"没有三朝黄茅，又想高过耳"的呵斥在耳边回响。或许，母亲口中的黄茅就是这茅草吧。询问有见识的人，他们印证了我的猜想。

这黄茅被我发现之前，不知生长了多少年，才长得这么高，还开了花。

在百花争艳的季节，它的花不鲜艳，比不上那桃李，引来无数惊艳的目光；它的花也不香甜，比不上那荔枝、杧果，惹得蜂蝶流连忘返；它的花更不高贵，比不上牡丹、芍药，称王称相。它只是像个俭朴的"农妇"，默默地在乡间僻野，遵循着时间的规律，在她孩子还小的时候，给予她严厉的警告：黄茅不是三朝七日就可长大的，你小小的人儿就不要好高骛远了。而那一声饱含着浓浓母爱的呵斥，至今想起竟是那么遥远。

印象中，母亲很少骂孩子，特别是我。小学三年级，第一次听见同学的母亲用粗口厉声骂得她体无完肤的时候，我惊得目瞪口呆。我素不知道一个母亲可以那样责骂孩子，而我的同学也是一副若无其事的样子，想必因为挨骂挨得太多了，也麻木了，又或者习惯了。然后，我暗暗庆幸有一个不会这样骂我的母亲。

小时候，我自尊心很强，尽力不给别人骂我的机会。但别人想骂我，也不会给我理由。当别人骂我时，我又不会牙尖嘴利地回骂。因此，挨骂总是难免。当别人骂我时，我一般会据理力争，但遇到不讲理的，就只能把委屈往肚里吞，然后痛哭。记得上四五年级的时候，有一个暑假的夜晚，我不知被谁骂了，就满肚子委屈坐在自家的门口哭，不管谁来劝，都不听，直哭得大家都睡了，自己也累了，才回家睡觉。或许，这是母亲很少骂我的原因。

还有一个原因就是母亲很爱我们，她舍不得骂我们。母亲骂人有个规矩：逢年过节不骂孩子，夜晚也不骂孩子。在这两个时间段，即使我们犯了很大的错误，她都忍着。她说节日骂人有毒，夜晚骂孩子，孩子会受惊吓。如此慈爱的母亲怎会舍得骂我们呢！她不但自己这样做，当我们结婚有了孩子也要求我们按她的规矩做。

在母亲那少之又少的责骂声里，记忆最深刻的就是"没有三朝黄茅，又想高过耳"了。我忘记了母亲因何这样骂，大概是因为我们年少轻狂，太调皮了吧。而且，这一骂大概也与海陵岛草黄山的传说有关。我虽不是海陵人，但老家距离海陵较近，草黄山"黄茅高过耳"的传说当然耳熟能详。那个因为心急想当王的放牛娃，还没等到黄茅高过耳，就拔了黄茅，结果不但自己希望落空，还害了众乡亲的故事，教训实在太深刻了！而母亲的责骂里，并没有把我们比作那放牛娃，而是比作黄茅，却更是高明。就在这骂声里，我们既可吸取放牛娃的教训，又可体会母亲的殷切期望和疼爱。母亲只想我们做那神奇的三朝黄茅，耐心做人做事，而不做那心急办坏事的放牛娃。

母亲是淳朴的，正如眼前开着褐色花的茅草。她无意争艳于春天，该开花时就开花，即使那花不讨人喜欢，但她依然盛放。如今，那茅草不知在小山坡上挺立了多少个春秋，不管春雨如何敲打，也不管夏雨如何暴虐，更不管严寒酷暑。只是茅草不老，母亲的头发却已花白。

母爱是纯朴的，正如眼前开着褐色花的茅草。如今，那花已陪伴了我一个春天，又迎来了夏天。茅草傲立于天地间，母爱也傲立于天地间，永远在我身心疲倦的时候，悄然嵌入我的眼里和心里。即使岁月渐老，母爱依然像那茅草不老。

天地间有多少如此质朴的美好呢？大概像蓬勃的草儿那样多吧。而那种怦然心动的感觉，希望能再次偶遇，溢满我的心田。

老井

家乡那口老井不知建于何年，反正我一出生它就在村子的东南边。

从老井向东望去，首先是一座小庙，是村里人逢年过节祭拜各路神仙的地方。然后是一个长满杂树，堆满柴草堆的园子。园子的斜坡上是村里每户人家拴牛的地方。南面有一口水波盈盈的池塘，有鱼有虾，也有青蛙和蟾蜍。一到春天，小蝌蚪就像一条黑色的缎带把池塘围了一圈。西边是一条通向村子的大路，北边是一条走出村子去赶集的小路。这条小路绿树婆娑,浓荫匝地，两旁也堆满了大大小小的草垛。

因此，老井可谓建在村里的交通要道上。但是，因为老井是建在村子的一边，除了圩日，乡里人也很少去赶集，所以，老井一般情况下是静悄悄的，只有在一天中的早晚才比较热闹。

早上，人们在井边一边洗洗刷刷，一边聊天。那刚出牛栏的大水牛、小水牛则光着黑黝黝的脊背，迈着慢腾腾的步子，任由主人牵着鼻子到池塘里拉屎拉尿。"尿——尿——尿，哞——哞——哞"此起彼落，成了老井早晨

春天的声音

最美的奏鸣曲。晚上，夕阳下山，人们劳动回来，又到老井挑水了。那些被暂时拴在园子斜坡上晚归的牛儿也要被主人牵回牛棚过夜了，新的一轮奏鸣曲当然也嘹亮地响起。然后，当月亮悄悄升上树梢，老井就在虫鸣声中静静地进入梦乡。

老井有着圆圆的、大约五十厘米高的水泥围栏，但井口却方方正正，用长方形的大理石块筑成。老井不深，用形状各异、圆圆的大石头砌成，大约三米深，但泉眼流水很快。年长日久，井壁的石头变成像龟背似的绿，都看不见原来石头的样子和颜色了。

老井的水清冽甘甜，但大雨过后，井水就如洗米水一般。夏天，老井水源充足。下大雨后，用木制的水瓢或者搪瓷的盆子就可舀到水。一到秋冬两季，老井的水就只能刚够村子二百多口人使用了。遇到特别干旱的季节，井水就不够喝了，老井就得像一台时钟一样，一天二十四小时都不能歇息。夜晚，是那些家里没有剩余劳力的农村妇女挑水的时间。她们白天要干活，只有更深人静其他人都熟睡时出来打水了。白天，一整个村子没有出外干活的老老少少都挑着水桶，排着整整齐齐的队伍从井口一直延伸到村子的南面，只为从井底舀一担水回家做饭。干旱季节，老人和小孩必须结成一对，才可打到水。而且，一般都是小孩在井底用水瓢舀水，老人在井口用水桶吊水。

小时候，我家人口众多，除了那些主要劳动力，还有曾祖母在家照顾我们五个兄弟姐妹。平时，我们都自由自在地玩耍。但闹旱灾的时候，我作为大姐就要和年迈瘦弱、个子矮小的曾祖母负责到老井挑水了。

那年，我虽然只有六岁，但一般的家务活都会干了。一个秋阳如火的晌午，我踩着滑溜溜的大石头，双手小心翼翼地攀着井壁下到井底舀水，曾祖母在井上吊水。当两个桶都装满水，曾祖母又放下第三个桶，然后就急急忙忙挑着一担水回家了。当她再次赶回来，我舀的一桶水也差不多满了。这样，来回几趟，就可取到一家人一天使用的水了。

可是，那天曾祖母在挑水回家的时候，在那条坑坑洼洼、满地碎石的土路上摔倒了！摔断了一条手骨！我一听到这个不幸的消息，立刻像小猴子一样从井底爬上来，哭哭啼啼地扶着曾祖母回家。那水桶、水壳什么的都顾不上了。

父母闻讯从田野赶回来，迅速请来了医生。当大家围着不吭一声、坐在马扎上休息的曾祖母讨论伤情时，我还躲在她的后面痛哭，仿佛断了手骨的人是我。从此，我对老井就有了一段灰色的记忆，但我想不到更大的悲剧还在后头。

那年，我记得是在一个炎热的夏天，村里的成年人都去田野劳动了，村里剩下的就大多是老人和小孩了。当一天忙碌的时光快要结束的时候，忽然听见一个不好的消息：距离老井较近的一户人家不见了一个四五岁的小男孩！大家都慌了，一边去找孩子，一边去通知野外劳动的亲人。结果，全村的成年人都跑回来了。开始，大家以为这个孩子是掉进了池塘，就纷纷跳进池塘展开地网似的搜索。可是，把池塘找了几遍，都没发现小孩的踪迹，于是，有人想到了老井：会不会掉到井里去了呢？

这一想，大家更慌了。因为时间已经过去一个多小时了。就在大家忧心忡忡的时候，小孩真的在井底找到了！大家就赶忙用水牛驮着小孩在水泥晒谷场跑起来，说这样可以挽救溺水孩子的性命。可是，太迟了！直到太阳落山，水牛跑累了，小男孩也没有醒过来……

从此以后，老井就变得荒凉了。大人小孩都不愿去那里，也害怕到那里去，即使水牛和主人的晨曲、晚唱依然嘹亮，鱼虾和小蝌蚪依然有趣和壮观。不久之后，村里人就在村子的正南面另挖了一口新井，这口井更大，也更深。其间，虽也有小孩在吊水的时候不小心跌落井里，可是，因为发现及时，都

春天的声音

安然无恙。只是，村里人觉得新井的水总比不上老井的水清甜。

再后来，村里有了自来水，而我也离开了家乡，就不知老井和新井的命运如何了。

时间一晃就过去了三四十年，家乡的那口老井还在吗？好像只是在昨天，我还看见了那口老井，它依然在那老地方。

利是

家乡新年有派利是的习俗。春节期间，遇见上了年纪的亲戚朋友和他们的小孩，都会送上一个利是表达美好的祝愿。我是拿利是长大的，利是留给我很多难忘的回忆。

犹记得我第一次拿利是的情景。

那时，我大约三岁。吃过团年饭后，祖父抱着我，逗着我玩，父亲坐在旁边看着，大家的脸上都喜洋洋的。然后，祖父就给我派利是，并且说着一些吉利话。这利是用红纸包得方方正正，里面是崭新崭新的人民币。祖母曾说过，新年有新的开始，为讨吉利，一切都应该是新的。因此，每年春节，我都有新衣服新鞋子穿，利是钱当然也得是新的。接着父亲也掏出红红的利是给我，说着同样的吉利话。祖母和母亲都在忙家务，她们不用给我派利是，因为，祖父和父亲给的利是已代表了她们的心意。这个习惯影响了我，当我结婚后，我和丈夫给长辈或者晚辈派利是时，也是合二为一。

除了在家拿长辈的利是，我也经常拿亲戚给的利是，一些是亲戚来我家给，另一些是我到亲戚家赚的。

大年初二，家乡人就开始走亲戚了。我家亲戚很多，大家来来往往，直到元宵节，家里才没有客人来。于是，我便拿了许多利是。其实，那时我对钱根本没有概念，也不会花钱。一拿到利是，也不看多少就塞给父母，自己就到一边玩去了。如果亲戚带着孩子来，我是最开心的，因为我们可以一起玩耍。但是，当祖母或者父亲去走亲戚的时候，姑姑们就经常会开玩笑说："快去做小尾巴呀！可以赚利是的。"于是，我也屁颠屁颠的，兴高采烈地跟他们去走亲戚了。

跟随祖母去赚利是，可不是件容易的事。那时，交通不发达，一个家庭有一辆自行车，已是很了不起的了。我家有一辆自行车，但祖母不会骑车，我们就只能走路去，而且一般走的都是田间小路。那些小路弯弯曲曲，坎坷不平，长满野草，有时要走一个上午才能到达亲戚家。往往出发前，祖母就吓唬我："路很远的，你走得了吗？"我可一点都不怕。每天一睡醒，我的小脚丫就开始丈量村子每一寸土地，哪里会怕小半天的路程？因此，数次之后，祖母不必担心我走不了，就不再吓唬我了。这样，我跟在挑着一篮子油糍、一篮子炒米饼的祖母身后，走遍了村子周围的亲戚，认识了七大姑八大姨，自然也赚了许多利是回来。但利是最后都给了谁，就忘记了。

和父亲去走亲戚，是最舒服的，因为他会骑自行车。但父亲去走亲戚的机会很少。记得有一次，父亲带着我去伯父家。回来的路上，我发高烧了，整个人烧得迷迷糊糊，身上满口袋的利是掉了也不知道。到家后，二叔婆给我全身艾灸了一次，才有所好转。退烧后，母亲说我年纪小，不能出远门，大概是中邪了。我不知道中邪是什么意思，但我记得在路上看见一个乱葬岗，一个个坟墓，密密麻麻的，像一个个小山包，着实吓了一大跳。自此之后，我就很少做小尾巴去赚利是了。

随着年岁渐长，我从一个懵懂无知的小女孩成为一名小学生。这时，我对利是才有了具体可感的认识。那时，我的几个姑姑相继走入社会，都有了一份不错的工作。平时，姑姑们为了工作，很少在家，但放假回来，都会给我买些零食。三姑姑心灵手巧，一到年底，还会给我缝制新衣服。新年到了，每个姑姑都会给我利是。这让我深深地感受到她们对我的关爱。因此，姑姑们给的利是，最让我开心。而这种开心的感觉，也仿佛让我一下子长大了，明白了利是不管多少，都饱含着长辈对晚辈的关心和美好祝福。我很高兴自己能在这满满的爱意中成长。

当我能赚钱的时候，春节回家过年的头等大事就是给我的小弟弟和姑姑们的孩子派利是。这时，市场已有各种各样的利是袋，在派利是之前，我还要精心挑选利是袋，这是不能马虎的。在我心里，派利是就是传承一份爱，我有责任把亲人之间的这份关爱传递下去！即使当时我还没结婚，但我已经独立，就应该承担这种责任。我要向我的长辈学习，通过小小的利是，让晚辈体会到这种浓浓的亲情，在亲人的关怀中幸福长大。

如今，新年时一大家子团聚，当我看到各种各样精美的利是在年轻人手中递给上了年纪的长辈或者小孩时，总是特别开心。

春天的声音

蚂蚁

小时候，总觉得蚂蚁特别有趣。每逢看见蚂蚁长长的队伍，我都要探寻它们从哪里来到哪里去，还要探寻它们有没有带上粮草，然后再目测一下我走一步的距离，它们要奔走多长的时间，最后就是猜想它们的旅程会遭遇什么艰难险阻。而探寻的结果只能激发我更大的好奇心，因为那队伍总是没有尽头，至于它们旅途的艰辛我就更无法猜想了。

当看见一只蚂蚁背着如山的食物吃力地走着，我就会停下来充当"大侠"保护它。我会扫清它行进路上的障碍物，然后遇"水"搭桥，逢"山"开路。可是，当我发现它匆匆忙忙赶路，却总到不了家的时候，就没耐心了。于是，就找来一条棍子，让它爬上去，然后拿着这条棍子跑步送它回家。至于哪个蚂蚁窝是它真正的家，我就不管了。总之，一见到蚂蚁窝，就放它下来。

后来，当我读书了，知道蚂蚁也是典型的社会性群体。我们人类可能遭受到的艰难困苦，它们也一样熬过。当然，它们有许多应对的本领——当洪水袭来，蚂蚁可以像达摩祖师一样一苇渡江；当熊熊大火肆虐，在种族存亡的生死关头，蚂蚁可以一层又一层紧紧地包裹着后代，然后像一个球似的滚出火海。即使外面一层又一层的蚂蚁都在一瞬间烧成灰烬，也没有一只蚂蚁退缩。

从此，我就对蚂蚁充满了敬意。它在我家一直是个特殊的存在。我虽然对它拥有生杀大权，但从不妄加使用。有时，还特意养着它。

一次，室内花盆不知何故有了一窝蚂蚁。这窝蚂蚁经常旁若无人地在客厅的沙发底下活动，仿佛那里就是它们的领地。我虽心存疑惑，但每天忙忙碌碌的，活得像蚂蚁一样，也就默许它们的存在了。

可是有一天，家里来了几个小家伙，正是调皮捣蛋的年龄，一见到这些蚂蚁，就大呼小叫："阿姨！你家怎么有这么多蚂蚁？"

我故意说："有什么奇怪的？那些蚂蚁都是我养的！"

"你养的？我可不信！"其中一个说，几个跟着附和。

然后就不管三七二十一，开始了一场人蚁大战。顷刻间，蚂蚁灰飞烟灭。

不知是否因为我无意间导演了这场"天灾人祸"，几十年与蚂蚁和谐相处的我，马上就遭到了蚂蚁的"恐怖袭击"。

那天，我正在阳台上清理枯萎的瓜苗，忽然感觉两手有微微刺痛的感觉。扔掉瓜苗后，发现有数只蚂蚁正在叮咬我的手。我毫不介意，随便把蚂蚁抹掉，继续劳作。可是，当我干完活，就觉得被蚂蚁叮咬的地方瘙痒难耐，忍不住用手挠。这一挠，可不得了！被叮咬的地方马上起了一个个红色的小疙瘩，而且，越挠越痒，越痒越想挠。我急忙把家里能止痒的药涂了好几遍，可根本不管用。傍晚时分，两只手变得又红又肿，大有向手臂蔓延的态势。

我害怕了，慌忙打电话咨询医生。医生说我这种情况是蚁咬后引起的皮肤过敏，用碘酒涂抹，过两天就没事了。

可是，两天过去了，双手红肿依旧，瘙痒依旧。肿得发光发亮的皮肤已被我挠得脱皮。因为不断涂抹碘酒，皮肤也成了碘酒一样的颜色。那几个被叮咬的地方，高起的小疙瘩还起了水泡，我又把它给挠破了……直至半个月之后，我的双手才恢复原样，但是留下了伤疤。

这期间，我曾和一个朋友说起这次被蚁咬的可怕经历。想不到友人的情况比我更糟糕——他的脸被蚂蚁咬了，一夜之间就肿得像猪头，还发起了高烧，不得不到医院打点滴，才安然度过最难受的时刻。

我听后，一连声地说："太可怕了！太可怕了！"

不久之后，我到菜园摘菜，蚂蚁再次毫无预警地袭击了我。这一次比较幸运，我遇到了一个对治疗蚁咬颇在行的朋友。她建议我用温盐水冲洗、浸泡，然后买支风油精涂抹皮肤就行。

我一听，马上依嘱进行。当我刚用温盐水冲洗浸泡后不久，双手就感觉特别凉快。不出两天，就奇迹般好了。

有了这一次经验，当我第三次遭到蚂蚁的偷袭时，马上用温盐水浸泡双手，之前遭遇过的悲惨经历，也就不再上演。

所谓一朝被蛇咬，十年怕井绳。我被蚂蚁咬了三次，得要三十年怕蚂蚁吧？或者，即使我再滥做好人，至少防蚁之心也应该有吧？可是，我如果做不到一见蚂蚁就把它们灭杀，还是和它们和谐相处为妙。毕竟，在没有把蚂蚁列为"敌人"之前，我和它们也曾和平相处了几十年。

请别糟蹋你的爱情

世上的痴情男女有很多，他们的爱情故事、婚姻故事有的荡气回肠，有的却令人唏嘘。

强和丽郎才女貌，是天生一对。他们自由恋爱，情投意合，婚后育有一双活泼可爱的儿女。强是个负责任的好男人，婚后照顾自己和岳父两个家庭。他一个人努力打拼，儿女长成之时，个人资产累计已有上千万。强虽有成就感，但仍苦心经营自己的生意。丽看着儿女长大，丈夫既能干又有钱就有些得意忘形，一有空闲就跟着一班损友搓麻将，不知不觉就输掉了上百万。强知道后，并没有过多责骂，只是叫她不要去赌了。丽见强对自己这么宽容，误以为强并不大反对自己赌博，而且丽知道强很爱她，即使她输掉再多的钱，强也会给她的。于是，她并没有听从强的劝告，而是继续跟着损友到处赌博。结果，她输掉了强辛辛苦苦赚来的千万身家。强一无所有，又得从头来过。只是，这次强的心是寒冷的，丽不但赌输了他的钱，还把他俩的爱情输光了，更把他们的美满姻缘赌散了。从此，强一个人带着两个孩子生活，畏女人如老虎。

不过，他继续照顾着岳父、岳母。丽则在悔恨中度过余生。

龙和云是经人介绍的一对恩爱夫妻。当云生下他俩的爱情结晶后，就当起了全职太太。龙把云捧在手心里，每天下班后抢着买菜煮饭，有时鲜的水果也抢先买回给云品尝。但云并不珍惜眼前的生活，当孩子稍大点，有一点空闲就学着人家赌博，而且赌上了瘾。龙只是个普通的职工，云很快就输掉龙的所有家当，还欠下一屁股债。无奈之下，龙不仅卖掉房子、卖掉父母留给他的一块地皮给云还债，还把工资全部抵押给了债主。但云还不悔改，仍在继续赌博。身无分文的龙，为了生存，只有和云离婚。下班后，龙还要打另一份工维持父子俩的生活。

托尔斯泰说："幸福的家庭都是相似的，不幸的家庭各有各的不幸。"对于这两个不幸的家庭，究其根源，皆因一方糟蹋了另一方的爱情。因此，为了一家人的幸福，请别糟蹋你的爱情。

什么决定婚姻的幸福指数

有姐妹两人，性格不同，择偶的标准也不同，结果就有了两种不同的婚姻生活。

大姐没心没肺，直率纯真。年轻时虽然有不少追求者，但她一个也不喜欢。她只想嫁给一个彼此喜欢的男人。有人劝她不要太天真，嫁一个喜欢自己的男人保险，可她固执己见。就在她等到花儿都要谢了的时候，她终于得偿所愿，即使那男的一无所有。

婚后，夫妻俩充分发挥中华民族的传统美德，同心同德，勤俭持家。虽偶有小吵小闹，但因彼此深爱对方，反而加深了了解，让婚姻之船不断驶向幸福的港湾，粗茶淡饭的日子就越过越舒心。

小妹漂亮文静，心思缜密。自由恋爱不成，就嫁给了一个家境宽裕又吃"皇粮"的富家子弟。这个对她一见钟情的男人给了她无微不至的呵护，让她过上了一段终生难忘的幸福生活。但当他们有了孩子之后，男人就以照顾孩子为由让她辞职回家当了全职妈妈。从此，小妹就像笼中鸟被圈养在家中。

春天的声音

孩子小时，和朋友偶尔出去逛街，回来晚了，被说成不守妇道，不是个贤妻良母。孩子稍大，抽空重拾个人兴趣，则被斥责：又不是养不起你，那么辛苦干吗？真是有福不会享！闲得没事干就再生一个孩子！

有一次，小妹实在忍无可忍，就和丈夫大吵了一顿。她心情郁闷，无法集中精力照顾孩子，孩子生病了。当孩子病好后，她瘦弱得像脱了一层皮。丈夫则因为彻夜未眠，上班时出了大事故，差点被开除。痛定思痛，小妹决定妥协。"一切为了孩子。"这是小妹经过无数个失眠之夜后安慰自己的话。因此，当别人羡慕锦衣玉食的小妹时，她只能苦笑。

现代社会，不管是自由恋爱的，还是经人介绍的，大家都渴望过上美满幸福的婚姻生活。但总有人失望，离婚率在一些地方也越来越高。究竟什么决定婚姻的幸福指数呢？不能泛泛而谈。但是，在姐妹两人的婚姻上，或许可以找到一些正确的答案。

石头之美

大自然美不胜收。就说石头吧，单是它的形状就千姿百态，引人遐思。颜色呢？五颜六色，让人赏心悦目。种类繁多，任君喜爱。但是，自然万物之美，如果没有人欣赏，那着实有些可惜了。

石头之美，是贾平凹所描写的丑石。在世俗无知的人眼里，丑石不能去做墙、做台阶，不能去雕刻、捶布，是丑得不能再丑的石头。可是，在天文学家的眼里，它是从天上落下二三百年的陨石。"陨石以丑为美的"，"丑到极处，便是美到极处"。

石头之美，是张峰笔下的化石。化石可以讲述沉睡亿年的奇幻神话，破译远古的生命密码，重现逝去万载的世界，让我们仿佛看见了远古葱茏、幽深的林莽间，恐龙、猛犸在引颈长吼。

石头之美，是曹雪芹用生命抒写补天不成的顽石，《石头记》美得不可方物，家喻户晓，千古流芳。

石头之美，是一个小顽童对它的莫名喜欢。我家孩子对石头有着天然的爱好，而且特别钟情小石头。那时，他刚蹒跚学步就到处寻找小石头。石头越是细小，他越是喜欢。

有一次，我和他走路去外婆家。他发现路边的荒草间有小石头，就一路低头寻找。我屡次提醒他专心走路，就是不听，唯有紧紧牵着他的手，带着他走。只是，他喜欢的石头好像一粒粗沙粒般大小，所以，即使找到外婆家，还是没有找到心仪的小石头。幸亏后来带他到佛山的三舅家弥补了这一遗憾。三舅家的住宅小区有一个很大的儿童乐园，乐园里有一个小沙池，沙池里有各色各样光滑的小石头。这让他欣喜若狂，一连几天都在小沙池里流连忘返，每天都要捡几颗漂亮的小石头，才心满意足地回家。

只是，如此喜爱小石头的孩子，却屡屡被石头所伤。一次，我陪两岁的孩子在沙池玩沙，忽然路边走过几个西装革履的高大男子。正在专心致志玩沙的孩子，不经意抬头发现这些"庞然大物"，惊得摔倒在地，被尖利的小石头戳伤了额头，鲜血直冒出来。还有一次，孩子在体育馆玩，后脑勺不小心碰到地上，也被小石头戳伤了一个口子，要到医院缝针止血。

但是，这都无法阻止孩子对石头的喜爱。小时候，不管我和他到哪里游玩，只要身边有石头的影踪，他都不放弃寻找小石头。久而久之，家里自然就成了小石头的家。我把它们洗得干干净净，或铺在花瓶的上面，用来养花；或放在鱼缸里，用来养鱼。花在小石头的衬托下显得特别雅致；鱼在小石头的衬托下，显得特别活泼。而一看见这些小石头，我就想起那不到一米的小毛孩醉心寻找石头的样子，总是觉得不可思议。

受孩子的影响，我对石头也充满了好奇。我们一起去查阅有关石头的资料，知道了石头主要分为三类：沉积岩、岩浆岩、变质岩。明白了沉积岩占地表面积的百分之七十五，为地表的主要岩类，是原来已形成的岩石，受到风化作用后变为碎屑，或由生物的遗迹等，再经过侵蚀、沉积及石化等作用而形成的岩石。火成岩是所有岩石中最原始的岩石，是由于岩浆侵入地壳内部，或流出地表面造成熔岩，再经冷却凝固而形成，如玄武岩及花岗岩等都是。原来的火成岩或沉积岩，经过地壳运动或岩浆侵入作用所发生的高温和高压与热液的影响，可以改变其原来岩石的结构或组织，或使部分矿物消失，而产生他种新的矿物，因而成为另外一种与原岩不同的岩石，称为变质岩，如大理岩变自石灰岩、板岩变自页岩、石英岩变自砂岩等。这不仅扩展了母子俩的知识结构，还激发了孩子探索自然的兴趣。他的爱好更广泛了，不但喜爱小石头，而且喜爱各种小动物。人也变得更勇敢了，哪种小动物都想饲养。我就曾帮他养过小兔子、小鸡等。养大了，还舍不得宰割，一说宰割就哭闹，说我残忍。他自己也养过蟋蟀、乌龟，不过这些动物最后都放生了。

后来，出外旅游，我也像孩子一样到处寻找奇形怪状、颜色各异的小石头。在海南的海边，我找回了不少黑色的小石头；在阳春的溪边，我找回了不少美轮美奂的鹅卵石……渐渐地，我发现旅游的内涵拓展了，也变得更好玩了。

有一次，我拜访一个同学，发现他家的陈列室里，陈列了一块风化得比较严重的石头，颜色也特别接近泥土的黄色。这引起了我极大的兴趣，便向同学打听这块石头的来历。同学告诉我是出外旅游带回来的。我一听，好像找到了知音，格外高兴。

石头之美，也应是它增添了我们平凡老百姓独一无二的生活情趣吧。

时光的痕迹

人最难忘的或许是童年。因为童年不只是一种色彩。

有一个女孩,童年是这样度过的。她一岁时,母亲因为生下了小弟弟,无暇抚养她,从此,她就和外公、外婆一起生活。外公外婆虽然很疼爱她,但是她不快乐。甚至,每次父母来看她,她的心情都很矛盾。不见,怪想念的;见了,又怕离别后的伤感,情愿不见。因此,不管父母买多少零食和玩具来见她,她依然不开心。每次父母离开后,她都要偷偷哭好久,都会这样想:"既然不能和我在一起,就不要来见我!"

我刚遇见她时,她是一个胆小、沉默、瘦弱的小女孩。和她渐渐熟悉后,我发现她挺有主见,虽然有些看法不是很正确。她有写日记的习惯,经常给我看她的日记。在她的日记中,我知道了她的喜怒哀乐。原来,她也有快乐的时光。那是她骑在外公背上的时光;也是她调皮时,外婆骂她,外公却舍不得骂她的时光。外公很慈祥,总是宠着她。当她因为想父母,躲在角落偷偷哭的时候,外公会在远处陪着她,直到她哭累了,才背着她回家去。

她很喜欢外公外婆。可惜，现在外公外婆年纪大了，父母又以她要到好的学校读书为由，让她离开外公家，来到大姨家。我知道，她用日记记录了她童年的足迹。那倾诉儿童真情实意的稚嫩文字，即使时光如水流逝，也在时光之河上烙下深深的痕迹。那是一个渴望父爱、母爱的儿童踽踽独行的身影，让人看了潸然泪下。

另一个小女孩，她的童年也很特别。她来自北方，从小随着父母走南闯北，活泼开朗，自理能力很强。当我问她是否还记得家乡。她表示很陌生，只记得家乡冬天很冷。

"冷死了，都不想回去。"她干脆地说。我问她童年是怎样度过的。她开心地说："走过很多城市，在很多小学读过书。总之，父母在哪里工作，就在哪里读书。我觉得我的童年很自由。我一个人上学，课后作业也很少。每个假日，我就独自一人到附近的市镇去玩。"

"你不怕别人骗你，或者拐卖你吗？"我吃惊地问。

"什么？骗我？我生得又不漂亮，拐卖我有何用？"她顽皮地说。

"那你的父母不担心吗？"我又问。

"他们没时间管我，担心也没用。我们居住的地方，我都混熟了，也不用怕。"她大大咧咧，但又很懂事的样子。

"哇！这小女孩心智成熟，还很机灵呢！倒是我杞人忧天了。"我暗暗想，眼前就出现一个四海为家、满身江湖味道的小女孩身影，她历经风霜，在时光隧道留下了无拘无束、勇敢独立的痕迹。

童年的时光一瞬间就过去了。在两个女孩的身上，我看见了不同的童年，留下的时光痕迹也不同。在我稍不注意的时候，时光又会留下什么痕迹呢？

春天，邻居赠我一棵发财树。

我待如珍宝，用最漂亮的花盆栽种，摆放在客厅最惹人注目的地方，让

春天的声音

它的美全方位展现。但日子忙忙碌碌的，久而久之，就熟视无睹了。

一天，我正打扫客厅的卫生，突然发现发财树的侧边，不知何时已长出一株新的发财树。它高高细细，挺直向上生长，淡绿的嫩叶已差不多和墨绿的老叶子一般高了。

我诧异极了：这发财树好像是我昨天才种下的，怎么一夜之间就如此繁茂了？抬头看看窗外，院子里的花木已是郁郁葱葱，一派夏的盛景。难道不经意间，春天早就过去，盛夏已经来临？

时光飞逝，当我想寻找逝去的时光时，一切已杳无踪迹。但是，这株新生的发财树却让我看到了逝去时光的痕迹。仿佛，它的出现就是为了提醒我：悄悄溜走的时光是美丽的，就如这嫩绿的发财树一般。

当我美滋滋地欣赏这美丽生命的时候，这株嫩绿的发财树竟然在不久之后枯萎了。我很是伤感，不由叹息：没有美好不会陨落，即使珍贵如生命，最终还是了无痕迹。那么，如果我想欣赏到更多美丽的时光痕迹，唯有更加珍惜现在。

四棵黑骨茶

知道我喜欢栽花弄草，两个热心的朋友先后各送了两棵黑骨茶给我。这份真情让我感激不尽，却也留下了伤心的回忆。

记得第一个朋友到我家，看见满庭院的花草就非要送我两棵黑骨茶，理由是我这里没有这个品种。盛情难却，我看见两个空落落的桌面，便问："黑骨茶可不可以放在室内？"得到肯定的回答后，我就拥有了两盆珍贵的黑骨茶。

这是两棵刚被朋友移植成功的黑骨茶。它们有苍老的枝干，但叶子却是嫩嫩的、绿绿的，惹人喜爱。它们摆在我家的书桌、茶桌上，好像给桌子赋予了生命力，那两抹绿总牵引着我的视线，让我烦躁的内心变得既平静又温暖。

可惜好景不长，其中一棵竟不断落叶，任我多么小心护理，它最终都未能存活。我很难过，把这不幸的消息告诉朋友，朋友大方地说："没什么，我家有的是，有空再送两盆来。"我赶紧说："千万别，我不想再虐待黑骨茶了，就让我把剩下的一棵侍弄好吧！"从此，剩下的那棵被我小心地移到东边的阳台上。室内的两个桌面又变空了，但那两抹绿却像在我心里扎了根似的，永远不会消失。它们似乎告诉我："你太自私了，为了一己的赏心悦目，却让喜欢自由、阳光、水分的黑骨茶生活在阴凉的地方。"

或许，我对黑骨茶这份深深的愧疚感动了上苍，不久，另一个喜欢黑骨茶的朋友又给我送了两盆。他说："这两棵黑骨茶已养了多年，生命力很强，不怕你折腾，你放心地收下吧！"仔细瞧瞧刚送来的黑骨茶，心里不由得产生一种顶礼膜拜之感。一棵根须裸露在盆上，像随时有被拔起的可能，但却枝干粗壮，叶子茂盛，像一把撑开的伞，时刻准备接受风吹雨打。另一棵则像一对患难与共、同生共死的比翼鸟。它们惺惺相惜，凌空飞翔，志存高远……

朋友的一颗冰心似借两棵黑骨茶全烘托出来了，让我的内心翻江倒海，久久不能平静。对后两棵黑骨茶我侍弄得更小心了，但一年之后，不幸还是发生了。比翼鸟的另一半枯萎了！这回我可不敢告诉朋友。我独自悲伤，似乎也成了那枯萎的另一半。急得乱了方寸的丈夫，又在我受伤的心灵上撒了把盐：他剥开那枯萎树皮，宣告了另一半黑骨茶的"死刑"。我急忙制止了他的暴行，但那枯萎的黑骨茶已露出一块白森森的肌肤……我无力回天，唯有求助于大慈大悲的观世音了。

不知过了多长时间，比翼鸟的另一半在我暗无天日的天空中垂下了一条橄榄枝，它让我在一个寂静的早晨看到了阳光！这条橄榄枝是比翼鸟的另一半横生的枝丫，它恰巧遮住了枯萎的另一半，远远看去，好像枯萎的树枝又重获生命似的。恍惚间，在晶莹的泪光中，我仿佛又看见了那双奋翅高飞、有情有义的鸟。

现在，我家这四棵黑骨茶已成为我生命的一部分，并且深深地镌刻在我的心里。虽然有遗憾，但并不是无法弥补——生命自有它的归宿，但爱却无处不在。

围城风景

在小美憧憬美好的围城里的风景时,一个已婚的好朋友就向小美倾吐肺腑之言:"两个人结婚是将就着过日子,不要把婚姻生活想得太美好了。"天真的小美很是失望:如果婚姻是如此不堪,人们为什么要结婚呢?仅仅是为了传宗接代吗?这和其他动物又有什么不同呢?既然这样,小美情愿选择逃避。

后来,小美遇到了一个男人,就是她现在的丈夫。她发现两人有相似之处,颇为投缘。一样的心无城府,一样的朴实厚道;不市侩,也不势利。只因为他是他,小美是小美,没有人可以代替,也没有什么东西可以交换、衡量。于是,两人就很自然地在一起了。

在一起,对他们两个毫无积蓄、没有一房一瓦又要照顾老小的工薪族来说,就是共同面对一切困难,并且战胜它们。结婚十年,他们看到的围城里的风景大多是孤寂、狭仄、灰暗的,就好像生活在一片混沌中。当弱小的生命终于冲破一切羁绊绽开一片新绿的时候,他们才看见太阳从乌云里钻出来;看到了绚丽的朝霞下,沾满露珠的小花、小草铺满原野,黛青色的远山,正

春天的声音

在渐渐苏醒……

　　生活对于他们既不仁慈，也不残酷，只是像一位睿智的长者，向他们展现真实的一面，让他们在摸爬跌滚中不断成长。小美应该感谢生活。是生活让他们知道婚姻的酸甜苦辣，也是生活让他们懂得了患难与共、同甘共苦，更是生活让他们学会惺惺相惜、忠诚互信。于是，小美真切地体会到：婚姻生活不可能一帆风顺，它只是上帝安排两个有缘的人一起踏上漫长艰难的旅途。至于沿途的风景怎么样，谁都没有权利评说，只有当事人知晓个中滋味。不过，如果双方都同甘共苦，又辛勤劳动，相信一定可以看见七色的彩虹，享受美丽的人生。

　　可是，现实生活中，一些人富裕了，地位、身份改变了，一切也变了。小美便常常感慨：人们为什么总是不珍惜拥有的？人们为什么总是轻易忘记许下的诺言？但内心深处，小美却很明白：如果人们总认为围城里的优美风景依靠于金钱、地位、美貌这些外在的东西，却不努力完善自己、不努力关心爱护对方，那么，即使再次走进围城，也一样欣赏不到美丽的风光。

　　人没有十全十美。可是，喜欢了，就一辈子喜欢；爱上了，就一辈子爱上。那么，何愁围城里的风景不称心如意？

温暖的家乡

记得一双大眼睛，仰望着高空，痴痴地……

那时，大约四岁吧。乡下，对一个孩子来说是绝对的自由，我像一只小鸟到处飞，村里的每一个角落都留下了我的足迹。可我还渴望飞到神秘的天空，便整天黏在父亲的身边问他怎样才能飞上天，父亲不回答，便又去问曾祖母。曾祖母唱着儿歌作答："三瓮头毛，四瓮线，三百竹篙探到天，你有吗？"我吐了吐舌头，仍然没有放弃自己的梦想。

有一天，父亲有空闲，拉着我的手问："想不想飞呀？""想！想！"我使劲点头。父亲从身后拿出一个我从没见过的东西对我说："这是风筝，它才能飞上天空，我带你去放飞吧。"这天，我认识了叫风筝的玩具。

从此，父亲经常给我扎风筝玩，还对我说："娃，可惜你是个女孩，像你这么大，爸就会扎风筝了。"我不明白父亲的话，就问："女孩怎么了？您教我，我也会扎。""女孩子怎能玩得这么疯？"父亲疼爱地抚着我的头发说。父亲语气中的遗憾我听出来了，后来就很少要求父亲陪我玩风筝，但对飞翔的渴望，对风筝的渴望，对家乡那片辽阔蔚蓝天空的渴望却铭记在心底，就像埋下一颗种子般。

我似乎沿着父亲希望的方向发展，这是我认为应该做的。就好像父亲外出做生意，把十多亩田地留给母亲和我们耕种，我不得不辍学一样。而从我辍学的那天起，就选择了一条比同龄人更辛苦的路：农忙时回家务农，农闲时外出打工。打工的日子不管多么辛苦，都熬不过对家乡的想念。因此，一离开家，就盼望着农忙快到，这样不管走得多远，都有回家的理由了。

有一年，我就在家乡一个城市打工，时值九月重阳，家乡人举行大规模的风筝比赛，还请来飞机特技表演助兴。忙得昏头昏脑的我就跟随一群打工的姐妹兴致勃勃去看风筝比赛，可结果却很失望。因为看风筝的人太多了，矮小的我除了看见人墙，就是看见人山人海。我则成了一颗小水珠，在人海里随波逐流。如果再说得确切点，我们是在一片沙海里看风筝比赛。因为放风筝的地点是新开发的一片黄泥地，虽平坦宽阔，但那么多人挤在一起，就好像一群猛兽狂奔而过，尘土接天蔽日。美丽的风筝虽然看不到，但此情此景却打开了我尘封的记忆，打开了心底那扇刻意紧锁的门。儿时父亲陪我放风筝的点点滴滴就在沙尘弥漫中铺展开来，父亲亲手扎的风筝飞满了整个天空，我的心也悠悠地飞起来，飞回不远的家乡，在人海里起起伏伏的仅仅是我的躯壳。

后来的后来，我似乎离家乡越来越远了。当有一天，发觉自己偏离了父亲给我预设的轨道，十几年没回来的时候，突然在阳江新闻网看到长长的蜈蚣风筝于重阳日翱翔在家乡的长空，泪水竟悄悄流下来，内心那份冷寂与孤独也忽然不见了踪迹。有纸鹞高飞的家乡是多么温暖！心儿紧紧系在家乡的游子何曾离开？只是种子好像发芽了。有自己风格的风筝应是最美的风筝，这点，喜欢放风筝的父亲应该明白。

小时不识月

小时候，每逢佳节总是特别开心。因为当时物资匮乏，乡下人平时都是吃粥多过吃饭的，一个星期有一顿饭吃就是开心的事了。但过节，一般的家庭也是有鱼有肉的，而且还有水果糕点。有许多好吃的，还可以一家人团聚玩闹，这是我当时最渴望的。所以中秋节，这个人月两团圆的日子，是我当时最喜欢的节日。

记得那时候，中秋节一到，在外工作的家人就都赶回家过节了。白天，吃了奶奶和母亲做的糖糕和咸糕。晚上，又吃了颇丰盛的晚餐后，就把大圆桌摆在家门口祭拜月亮了。母亲对着插上香烛，摆着糕点、月饼、瓜果、酒水的大圆桌一脸虔诚地念念有词，我们小孩子则在明亮的月光下，满村子嬉笑游戏。月亮呢？斜挂在东边的天空上静静地俯视我们。

拜完月亮，一家人就在月光下享受难得的消闲团聚时光。一边品尝着月饼、水果，一边喝茶聊天。大人聊着农事和家长里短，小孩说着月亮的神话故事。往往，我们会望着月亮里的丹桂树，讨论丹桂叶会落到谁家的米桶。

但说来说去都没个结果，就睡着了。只是，中秋的明月、中秋的快乐在睡梦中又成了一年最美的期待。

时光荏苒，忘记了多少年中秋佳节在快乐团圆中度过。只记得团圆是中秋的主题，中秋一家人就应该开开心心聚在一起。那时，我们一家十几口人团聚在一起，真是高兴热闹啊！

初次品尝到离别的滋味是曾祖母离开我们的日子。那年，几个姑姑都已结婚，中秋节本来就少了许多热闹。少了热闹，快乐好像也少了。可是，曾祖母在草长莺飞的季节离开了我们，更让我感到这一年的中秋节过得很萧索无味。不过，母亲和祖母依然忙忙碌碌，准备了许多糕点和佳肴，也依然虔诚地祭拜祖先和月亮。她们好像无声地告诉我们：因为有离别，所以更应该珍惜团聚的日子，生命就是在离别与团圆中轮回。

结婚后，自己过起了小家庭的日子，我很不习惯。好像初次离家的小雏鸟，特别恋家，总是隔三岔五地回娘家。平时，母亲也特别欢迎我回来。可是，一到节日，母亲就赶着我回家了。特别是中秋节，她的理由更充足，开口就是那句：留妹过冬和过年，不留妹过月团圆。母亲根深蒂固的思想，就是中秋这个象征着团圆的日子，嫁出去的女儿必须在夫家过节。仿佛女儿只要在中秋这一天在夫家过节了，女儿和女婿就可以白头到老，和和美美地过一辈子。因此，出嫁后的每一个中秋佳节，我就再也没有体会到小时候那种大家庭团聚在一起的开心与快乐了。

现在，我已到了知天命之年，离别与团圆也来来回回品尝了不少，但我谨记着那年母亲与祖母的言传身教：伤离别，惜团聚。

就好像那些年，我的孩子还小时，中秋节的夜晚，我们祭拜了月亮后，带着他到野外捉蟋蟀。因为那时候，捉蟋蟀是孩子的乐趣。朗朗的月光下，在外出赏月的人群中，我们一家人拿着一瓶水和手电筒，在草地上寻找蟋蟀的窝。蟋蟀的窝在茂密的草地里,我们远远地听到它们的叫声,才轻轻地走进那片草地,然后掰开草丛仔细地寻找。一发现一个圆圆的光滑的小洞口,就往里面灌水,如果蟋蟀在里面,就会着急地跑出来,我们在旁边"守株待兔"就可以了。

也好像这些年,我们几个兄弟姐妹大都相继成家立业,可为了各自的家庭和生活,相聚的时间越来越少。中秋回家过节,总是赶着一点点时间团聚在一起见见面、聊聊天,然后各回各的家过节。可是,有许多中秋节,兄弟姐妹也难得齐聚。不是这个弟弟因为工作赶不上回家过节,就是那个弟弟因为小家安在外地,不方便回老家过节。这让我深深体会了"但愿人长久,千里共婵娟"的滋味。

"人有悲欢离合,月有阴晴圆缺。"今天,我面对中秋明月时,再难觅那少时圆月的影子,也不再关心那砍不倒的丹桂树究竟把树叶落在谁家。但我会满足孩子儿时的快乐,也会为亲人送去短暂的温馨。人生不会没有遗憾,也不会没有哀愁,唯愿我们每一年迎来送往的这一轮中秋明月,都能实现人人内心所愿。

春天的声音

咬了一小口的月饼

那块被咬了一小口的月饼静静地待在黑暗的角落里，它实在不知怎么办好。小主人已经告诉它，不能告诉老主人。可是，当那老主人拜月亮的时候，一发现月饼被咬了一小口，会有多么震惊和失望啊！

八月十五的月亮已经悄悄挂在树梢，田野披上了一层薄纱，但碧绿的稻田、鹅黄的稻花还是清晰可见。小村庄的晒谷场上方的、圆的桌子已经摆上了，各种供品：苹果、柚子、糖糕、月饼等也被陆陆续续端出来，银宝、蜡烛、香、烧酒等拜祭月亮的必需品更是一样不可缺少。几乎家家户户的大人、小孩都喜气洋洋，对一会儿的祭拜月亮仪式充满期待。但咬了一小口月饼的小主人却依然在小巷中和几个小伙伴疯跑，他们捉迷藏捉得正欢呢。

忽然，一间矮小陈旧的房屋里发出一声悲叹，仿佛月亮不圆了，今年的收成泡汤了，孩子成才的希望破灭了……但是，今天是八月十五，是节日，不能生气，也不能骂小孩子，一切都要和和美美的，以后的日子才有盼头啊！即使这缺了一小口、留下小小牙齿印的月饼不是那么圆满，但也不能泄气呀！

月饼的老主人，一个驼背的汉子忍了又忍，终于把自己的失望、悲伤赶跑。他用糖糕的碎末把那个小口补好，然后用盆子装上，摆到晒谷场的圆桌上，和大家一起拜祭月亮。月饼又圆圆的了，希望也还在吧，老主人心里渴望着。

月亮升得老高了，银辉把大地照得一片雪白。鸡公树的影子婆婆娑娑，就像月中的丹桂树。在小主人澄澈的双眸里，今夜，这香烛缭绕的人间也像月亮里的世界一样神秘。他不明白自己为什么自小没有妈妈，也不明白为什么总是吃不饱，更不明白为什么月饼要拜了月亮才可以吃。他就是想试试，吃了一口的月饼可不可以祭拜月亮。不过，那甜甜的月饼可真香呀！真想一口吃完它！

哦？小主人发现桌子上的月饼都是圆的！驼背的父亲平心静气地念念有词："保佑虾仔快点长大！保佑家里年年有余！保佑……"那么多保佑，小主人就是听不见父亲保佑他的驼背好了。他老听父亲念叨做人要行为端正、腰杆挺直，但不明白父亲的腰板怎么就挺不直。所以，他最大的希望就是父亲的驼背不驼了。听邻居阿婆说八月十五许愿最灵，月亮仙子会圆了每个人的心愿。他盯着那圆圆的月饼，不禁虔诚地默念："保佑父亲的背不驼了！保佑父亲的背不驼了！……"

月亮的清辉静静洒下来，院子里白色的桂花像戴上了闪亮的珍珠。

"爷爷！亲亲的驼背爷爷！你再和我说说爸爸小时候的故事嘛！"三四岁的小孙子扭着肉团团的小身子撒娇道。

"好！我再和我乖孙说说那被咬了一小口的月饼的故事！"驼背爷爷乐呵呵地回答。小家伙可不买账："不！家里那么多圆圆的月饼，你就说一个圆圆的月饼故事！"对啦！我这个老头子怎么没想到呢？儿子念念不忘那个残缺的家乡，孙子今天的家乡应该是圆圆的！

"哦！好了！我开始讲故事啦！那个圆圆的月饼静静地待在宽敞明亮的屋子里，胖小子快快来吃我呀！这是你父亲从香港速递回来的……"驼背爷爷娓娓道来。

春天的声音

一街的阳光

每天从这条街走路去上班,往返数年,街上的每一个老人几乎都熟悉了,对街上的每一个物件也似乎有了感情,包括一街的阳光。

这条街不大,大概十来米宽、一百米长,但两旁有不少横街,所以,来来往往的人较多。周围的楼房一般只有三四层,挡不了多少太阳,阳光还很充足。

八年前,我刚搬来这条街的附近居住,它还是满地黄泥。晴天,汽车呼的一声驰过,扬起漫天灰尘。路过的我,必然得紧皱眉头、紧闭双眼逃得比车还快。雨天,则泥水横流,走过路过,必然满足泥泞。大概两年之后,街上添了数幢新楼房,楼房主人在街道的角落整齐地种了一些花木,街道也变成了水泥路面,街景就焕然一新了。

街口的一家幼儿园,小孩子好像多了起来,早晚接送孩子的车辆也多了起来。早上去上班,或者晚上下班,幼儿园门口都可看见家长接送孩子的温馨场面,也可听见孩子的稚言稚语。一年春天,筑着高高围墙的幼儿园里花儿开得特别灿烂，绯红、嫩黄、浅紫……不但招来蜂蝶的爱慕，还惹来不少艳羡的目光。有一次，我看上班时间还早，便踮起脚尖流连墙外不舍离开。目光敏锐的老师发现了，就热情邀我进园观赏。

街上的老人也多了。每天上下班，见得最多的就是这些七八十岁的老人。她们满脸皱纹，有的脊背弯成弓形，有的步履蹒跚，有的歪着脖子。早上，当我匆匆赶去上班，就看见她们悠闲地在街上溜达。下午，则看见她们三五成群地坐在自家的门口聊天、晒太阳。晚上，我下班回来，她们还坐在那里，等着媳妇下班煮晚饭。

可是，有些老人也并不闲着。刚开始的两年间，我每天看见一位矮小瘦弱的老人在门口搭的简易厨房用木屑、废纸之类的点燃煤炉，一股浓浓的黑烟总让她半眯着眼。一看见我从她家门口经过，就抬头眉开眼笑地和我打招呼。那满脸的慈祥，让我内心很温暖，就很快和她熟悉了。原来她的儿子和儿媳妇做一些小买卖，每天下午到半夜都要到外面卖粥、粉、面。老人便每天负责用煤炉熬汤、煮粥。这虽然不是重活，但每天得按时按点，烟熏火燎的，也不容易。特别是夏天，太阳在上面蒸着，煤炉在下面烘的汗流浃背。可是，我看老人忙得挺开心的。在她的脸上，我看到的从来都是和蔼可亲的笑容。她和儿子、儿媳妇也相处得挺融洽。她的儿媳妇就经常在我面前夸她脾气好，手脚勤快。可是，不久这位老人就在我眼前消失了。我不敢随便问她儿媳妇，但心里颇为惦记。很久之后，她的儿媳妇和我说起，我才知她那时患了病，又不肯医治，已不在人世。我内心很是悲悯，为一位好老人。我在心里对她的儿子、儿媳妇更亲近了，也默默祈祷她在天国健康快乐！

还有一位比较硬朗、长得瘦条条的老人也挺忙碌。几年间，我看见她带大一个孙女，又带大一个孙子，没有一刻清闲。当我早上去上班时，她已买好一天的菜，煮好早餐等着家人起床吃了。晚上，她又已煮好晚餐等着家人

春天的声音

下班回家。这让我非常怀念曾祖母、祖母在世的日子。那时,我去上班,她们也是这样做的。可惜,当时我并没有觉得这是一种幸福。有一次,我忍不住赞美老人勤劳能干,可是老人没有任何一点喜悦的表情,只是淡淡说一句:"不用吃的?要吃饭,就得做工。"老人的心态真好!难怪她始终任劳任怨,年纪大了,也不停止工作。

渐渐地,我发现街上那些看似挺清闲的老人其实一点也不清闲。

一个早春的晚上,我加班回来,看见她们坐在街灯下聊天,便打了声招呼。老人却很关心地询问我为啥这么晚回来。我一一做了详细的回答。她们又七嘴八舌地问了我一些家事。一来二去,我们便聊了起来。于是,我知道了那个驼背的老人为啥驼了背;那个举步维艰的老人的腿究竟是怎么一回事;那个歪脖子的老人为什么脖子总是歪着;就算那个看起来四肢端正的老人也是浑身病痛,彻夜难眠。唉!她们老了,无法正常工作了,却夜以继日与病魔作斗争!与衰老作斗争!

自此之后的一个又一个白天,我看见这些老人坐在阳光下聊天,竟然渴望太阳永远照在她们的身上。而我发现老人好像也有这个心愿。寒冷的冬天,我看见她们仍坐在冰冷的石凳上晒太阳,就劝她们回温暖的屋里坐,她们竟异口同声地说:"不冷,太阳晒着,既暖和,又补钙。"

我瞧着被她们坐得光滑的石板凳好像也被阳光晒得柔软了,便有一种冲动:好好感谢这一街的阳光!因为正午毒辣的阳光被房屋遮挡在路的中央,只有上午或下午斜斜的阳光,像一根根棒槌似的轻轻地敲打在这些老朽的骨头上……我仿佛听到了骨头惬意的叫喊,又仿佛看见了春花姹紫嫣红。

一条飞上天空的鱼

孩子有疼爱她的父母。一只小鲳鱼风筝是孩子的至爱,却没有父母。孩子说:"就让我做小白鲳的父母吧!"从此,小鲳鱼风筝也成了有父母的孩子。

那个孩子就是四岁的我。小鲳鱼风筝呢?是我对风筝的最初记忆。

家乡近海,除了一眼可以望到边的水稻田,就是高高围堤外的大海,并不适宜放风筝。但是父辈自小就会扎风筝、放风筝,比我年长的同村大哥哥也会把风筝扎得像模像样,然后高高兴兴地放上天去。因此,一到农闲时节,家乡的田野就成了孩子们的放飞场。一个个燕子似的身影在绿油油的田间阡陌快乐飞翔,各色各样的风筝在蔚蓝的天空畅快嬉戏。

这时候,他们总是吸引了我好奇的眼睛,眼里流露的光彩足可把整个天空涂满。我多么希望自己就是绿野上一个放风筝的孩子!我又多么希望自己就是一只翱翔碧空的风筝!可是,我不会扎风筝,也没有扎风筝的废纸、竹篾。扎风筝是男孩子的绝活,村里几乎每个男孩子都会扎,只是从没看见会扎风筝的女孩子。于是,我就想:"要是我是男孩子该多好!"

春天的声音

在物资匮乏的年代，想找一张废纸糊风筝都很难，但是那些男孩子就很神通广大，他们会把写过字的旧作业本收集起来，然后一张一张地糊在风筝上，做"鹞肉"。我就又想："要是我上学了该多好！"可是，就算我上学了，那做风筝骨架的竹篾也难找呀。村里竹子很少，谁舍得砍一棵竹子扎风筝呢？而且，还要把竹子削得光光滑滑、大小合用的，那得该多巧的手啊！如此，拥有一只风筝，我是彻底不敢想了。但是，这些并不能阻止我对风筝的渴望。这让我整天无精打采的，一副病恹恹的样子。

冬天过去了，春天又来；热情如火的夏天走了，婀娜多姿的秋天又来。整天忙碌的父亲终于有一日悠闲，也终于发现了我的异样，但是他并没有对我说什么，只是在一个午后，把一只扎好的风筝放在我的手上，然后不甚在意地说："这只小白鲳是你的了，想不想放风筝呀？"我的眼里一下子盈满了泪水，仿佛一股生命的源泉喷涌而出，然后就看见一个五彩缤纷的世界。

我和父亲在刚收割完水稻的田野上放风筝。父亲迎着风拿着风筝线在前面跑，我歪歪扭扭地跟在父亲的身后跑。粗壮的禾茬把我的小脚扎得生疼，但我一点也不怕，只顾盯着父亲手上的风筝，希望它带着我所有的失落与梦想飞上天空。

我是那样的专心致志，稻田上一个个扎好晾晒的稻草人散发着清香，西斜的太阳把彩霞挂满天空都不能让我停留片刻。正当我跑得乏力的时候，小白鲳终于飞上天空了！父亲说："来，你来拿着风筝线。"我可以吗？我小小的心脏激动得颤抖。

父亲送我的小白鲳与众不同。它不是用旧作业本糊的，也不是用其他的废纸，而是一张洁白的纸，我可以在上面画上我喜欢的东西。白鲳鱼的尾巴也是用洁白的纸做的，但很长，飘在天空像仙女系在腰间飞舞的丝带子。这与我所见的风筝尾巴完全不同，那些风筝尾巴不是随意用几根干稻草或野草扎上去的，就是用看上去脏脏的废纸粘上去的。这么干净别致的风筝真的是属于我的吗？如果我不小心让它飞跑了怎么办？

父亲一再催促我拿着那根细细的风筝线，可我始终没有这个胆量。因为喜欢，我害怕失去。父亲最后妥协了，他用一只手拿着风筝线，另一只手把我抱起来，和我一起放风筝。

天上，小白鲳在尽情遨游，像一条海里的鱼那样自由自在；地上，一对父女在醉心地放风筝，像两只鸟儿一样玩耍嬉闹。忽然，我对父亲说："爸爸，小白鲳是一条飞上天空的鱼！""是的，是一条飞上天空的鱼！"父亲高兴地回答。我又说："爸爸，我们是两只飞翔的鸟儿！"爸爸又高兴地回答："是的，是两只飞翔的鸟儿！"然后，父女俩就哈哈大笑。

秋天的傍晚，秋风有点寒意，但抵挡不住小白鲳带给我的温暖。高远的天空不再遥远，小白鲳一下子让它变得触手可及，而我也好像一下子长大了，看到了更美丽的天空。

长大后的我，曾和同学一起上山放风筝，只是还是不敢拿起那根风筝线。也曾带领一批批学生到河边放风筝，也依然没有拿起那根风筝线。或许，随着岁月的积淀，我对风筝的喜爱有了更多的内涵，对风筝也越发珍惜了，而风筝带给我的快乐却是有增无减。少年有少年的快乐，那是和同龄人一起飞翔的快乐。青年有青年的快乐，那是看着学生健康成长、甘于奉献的快乐。做母亲之后，陪着孩子一起放风筝，一起成长的快乐更是无法形容。但是，我依然对那根风筝线充满敬畏。孩子，由年轻强壮的父亲陪着放风筝，应该是最幸福的事，我在旁边呐喊鼓劲就行。于是，我又想起了那条飞上天空的鱼。

那次，父亲和我一起放风筝之后，我就把小白鲳当作宝贝收藏起来，好像珍藏一段美好的回忆。即使后来它不复存在，无情的时光也磨灭不了这份记忆。我常常想："什么时候，我的那一只风筝也能飞起来呢？"唉！风筝，于我始终是一个遗憾又美丽的梦。

中年之后，我认识了家乡一些风筝艺人。在他们的鼓励下，我第一次拿起了风筝线。那是一只威武翱翔的巨龙风筝。在拿线之前，放风筝的黄师傅就一再叮嘱："这根线较粗，风力较大，要紧紧拿住，不要移动，否则会被绳子拉伤手的。"可是，当我一把将风筝线拿到手里，一股巨大的力量就想挣脱我的束缚，绳子飞也似的往外逃。我不由自主地喊起来："呀——"黄师傅赶紧帮我拽住风筝线。一看空出来的手，发现有一条深深的红红的勒痕，幸亏没有损伤。黄师傅笑着说："这根线就是规矩，放风筝不能不懂规矩，懂规矩了，风筝才能自由翱翔，做人也如此。"

我恍然大悟：这么多年，我不敢拿起那根风筝线，不只是因为对风筝的喜爱，其实还在一直磨炼自己。哪一天不逾矩了，我就成了小时候的那只小白鲳风筝，一条飞上天空的鱼。

/ 第三章 春风篇

一株花

　　大年初一的早晨，丈夫就在阳台喊："快！快来看，这株花开了！""花开了就开了，有什么大惊小怪的？"我边嘀咕边走出阳台。一看，我吃了一惊。

　　一个破旧的花盆里长了四种植物：一种是葱，长得挺直、翠绿，现已结籽，是我随手栽的；一种是仙人掌，深绿色，有着毛茸茸的小刺，也是我栽的；第三种是花盆的真正主人——百合花，它茂盛的叶子差不多占据了整个花盆，大有逐客之意；第四种就是那株小小的紫红色的菊花，是去年夏天，在狂风暴雨后，丈夫从院子里抢救回来的。这株菊花太弱小了，细小的花茎，因为花朵的重压，已不再挺立，一阵微风吹来，就不停地摇曳。但它依然开出了美丽的鲜花，像一位矜持的美人，在这严寒的冬末，在这满眼苍翠的阳台，虽然是一朵，仅仅是一朵，也让我惊艳。它顽强的生命历程，也不禁在我脑海浮现。

　　去年春节，我和丈夫栽了好几盆菊花。但夏季一到，接连几场暴雨把菊花毁得所剩无几。我们很伤心，但不气馁。待暴雨过后，又将那些"老弱病

春天的声音

残"重新栽种。可老天执意要与我们作对,最后连那些老弱病残都不放过……我不知这株菊花是怎样被丈夫抢救回来的,我也不会怪他把这么美丽的花随意地栽在这样一个花盆里;我只感激他保护了历经劫难的菊花,让我在新年的第一天欣赏到一朵花的美。

欣赏一会儿后,这回是我朝屋内大喊:"儿子,快来看!一株花!"于是,我们一家子都来赏花了。

世上有许多花,历尽千辛万苦,一生只为能绽放一次。这株花的坚持让我懂得了:目标,需要坚守。围绕着自己的目标和梦想不断前进,总有一天会听到花朵绽放的声音。

因为"爱",所以"梦"

一个雨后的下午,我送儿子去上学。坐在车后座的他忽然对我说:"妈,看,天多么蓝,我喜欢看蓝蓝的天!"我抬头一瞧:可不,蔚蓝的天空上有成千上万只"绵羊"正你挤我拥呢!我接着说:"蓝蓝的天真美,我也喜欢。妈小时候在乡下,每天都可以看到蓝蓝的天呢!""妈,我也想每天看见它。""会的,只要我们人人都去保护大自然,你就一定会看到蓝蓝的天。"儿子怀着美好的憧憬沉默了。

到了儿子的学校,望着他渐渐走进校园深处的小小背影,不禁浮想联翩……

那年,我大概是十二岁,正是开始做梦的年纪。当时,我因为一篇作文在学校比赛中获奖,就有了一个飘飘然的梦:将来,我要当一名记者,用我的笔赞扬真善美,鞭挞假恶丑。

其实,我之所以有这样的梦想,那篇获奖作文并不是真正的原因,究其根源,或许与我从小喜欢看书有关。那时,我们阅读的书有限,我只能从爷

春天的声音

爷的书柜里搬书来看,他的书多是写古代仁人义士的,如《岳飞传》《隋唐演义》。看完了爷爷的藏书,我又向邻村一位老爷爷借书来看。老爷爷的年纪与我爷爷相当,他的书柜里也多是爷爷那样的书,只不过藏书更多。多年以后,我总是忘不了夜深人静的夜晚,我点着煤油灯读书的情景:万籁俱静,一个小村庄笼罩在伸手不见五指的黑夜之中,只有一个窗户透出微弱的灯光,似和远处夜空的星光争辉。油灯下,一个长着圆圆脸蛋的小女孩正瞪着黑圆透亮的大眼睛如饥似渴地埋头读书……陆放翁的"青灯有味似儿时"大概就是如此吧。

那时候,曾祖母陪着我睡。她是个好脾气的人,对我更是宽容,不管我做什么都支持。夜晚,我因为喜欢看书总是熬夜,但不管多晚,她都没斥骂过我。即使我把油灯的煤油烧尽,不敢告诉她,害得她第二天晚上摸黑倒煤油,她也没有责骂我。只是夜里每次醒来,见我还不睡觉,便喊一声:"睡吧!"便又睡过去。正因为有了曾祖母的支持,邻村爷爷家的藏书就被我一个暑假起早摸黑地看完了。那真是一个甘之如饴的暑假啊!即使白天和大人一起下地干农活累得半死也值了。

稍大一些,已懂人生愁滋味的我,性格越来越内向,梦想也改变了。我依然喜欢读书,依然有作文获奖,因此我就想成为一名作家。可是生活的重担紧紧地压在我的肩上:既要照顾弟弟妹妹,又要帮助辛劳的父母。为了做一个好姐姐、好女儿,我只能无奈地在现实生活中摸爬滚打。

现在,我更是多重身份,既为人师表,又为人妻、为人母,肩上的担子更重了。我要做好每一个角色,必须全力以赴,可怜我的梦想,只能把它更深地埋在心底。但我从不后悔自己的付出,因为我爱他们每一个人。只是什么时候,我可以像儿子那样大大方方地谈爱好和梦想,然后有个人像我支持他那样支持我?曾经有过这样一个人,那就是曾祖母。可现在曾祖母已永远地离我而去了,我也不再是小孩子了。长大后的我,似乎一直在走着两条路:一条是现实生活中的路,另一条则是通向梦想的路。在第一条路上,我过着俗世的生活,每天为着柴米油盐奔波劳碌,被七情六欲、生老病死左右着自己的情绪。在第二条路上,不知何时我早已习惯一个人了。这是一条孤独、寂寞的路,但也是通往梦想唯一的途径。可是许多时候,我并不感到孤独,正如《傅雷家书》里写的:"赤子之心这句话,我也一直记住的。赤子便是不知道孤独的,赤子孤独了,会创造一个世界,创造许多心灵的朋友!永远保持赤子之心,到老也不会落伍,永远能够与普天下的赤子之心相接相契相抱!"是的,我虽不敢说自己有幸拥有一颗赤子之心,但我也有许多心灵的朋友,那"精忠报国"的岳飞和手拿黄金锏横扫奸佞小人的秦琼不是从小就活在我的心中吗?

今天,我的梦想虽然还不能实现,但却因为心里有梦,我保持住了一份生命的本色,在尽到自己责任的同时能够安静聆听别的生命,也永远保留心中那份纯真和美好。正是这些让我创造了一个属于自己的内心世界,让我结交了普天下拥有赤诚之心的朋友,让我不曾停下追寻梦想的脚步。即使在某个夜深人静的夜晚,当我重读《乱世佳人》,被主人公斯嘉丽感动得一塌糊涂的时候,我也会自卑,但却不妨碍我继续做梦。"这一切等我明天回到塔拉庄园再考虑吧。那时我就能够忍受了。明天我要想出个办法来重新得到他。不管怎么说,明天就是另外一天了。"看,这个叫斯嘉丽的朋友说得多好啊!对!不管经历多么难堪、艰难的事情,明天就是另外一天了,人生就是这样一步一个脚印,一天又一天走过来的。于是,当我看见一个患有孤独症的孩子把他家美丽的鲜花撕得粉碎,而他母亲唯一能做的便是帮他收拾残局的时候,我不禁痴想:明天,让所有患病的儿童都好起来,让所有的母亲都展开笑颜吧!明天,让家乡越来越美好,让祖国越来越强盛吧,明天,让人民越

春天的声音

来越幸福，让世界越来越和平吧！

　　"我喜欢看蓝蓝的天！"在离开儿子的学校之后，我仔细品味这句简单的童真稚语，它似乎向我揭示了一个质朴的真理：因为"爱"，所以"梦"！人们都喜欢美好的事物，并且就是因为喜欢，所以才做梦都想得到它，而在追梦的过程中，人们将浑身充满正能量，不但爱自己，更爱他人。儿子的梦、我的梦、阳江梦、中国梦都是美好的，都值得我们毕生去追求。但愿梦想早日成真！

/ 第三章 春风篇

雨夜

"但看立春晴一日,农夫不用力耕田。"立春这一天,父亲一看见灿烂的阳光,就喜笑颜开地说。

做了一辈子农民的父亲对农事颇有发言权,可信度当然很高,这是一方面。另一方面,我还看出一个老农始终关心农事,体恤民生。这一点,我们父女俩可是心意相通。因此,一听父亲这话,那些无眠的雨夜就一下子历历在目了。

农村的雨夜,在我懂事之前是挺美的。这首天籁像一支催眠曲,总让我一夜好梦不断。又像一个神奇的魔法师,让我一醒过来就可看见被洗刷得干干净净的村庄,闻到青草的芳香,听到一阵风吹过,叶子上的水珠像筛豆子一样簌簌地落在枯叶上。但是,懂事之后,雨夜就成了一个恶魔。

父母务农,我自小跟在他们身边做力所能及的农活,对一个农民的辛苦深有体会。甭说务农的艰辛,就听母亲一说:"这雨呀,下得这么大,禾苗又要被淹了,这遭怕是没得收成了。"我的心就颤颤发抖。和母亲一起看着

197

春天的声音

外面的瓢泼大雨发愁。这一夜我肯定失眠。

"没得收成了。"妈妈的话在耳边回响。农忙的日子,不管天气好坏,妈妈三更起床,晚上七八点回家,一整天都在土地上卖力流汗!这雨这么一下,就没得收成了,汗也白流了,我们将要忍饥挨饿了。

小小的人儿躺在床上,脑袋就想着这些。滴滴答答打在瓦片上的雨就成了摧残生命的刽子手。偶尔电闪雷鸣的天空则成了帮凶。无边的黑夜更可恶,把这一切都掩盖得严严实实,唯恐被人知道。可是,狂暴的雨夜绝对想不到有一双明亮的眼睛一直盯着它,把它的一切丑行看在眼里。直到第二天早晨,站在父亲身边,看着白茫茫的田野,听着父亲那句解气的话:"怕什么!有天生就有天养!"心里才好受些。

这一个个无眠的雨夜陪着我成长,让我切身体会到劳动的艰苦与农民的忧愁。

去年岁末,家乡遭遇严寒天气,个别地方还下雪了。寓居城市一角的我,竟又心颤颤,在暴雨肆虐的冬夜失眠了。母亲的话、父亲的话便轮番在我耳边轰炸,比那罕见的冬雷还响亮。最终,父亲的话占了上风。在天灾面前,农民必须坚强面对。父亲用他踏踏实实的脚步告诉了我这个真理。而且,在今天这个和谐社会,人定胜天!

我想:以后的雨夜,如果我失眠,应该是欣赏它的美吧。不过,最好年年立春都晴好,农民不用力都有好收成。

树影

仲春的一天，友人的儿子因为太顽劣被父母责罚。前一天晚上刚吃了一顿"藤鳝"，睡醒一觉乖乖地认错，然后又乖乖地去上学。但是小手上还留着淤青，精神也颇是萎靡。看着小人儿一副大受伤害的样子，真是又好气又心疼。于是，趁着空闲，带他观察屋外生机勃勃的果树。

我指着屋子右边三棵仁面树对他说："你看看，这三棵树哪棵树的叶子最绿？"他看了一眼马上就指出最末的那一棵。我又问："为什么那棵树最绿呢？"他说不知道。我就说："因为没有遮挡，阳光充足，经受了风吹雨打呀！"然后，我指着长得很弱小，叶子又枯黄，但是栽种的位置也是阳光充足且通风的另一棵仁面树问："你知道它为什么长成这样吗？"他指着断了一截的树枝说："因为它曾经受伤了。""嗯，这棵树去年被一台挖掘机撞断了一根树枝，现在还没有恢复生机，但它还坚强生长着。"接着，我又指着旁边一棵菠萝树对他说："你瞧，那棵菠萝树早两年已挂满了菠萝，但在果子差不多成熟的时候却被台风打断了。现在，它又在断处长出粗壮的新枝，今年又挂果了。"

然后，我还带他观察了屋前的几棵果树。

这时，我才惊觉原来被我挖了树头的荔枝树，仅凭着深深插入泥土的树根，第二年就长出数不清的小树苗，几年后开花结果了。而那棵生长了二十多年，曾被砍得只剩下树干，差点被连根拔起的菠萝树早就参天耸立、硕果累累。最后，我问他："这些树为什么长得这么好呀？"小人儿认真地回答："继续生长呗。""嗯，受伤了，仍要使劲生长，但始终离不开春风雨露和阳光啊！你现在正沐浴着阳光雨露呢，你珍惜了吗？你想像菠萝树一样高大婆娑吗？"小人儿没有回答，只是静静地站在树下想了很久很久⋯⋯

我陪他站着，心里却翻滚着别样的酸楚：原来自家栽种的一些果树都经历过九死一生。我究竟是想要安慰小孩儿，还是想要安慰自己呢？这些年，我脆弱敏感的心灵何尝没有受过各种摧残呢！

这个春天，我挺仔细地欣赏过花的繁盛。像窗前的杧果树花由浅绿到鹅黄，再由鹅黄到金黄，最后是满树的红紫。但一场春雨过后，满树的繁花就只剩下光秃秃的花枝，就不得不像往年一样接受花的衰落。对于一个把花儿比喻成朋友的人来说，这毕竟很残忍，触景生情想起两个像花儿悄悄凋零的朋友更是情不自禁地落泪。可是，也因此汲取了力量。杧果花衰落了，即使结不成果，第二年春天依然会盛开。人一再伤心，备受打击，应该比花更顽强。

那段暗无天日的日子，阳光不管多灿烂都照不到身上，每个看过来的陌生人眼里都住着一个死神，仿佛随时随地会把人的灵魂勾走。我知道这就是伤心，不应该沉溺进去，可就是无法自拔。当形销骨立，实在承受不住时，看见那一树杧果花才幡然醒悟，世上还有许多责任需要去承担，也还有许多东西值得去珍惜。

不仅时间是治愈伤痛的良药，人也需要风雨的洗礼，当受伤时，自然万物都可以给予我们力量。

小孩儿已经被朋友接走了，相信他已经被百折不挠的果树所治愈。这回，轮到我站在树下。其实，人何尝不是和这些历经磨难的树一样呢？唯有不惧风雨，感恩风雨，才能像树一样在阳光下留下高大的影子。

春天的声音

野草

　　因诸事拖累，出门一月未返家。待返家，见家里的几株盆栽因久未打理，花盆里竟长满野草。经秋风一吹，摇曳生姿，但显得不伦不类，有大煞风景之感。小我两岁的妹妹见之，诧然道："这野草真好看！"我听了不以为然。第二天，妹妹上阳台晒衣服，竟又发出如此感叹："这野草真是好看！"这多余的野草遂引起我的注意。

　　在我眼里，这野草实在是多余的，因为盆里养着一株高雅的昙花。花虽未开，但那慷慨激昂的样子便让人不能忘怀、不可轻视，何况"昙花一现"时那种美丽更是令人无法抵挡。这渺小如斯的野草，何以相提并论、共挤一室呢？但因妹妹的一再赞叹，虽恨不得马上除之，终不忍心。

　　一日午后枯坐无味，偶仰视窗外，忽觉有什么在眼前飘动。仔细视之，竟是那盆里挤着昙花的野草！此时，苍穹遥远，四野苍茫，寂静无声。天，没一丝风儿。个头大一点的物类不易察觉生命的颤动，因此一切都仿佛是静止的、没有生命的。就在这样的一个岑寂的午后，突然发觉一点会动的东西、有生命的东西，那感觉竟是那般喜悦、那般美好！而给我这般感觉的竟是我曾经鄙视的野草！

风儿轻轻地吹、轻轻地吹，我从这野草的不停颤动中感知它的存在，感知这世界万物的存在。这不再是一个岑寂的午后，而是生机勃勃的午后！这都有赖这野草，我曾经鄙视的野草！

我的眼里再装不下昙花那慷慨激昂的样子，脑海里也不能想象昙花盛开时那种美丽。有的只是那盆里的野草，渐渐蔓延整个空间，直抵心灵深处，让我羞愧一己的渺小，敬仰生命的美丽，还想道一声："这野草真好看！"

野百合的四季

百合，在《现代汉语词典》里有两种解释：一种是多年生草本植物，鳞茎呈球形，白色或浅红色。花呈漏斗形，白色、绿色或者红黄色，供观赏。鳞茎可以吃，也可以入药。另一种是这种植物的鳞茎。

她喜欢百合，但不是那些供人观赏、作为赠礼，摆在花店最显眼地方的百合；更不是那些供人食用，让人大快朵颐的百合；而是那种生长在空旷、寂寞荒郊的野百合！野百合随着季节的更替，自生自灭，虽然默默无闻，但谁也无法否认它那美丽的存在。

她太爱野百合了，以致有一天，她把一株野百合移植到自家的庭院，从此一年四季与野百合相依相伴，并为它立传。恍惚间，她也成了一株野百合。

野百合的夏季

夏季对野百合来说，既是生命的结束，又是生命的开始。盛开后的野百合，夏季就逐渐枯萎了。枯萎后的野百合把养分储存在鳞茎里，深深隐藏在泥土里，我们只能等到第二年春天才能再见它的芳踪。因此，要为野百合立传，得从夏季开始。这株野百合姓方，名字就叫百合。刚上初中时，乖巧的她小心翼翼地把自己的理想记在本子上：我的理想是做一名既平凡而又辛勤的人民教师。以后，理想就像百合的种子，经过夏季长长的蛰伏，渐渐长大，深深地扎根在教育的沃土里。但是，方百合至今仍认为，自己虽然实现了理想，但并没有迎来真正意义上的春天。在教学生涯中，方百合忘不了初登教坛，送走自己带了两年、即将毕业的第一届初中毕业生的那个炎热的夏天。

那个夏天特别漫长，方百合仿佛又回到了高考前的那个夏天三点一线的生活：教室——食堂——宿舍，只不过是地点不同，压力也不同。高考时，她在一个小城镇，身边围着所有的亲人，压力为零。现在，她处在一个穷乡僻壤，手里握着一百多个孩子的未来，压力为一百多。她教两个初三毕业班的语文，还担任其中一个班的班主任。白天，她上好每一节课，教好每一个学生，让思维在思辨中闪光，让爱心在心灵中传递；晚上，她用锐利的刻笔在蜡纸上刻满小楷，用右臂的酸痛麻木换成一张张凝聚着心血和智慧的考卷，天上的星星和月亮陪伴她备课、批改；早上，天刚蒙蒙亮，她就起床陪学生们晨练，挥汗如雨，让露珠也羞愧得无地自容，一会儿就不见了踪影，朝霞则脸红红的，不得不承认自己姗姗来迟。

每天绷紧了神经重复着这样忙碌的日子似乎还不够她累，即使她兢兢业业、任劳任怨，意外还是发生了。

一天傍晚，体育训练的时候，一个调皮的男生无视安全守则，用铅球把一个女生掷伤了，且刚巧伤在胸部。当方百合给那位受伤的女生理疗时，看着学生痛苦万分的样子，她的眼泪无声地流下来了。她多想抱着学生痛哭啊！她的心也在流血，既心痛学生，又憎恨自己的无能。她虽然比学生大不了多少，但她毕竟是一位师长，她不能在学生面前放纵自己的情感，也不能代替学生承受伤痛,她唯有尽自己的最大能力做一个教师应做的,并且做得更好!但现实是残酷的,它往往不从人愿!可她也决不会因此停止前进的脚步,不管前路等待着她的是什么。

多么漫长煎熬的夏季!经过炎炎烈日的炙烤,方百合似乎变得坚强了。十多年后,当她忙于工作而疏忽了儿子,导致他右手骨折的时候,儿子那撕心裂肺的哭喊竟没让她掉一滴眼泪,她冷静地配合医生给儿子治疗。事后,骨科医生对她的行为表示钦佩,她只能苦笑:那时那刻,她是儿子唯一的依靠,她决不能倒下!真是一个磨炼人的夏季啊!任重而道远,死而后已是她对野百合夏季悲壮的小结。

野百合的秋季

相信那藏在地下的野百合也认可:秋季的到来是不知不觉的。当方百合早上起床后,穿着裙子觉得有点凉,秋天就已经来了。秋天是收获的季节,金黄的颜色让人赏心悦目,也让人喜气洋洋。但也有伤感的人,在萧瑟秋风中、无边落叶下更添一份凄凉。

如离别的人。

九九艳阳天,方百合迎来了又一届新生。她的心是喜悦的,仿佛一个充满希望的田野正等待着她辛勤地耕耘。可是开学一两周了,一个梳着小辫子,留着整齐刘海儿,眉清目秀的小姑娘仍没来上学。上周六到她家去家访,方百合已牢牢记住那女生可爱的模样了。那是多么懂事的小姑娘啊,虽然没有了父亲,但仍然有甜美的笑容,即使那盈盈如秋水般的目光偶尔掩饰不了没钱念书的无奈,也决不让母亲发觉。女孩的母亲告诉方百合,她那出门在外的儿子要成家了,她这个当娘的得赶过去,小姑娘也得走,家里没有其他亲人照顾她，也没有钱供她上学，她只能出外打工了。方百合答应帮忙照顾小姑娘，可那学杂费、生活费呢？这穷山沟没有一个有钱的亲戚接济她呀！况且，每个学生的家庭也都不富裕，学校照顾不了那么多。方百合很想自掏腰包，可她那上大学和读高中的两个弟弟怎么办？第二个周末，方百合再去家访，窘况依然没法改变。第三周的某天午后，当方百合打开房门准备去上课时，发现门口放着一塑料袋秋果子，里面还有一封信，信上说："敬爱的老师，您好！我俩虽然只见过两次，但我已经把您视为我的恩师了。您是那么善良、友好，独自骑着自行车不顾山路的崎岖和坎坷两次到我家劝我回校读书，这份恩情我永生难忘！但现实迫使我辜负您的深情厚谊，唯有就此别过，只盼日后再见。一袋家乡的秋果，是我小小的心意，请笑纳。小奋，1998年9月16日。"

读完此信，方百合忽然觉得秋意更浓了，抱着裸露的双臂，心揪得紧紧的，一丝丝生痛。那挥之不去的秋水般盈盈的眉眼仿佛在质问：教育的春风何时吹遍祖国的每个角落，让每个孩子都享有受教育的权利？自此，方百合再也没有见过小奋。小奋成了方百合永远的痛。

如患病的人。

方百合终于病倒了，这次生病让所有人感到意外：没想到方百合会生病。她，一个年轻姑娘，几年如一日在这贫穷落后的山区中学任教，谁见过她生病？没想到方百合一病就病得这么严重。卧床不起，发着高烧，日不能饮，夜不能寝，浑身奇痒、肿痛，盖了一床被子还喊冷。

远离家乡，卧病在床的两天两夜，方百合让大家心惊胆战，也造就了一位未来的医生。这位未来的医生叫郑永丽，是方百合班上的女学生。这位女学生是福建省人，随母改嫁才到这里上学。养父虽然待她不错，但她总惦记着家里的生父和亲人。她已和母亲商量好，初中毕业后就回家乡读高中上大学。郑永丽是个懂事、早慧的孩子，她见方百合病了没人照顾，便日日夜夜守在老师的身边。白天,方百合叫她回去上课,她不答应;晚上,方百合叫她回去睡觉,她也不答应。实在太累了,只回去睡一两个小时,一醒来又悄悄跑到老师身边问长问短,并安慰方百合说,她已决定以后当一名医生,现在只不过是提前实习罢了。方百合从未见过如此细心照顾老师的学生,她万分感动。

为了不影响学生的学习和生活,两天后,方百合见病情仍没好转,便请学校通知家人接她回去看病。当方百合穿着厚厚的衣服,裹得严严实实和郑永丽再见时,她觉得这个秋天可真够凉的:为什么老天这么不近人情,偏让她生病,偏让她离开这么可爱可亲的学生呢?

一年之后,郑永丽毕业了,如愿地回到了家乡。多年以后,郑永丽真的成为一名医生。方百合每次回忆起这个秋天,心里就觉得挺欣慰:虽然是个多事之秋,毕竟有所得。野百合的秋天何尝不是如此呢?

野百合的冬季

后来,方百合从山区调回了城区任教。因此,当寒冷的冬季来临,野百合继续休眠的日子,方百合内心倒也平静。但那凛冽的北风何时停止过它的虐杀呢?

上课时,每当方百合看见没书没簿没笔的"三无"学生时,总是问他们为什么,而他们总是淡淡地回答:"丢了,不见了。"她的心就觉得很苦闷:这究竟怎么啦?没书读时,想读书,有书读却不好好读!而且,从他们满不在乎的语气来看,读书仿佛早已成了别人的事。面对如此厌学的学生,方百合觉得北风在猛烈抽打自己,直把她抽得皮开肉绽,然后在鲜血淋漓中坚定自己的信念:她一个人民教师,决不能让自己的学生荒废学业,她一定要竭尽全力让学生重拾书本，重修学业，让他们成为合格的中国公民！

当方百合面对那些刁蛮任性的小公主、小皇帝时，仿佛看到一株株嫩苗在肃杀的冷风中渐渐失去生命的绿色，而他们毫无知觉，继续肆意放纵自己，浪费宝贵的生命。方百合的心痛呀！但她必须忍住剧痛，保持清醒，给他们当头棒喝。她必须为孩子的未来和国家的未来着想，以一个教师健全独立的人格和良好的师德师风影响他们，用渊博的知识征服他们，用真挚的情感去感染他们，引导他们走出狭小、无知的自我天地，创造一个广阔、睿智、美好的新世界！

"路漫漫其修远兮，吾将上下而求索。"这句伟大爱国诗人屈原之语，似给了方百合战胜困难的勇气。学生没有好坏之分，他们只是世间形态各异的小叶子，她相信自己能用美丽的慧眼，公平、公正地发现每一片叶子的价值，让每一片叶子都活出自己的精彩。

冬天已经来了，春天还会远吗？这就是野百合的冬季。

野百合的春季

"好雨知时节，当春乃发生"，当细如牛毛、绣花针般的春雨伴着吹面不寒的杨柳风回归大地的时候，院子里的野百合就悄悄地探出头来了。它先露出鳞茎，然后长出一片狭长的叶子，再然后是两片、三片……仿佛一眨眼，就长得老高，颜色却是嫩绿嫩绿的，惹人喜爱。但有的柔弱枝丫仿佛经受不了春风的抚摸，紧紧地依偎着大地母亲；有的强壮枝丫却勇敢地抬起头，和春风春雨竞风流。

百花争艳时，野百合的叶子在春日温暖阳光的照耀下，渐渐变成深绿，花茎也越来越粗壮、高大。几乎满园的野百合都可以昂首挺胸的时候，它就

春天的声音

绽出大大小小的花蕾，像无数个小喇叭，在等着开花的命令，然后一起奏响一曲生命的华章。但你要耐心地等，直等到清明节前后，野百合才会像盛宴中的大腕，在千呼万唤中登场。那花有一株一朵的，也有并蒂的，一个枝头三四朵花的却不常见。一眼瞧去，绿叶丛中的野百合花像身穿白衣的仙子在春风中轻歌曼舞，那婀娜多姿的样子是那么淡雅高贵，让人目不转睛却不忍触碰，世间的一切污秽也在这凝眸中不复存在。但野百合的花期很短，遇上造物主眷顾，最多也只有十天左右；遇到春雨的爱怜，则只有三四天。方百合最不想看到野百合"梨花带雨"的样子，但很多时候，这娇弱美女的模样却让她看到了野百合的顽强。谁说那是雨呢？那是含泪的笑！在这时候，方百合往往也看到了自己的影子。她自己何尝不是一株野百合呢？一生都在等待那花开的瞬间，花开的时候就是春天了。但方百合的春天什么时候才能降临呢？她每一天都在教书育人中实现个人的人生价值，可谁知道做好一个灵魂的工作需要付出多大的艰辛、多大的努力呢？如果全社会每一个人都尊重教师、尊重知识，教师的神圣职责是不是更加容易实现呢？那样，祖国就像一个大花园，每个人都是花朵，大家一起争奇斗艳、各领风骚。这，是不是就是方百合的春天呢？

那在春风、春雨中颤动的野百合似乎正在诉说着一个春天的故事——野百合的春天。

方百合充满期待地倾听着……

期待新年

小时候，总是期待新年，因为新年有新衣穿、有各类点心吃、有利是拿，还可以去走亲戚拜年、看舞狮……总之，春节的节目繁多，对一个乡下小孩充满了诱惑力。

记忆最深刻的是三姑给我做的新衣服。三姑在镇上的供销社卖布，她心灵手巧，不但卖布手法利落，获得顾客一致赞扬，还会裁剪、缝制衣服。一到年末，三姑就会用她平时买回的布头布尾给我缝制新衣服。我一穿上三姑亲手缝制的新衣服，总觉得特别神气，因为那新衣服不但衣领有花边，而且颜色鲜艳、款式新颖，把我打扮得活泼可爱，粉雕玉琢般。新年来我家的客人一看到就会不断夸奖我，也会夸奖三姑。开学的时候，同学看见我的新衣服也羡慕不已。我会非常珍惜三姑给我做的新衣服，一般日子舍不得穿，每穿一回都要洗得干干净净。因此，当新衣服变成旧衣服，不合穿了，还依然那么美丽，让比我小两岁的小妹再美一回。

一到腊月廿八，祖母和母亲就会燃起红红的炭火做粉酥，天气越冷，做的粉酥就越好。那用鹅油抹的粉酥特别香脆，里面的花生、白糖、椰蓉也香甜美味。大年初一，祖母和母亲还会制作糍粑和酥角，那刚上锅的糍粑和酥角总是让人吃得肚饱眼不饱。但母亲不让我们多吃，说刚出锅火气大，吃多了容易上火。我们就乖乖听话，不吃了。其实是肚子早就吃饱，再吃真的就吃撑了。

大人做糕点的时候，小孩一般在旁边帮忙。这时，小孩就特别嘴馋，会偷馅料来吃。大人就会哄小孩说："吃妈素（点心馅），毋识数。"这一招往往会吓住那些胆子小的孩子，但胆子大的孩子就不管三七二十一，趁大人不留神就把馅往口中倒，数回下去，肚子早就半饱了，再吃几个刚出锅的糍粑和酥角，还不把肚子吃撑了？

吃过年夜饭，祖父和父亲会把家中的孩子慈爱地抱在怀里，一个一个往我们怀里塞利是，说我们又大了一岁，要乖乖听话，快点长大。这时，新年的味道好像到了一个最高点，我们高兴地抱着利是沉入无尽的美梦中。而父亲得守岁，直至凌晨放爆竹赶跑了"鹤神"（传说中的邪神）才休息。

大年初二就开始拜年了。这天的我们却不去拜访亲戚，而是在家做好一切准备等待姑姑们回娘家。过了这天，我才打扮得漂漂亮亮跟着祖母走路去拜访亲戚。那时去拜访亲戚大多是走路去，家中有自行车又会骑车的，才骑自行车去。我家虽然有自行车，但祖母不会骑，当然只能走路去了。家中的小孩，我是最大的，只有我可以走远路，因此，每次祖母去拜访亲戚都带着我，每次回到家利是都装满了我的口袋。于是，每到新年，我就乐此不疲。

看舞狮，是新年的重头戏。在我们家乡，年初一，大人会带着小孩到城镇去看舞狮。如果幸运遇到舞龙，那就是意外之喜。往往里三层外三层围着看个够，还要跟着那舞龙的人走过几条街道才罢休。年初二之后，乡里经常有舞狮的人挨家挨户拜年。那响亮的锣鼓声，经常吸引全村的小孩乐颠颠地跟着凑热闹。但最热闹的还是看舞狮。那时,父亲是生产队长,对武术很着迷。在他的带领下,村民也很喜欢武术。为了教大家武术,达到强身健体的目的,父亲曾请一个武术高手到村里当教练。因此,每到新年,村里那些喜欢武术的人就请舞狮队来村子舞狮了。舞狮一般在晚上,就在南面村口的晒谷场。这天晚上,父亲早早带领大家亮起几盏大气灯,把整个晒谷场照得如同白昼。当舞狮队的锣鼓一响,四乡八里的人们就把晒谷场围得水泄不通,那舞狮的人就特别卖力地表演。舞棍的霍霍有声,蛇形拳、鹤形拳虎虎生威,表演气功的把几块砖头用手一切就断成两截……喝彩声此起彼伏,人人看得津津有味、热血沸腾。每看到精彩有趣处,更是掌声雷动、手舞足蹈。

新年的爆竹声、锣鼓声好像还在耳边,但人已到中年。新的一年又将来到,我还期待新年吗?我们的孩子还期待新年吗?但愿作为长辈的我们尽一己之力,在新时代把我们春节的传统节目发扬光大,让新年永远值得期待。

春天的声音

老水牛的春节

临近新春,我就特别怀念小时候家里的老水牛。那水汪汪的大眼睛、弯弯的牛角、漆黑平实的脊背,以及不停咀嚼的嘴巴和左右摇动的尾巴总时时浮现在眼前。

很小的时候,村子里有十多头大水牛、三四头小水牛。但是因为有专人看管,我只不过把它们当作常见之物熟视无睹。直到分田到户,家里分到了一头牛,牛在我的心里才具体可感。

牛在我们村子的待遇还算好。夏天,有特意规划的空旷野外供它们集体过夜;冬天,有村集体建设的水泥牛屋给它们取暖。后来,即使把牛分到每家每户,集中过夜和冬天住牛屋这种优待依然不变。

每天清晨,每户的长辈都会牵着自家的牛到村子东南方的池塘"喊尿"(让牛小便)。往往,公鸡的打鸣声刚过,"尿——尿——"的声音就纷纷响起。这成了村子的晨曲,也成了村里人早起的闹钟。"闹钟"响后,一天的劳作才正式开始。大人忙着下地耕作,小孩则牵着牛去野外吃草。

我家的水牛年纪比较大，但干活任劳任怨，吃草安安静静。父亲用它耕田种地，不用大声吆喝，少花许多力气。我把它牵到田头地尾吃草，不用时时看管，还可悠哉悠哉骑着来来往往。

　　农忙时节，家里的老水牛轮不到我去放牧，因为我是老大，放牛这样轻松的活得留给比我小的妹妹做。农闲，或者节假日，放牛就是我的活了。特别是春节，放牛好像是特意为我量身定制的活。大的姑姑们要在家做贺年糕点，小的弟妹们不是围观凑热闹，偷吃做糕点的馅，就是三五成群满村跑着捡爆竹、放爆竹。我不大不小，恰巧在中间，只能去放牛。

　　春节的田野特别空旷，因为几乎所有的农作物都已"颗粒归仓"，剩下的几畦蔬菜、几垄番薯老牛还看不上眼。储满水的池塘、沟渠一到春节也排完水捉鱼虾，露出龟裂的泥土，不用顾忌牛游过对岸去吃草。因此，春节期间放牛，人特别轻松。

　　或许，人的轻松愉快，也可以感染牛。牛一到野外，简直是天高任鸟飞，海阔凭鱼跃，特别放飞自我。又或许，牛也想过个欢乐年。毕竟，它们也忙了一年，难得清闲几天。可惜，年少的我不但无法体谅牛自由快乐的心情，还让它伤心流泪了。

　　那天，正好是大年初一的早晨。当我牵着老水牛走过村口的晒谷场时，不知谁家的牛突然挣脱牛绳，发疯般地奔跑起来。其他的牛看见了，也不约而同挣脱缰绳，撒开四蹄，跟在后面狂奔。我和小伙伴使劲大喊大叫都无济于事，最后也只得跟在牛的后面狂跑。一时间，前面的牛群飞跑，后面的放牛娃狂追，尘埃漫天飞舞，场面非常热闹。

　　一场没有预备的牛人竞跑，最后以人的失败告终。忘记了其他小伙伴怎么对付他们家的疯牛，我只记得自己气喘吁吁走到老牛的面前大发脾气。我首先抓紧牛绳，狠狠地抽了老牛几下，然后就数落着老牛的不是。

春天的声音

　　我实在失望极了，一点都不理解平时老老实实、乖乖巧巧的老水牛怎么就突然发疯发狂了。幸亏它自己找到海堤的草地停了下来，要是再跑远些，我都不知怎么办。如果跑丢了，后果更是严重。

　　当我把心中的不满与害怕发泄出来，老水牛竟然流下了两串珍珠似的泪水。那豆大的水珠从贮满泪水的大眼睛里流下来，像有无尽的忧愁。而眼睛下面淡淡的水迹像两条饱含毒素的小溪流过绿油油的草地，让小草瞬间枯萎……

　　我的心不禁抽疼起来。啊，老水牛的春节似乎被我破坏了！

第四章

春雨篇

紫所 作品

从山村里走出来的书法名家

中国书法家协会会员冯少华，1979年5月出生于广东省阳江市阳东区大沟庐山村。村子的背后六七公里处有两座大山，前面则是浩瀚的大海。七八岁时，冯少华就跟着父母上山砍柴。读三四年级时，则可以一个人凫水去海里撬青螺和蚝。小时候和普通农村孩子没两样的冯少华，凭着对书法艺术的不懈追求，创作出了优秀的书法作品，在二十八岁的时候成为中国书法家协会里一名年轻的会员。这个年轻的书法名家有着怎样的成长故事呢？

伯父启蒙，全家供读大学

伯父可以说是冯少华在书法艺术道路上的启蒙老师。冯少华的伯父毛笔字写得不错，村子里办喜事的都请他写对联。春节时，也经常为乡亲写春联。冯少华自小就崇拜伯父，经常跟在伯父身边，帮忙拿笔墨纸砚，看伯父创作书法作品。耳濡目染，冯少华从小就喜欢上了书法，自然就开始跟伯父学习书法了。

冯少华在庐山小学、虎山中学读书时，一直没有系统地跟美术老师学习书法。直到在大沟中学，即现在的阳东中学读高一时，才跟冯伟富老师学习美术，书法是在第二课堂跟陈家意老师学习的。这时，冯少华已经立志读美术书法专业。

可是，当时家里穷，父亲无力供四个孩子读书。冯少华的一个姐姐读到小学，一个姐姐读到初中，就先后辍学了。家里供大哥读完高三，但他却没考上大学。因此，当冯少华1998年考上西江大学美术系时，一家人就齐心协力供他一人读大学。当时的冯少华，是大沟中学美术班唯一一个考上大学的学生。他既是一家人的骄傲，也是学校的骄傲。

艺术系最勤奋的学生

或许是因为背负着太多人的希望，也为了不辜负大家的期望，冯少华上大学后，就一心一意刻苦学习。

家里没多少钱供自己读书，他就利用自己学到的篆刻艺术帮同学刻印章。同学为了感谢他的付出，往往会给一些报酬。这样，他不但可以练习篆刻，还可以赚点钱补贴生活。随着篆刻技术的不断提高，越来越多的同学来请他刻印章。大学三年，他至少篆刻了七八百枚印章。

除了努力学习和应用篆刻艺术，冯少华还醉心于书画艺术的学习和创作。大学三年的三个暑假，冯少华都没有回家，他一直在为毕业举办的个人书画展做准备。当时书画展需要的六十多幅作品，都是他利用暑假时间创作并自己一个人装裱的。在平时的学习中，冯少华也是分秒必争。除了白天的正常上课，晚上他经常一个人坐在教室里，静心练习书法和绘画。而且，每次都是学校关灯后才离开。无疑，冯少华成为该校艺术系里最勤奋的学生。

或许是冯少华的勤奋感动了老师，当他准备在学校举办个人书画展时，得到了林国全副教授的无私帮助。林教授曾是美术系的主任，冯少华认识林教授时，他已经退休，但林教授却继续履行教书育人的职责。林教授不但自己帮助冯少华写评论文章，还帮他找朋友写贺词、布置书画展。后来，林教授又牵头举办中国书协会员肇庆学院校友展，并邀请冯少华参展，与众多书法名家进行现场交流。现在，每当说起林教授，冯少华都充满了感激之情。的确，林教授是冯少华艺术道路上的良师，对他帮助很大。

不懈追梦，加入中国书协

2001年毕业后，冯少华应聘到东莞市寮步镇中心小学当美术老师。在这里工作十四年后，又调到寮步镇石步小学任教。现在，冯少华教过的学生中，有的考上了中央美院，有的考上了天津美院等著名艺术院校，而他自己也从未停止对书法艺术的追求。

2007年至2010年，冯少华继续进修，读完了广东教育学院函授本科。2002年至2012年左右，他一直以漠阳人为网名参与书法论坛，并发布作品给人点评，也在论坛上与他人一起欣赏全国书法展的名作，交流创作心得，也提升了自己的书法创作水平。后来，随着手机微信的普及，他也开始在微信群上和大家交流。

每天下班后，冯少华都要临帖，一般是王羲之的行书和黄庭坚的草书。当有了孩子后，下班回家就先教孩子书法，然后再自己练习。

不懈的追求和努力，终换回丰厚的回报。冯少华不但有很多作品在各类书法比赛中获奖，而且也有很多作品参加各种大型书法展。其中，最好的成绩是获得了中国书协主办的"高恒杯"全国书法展的铜奖和首届皖北"煤电杯"全国书法大赛优秀奖。因为这两个奖项，在2007年8月，冯少华加入了中国书协。

尊老爱幼，难忘师恩

事业有成的冯少华是个孝子。当辛劳一辈子的慈善母亲在2012年患病后，他就独自承担起所有的医疗费。当时，冯少华自己成家不久，还要还房贷。但为了医治母亲的疾病，他东挪西借花了二十多万元。虽然最终没能挽救回母亲的生命，让他很悲伤，但是他无憾了，因为冯少华觉得自己尽到了一个儿子的孝道。现在，冯少华逢年过节都会寄钱给家庭困难的二姐，还每月给父亲一千块生活费。对家中晚辈的生活和学习，也是鼎力支持和帮助。

尊老爱幼的冯少华当然也不忘师恩。他不但经常送书画作品给家乡的各位老师，每次回阳江还请老师吃饭，一边聊天，一边汇报自己的创作成绩，并虚心地向老师请教书法创作方面的知识。

冯少华不但醉心于书法艺术，还热爱文学。他是东莞市作家协会会员，他以"老作"为笔名，先后创作了不少文艺作品，有小说、散文、诗歌、杂文近百篇（首）散见于《珠江》《东莞日报》《阳江日报》《西江日报》《茂名晚报》《阳江广播电视报》《南飞燕》《西江文艺》《潭江文艺》等报刊。由此可见，冯少华还是一位勤奋的作家。但愿这位从山村里走出的书法名家，在艺术道路上走得更高更远！

风筝老艺人退休后的生活

在市区狮子山市场一条窄巷里，有一幢建于 20 世纪 70 年代的狭窄老屋，这里住着一位个子不高、结实敦厚的老人，他就是郑荣发，今年六十五岁，是一位专门制作阳江风筝的老艺人，也是阳江非物质文化遗产风筝项目传承人。他擅长做各类风筝，堪称风筝多面手，很多造型各异的风筝就是在这幢老屋的二楼一间用铁皮盖顶的小阁楼里做出来的。

退休后在家继续扎风筝

20 世纪 60 年代，阳江每年都举办风筝比赛，看着翱翔蓝天的风筝，孩童时代的郑荣发无限向往，他最大的乐趣就是跟在大人后面放风筝。七岁时，他开始自己扎风筝。由于他的父母在阳江一家服装厂上班，郑荣发不乏制作风筝的工具和材料，渐渐地领悟到风筝制作的门道……

郑荣发是一名服装机械维修工人，凭着对机械和服装知识的了解，他制作的风筝较他人更精细和精准，每天放风筝的习惯，也为他积累了大量放飞经验。1989 年，在阳江风筝比赛中，郑荣发一根线串起一百多只风筝，并成功放飞。因此，他被推荐加入阳江市风筝协会。1990年，郑荣发参加第七届潍坊国际风筝会暨第四届全国风筝邀请赛，他率队拿下了小型风筝第一名、中型风筝第四名的好成绩，让他一夜成名。

年轻时的郑荣发一边为生活努力工作，一边沉醉于制作各种风筝，为阳江风筝的发展竭尽全力。退休后，为了方便接送外孙女读书，也为了自己几十年的风筝技艺得以传承和发展，他白天就窝在这老旧、狭小、简陋的小阁楼里继续制作风筝。有时，还传授技艺给一些慕名而来、喜欢放风筝的年轻人，手把手地教他们制作风筝。临近傍晚，他就接放学后的外孙女回到较远的新居与一家人团聚。这样的生活，至今已五年。

小阁楼太狭小了，大概只有五平方米，里面放一张制作风筝的木方桌，就没有多少活动空间了。除了东西两扇对流的玻璃窗户和北面进出的门口，墙壁周围摆满了制作风筝的各种材料。屋子的透光性很差，在门口往屋里看去，黑乎乎的。即使初夏的阳光把窗外的绿叶照得闪闪发亮，房间里也只有开了日光灯，才可清晰看见里面的物品。但郑荣发舍不得搬走。他说，这间旧阁楼寄托了他的风筝梦想，从屋子建好到现在，几十年间已习惯了，如果新换一个环境还有点不适应。

研究制作盘鹰风筝技术

作为一名出色的风筝老艺人，郑师傅从1990年到2008年经常代表阳江参加各类风筝比赛，差不多每年都能获得全国大奖。这么辉煌的历史，郑荣发却很少提及，他把更多精力投入到制作和放飞盘鹰风筝上。在阳江，郑荣发或许是制作和放飞盘鹰风筝的第一人。

20世纪90年代，心灵手巧的郑师傅在外地参赛时就发现了这种造型和放飞都比较独特的盘鹰风筝。五年前，退休后的郑荣发与师范技术学院梁业忠老师一起摸索盘鹰风筝的制作和放飞技术。2015年11月22日，郑荣发与一班阳江风筝艺人和爱好者成立了盘鹰风筝协会，成为阳东金门风筝协会一个会员单位，现有会员二十多个。

郑荣发说，盘鹰是中国传统的软翅特技风筝，北京玩盘鹰风筝走在全国前列。盘鹰风筝的最大特点是不受风力的限制，零级风都可放飞。操作盘鹰风筝的鹰盘直径在三十到四十厘米，利用收放线产生升力。一收线，风筝就向上升；一放线，风筝就盘旋。有经验的放飞高手，就利用收放线的技巧，让展翅高飞的盘鹰风筝表演各种飞翔的动作。例如：左右横飞、盘旋、竖"8"字形、横"8"字形、老鹰捉小鸡、老鹰捉老鼠、倒飞等。现在，盘鹰风筝在全国各地发展迅速，成为新的比赛项目。

制作盘鹰风筝的材料很讲究，郑荣发研究了比较长的一段时间。有人跟他聊起风筝材料，他一说起来就头头是道。郑荣发特别了解竹子，屋里摆放着各式竹子材料，一只风筝哪个部分需要什么竹子，他都一清二楚的。他说，为了扎制一只满意的风筝，首先要选好合适的竹子，比如竹节长、韧性好、易加工的竹子适合制作鹰肚，麻竹可以制作鹰的翅膀，广宁竹可以制作鹰头和鹰肚等。

郑师傅有自己一套制作风筝的技艺，对传统风筝制作的设计、工具都有一定的创新。他对徒弟毫无保留，倾囊而授，也非常乐意向外界公开自己的手艺。他说："我授徒不收学费，他们乐于学习，我就十分高兴。你把所有风筝的设计图纸拍摄出来也没关系，如果有谁根据图纸就能制造出精美的风筝，我会更高兴的。这也是阳江风筝得以传承、发展的一种方式。"

郑荣发有两个大的心愿：一是将自己所有的图纸制成风筝，做成画册流传下去；二是有一个自己的风筝展览馆。至于阳江风筝的未来，年近古稀的郑师傅则把希望寄托在徒弟身上。

春天的声音

感恩会开花结果

著名作家余华的小说《活着》告诉我们：人是为活着本身而活着，而不是为了活着之外的任何事物而活着。杨华志却告诉我们：人活着是感恩。

——题记

一只感恩的小狗

1997年，一个秋高气爽的日子，刚建成不久的阳东县屋背农场迎来了一只自来狗。这只小狗瘦骨嶙峋，黄色的皮毛凌乱地贴在身上。此刻，它的大耳朵软软地垂下来，两眼泪汪汪地看着农场主人杨华志。杨华志看见这只可怜的小狗心生怜悯，便抱回村帮它找主人。可是，问遍了全村，都没有人认领。他只得把小狗放在一个路口上，希望它能够自己找到回家的路。

但是，第二天小狗又出现在杨华志面前。它眼巴巴地望着他，仿佛在对他说："主人，我无家可归，让我留下吧！"

那一瞬间，杨华志仿佛看见了一个无家可归的小孩。他心里觉得酸酸的，便拿了一块肉骨头给小狗吃。从此以后，小狗就把农场当成了家，把杨华志当成了主人，每天像个哨兵似的，在家门口站岗放哨。每当杨华志来农场，小狗还会跑出老远欢迎他。

2003年7月的一个傍晚，受强热带风暴"伊布都"的影响，突然一场大暴雨，半夜时分就把农场淹没了。电闪雷鸣，狂风肆虐，大雨不知疲倦地下着，到处都是湍急的流水。危急关头，杨华志只来得及把工人疏散，再把农场猪舍的猪赶回村子。猪是农场的根本，也是一家的经济来源，这是万万不能有闪失的。当杨华志松了一口气时，却发现小狗不见了。想回头去找，但漫天是雨的黑夜，到哪里去找呢？杨华志急得团团转，担心了半宿。

第二天早上，雨停了，太阳出来了。杨华志匆匆赶到农场，在一片白茫茫中发现小狗站在猪舍的房顶上，依然像哨兵似的守护着农场。看见小狗的那一刻，杨华志内心汹涌澎湃。当狂风夹着暴雨来临时，人人自危，只顾着自己和财物，可是一只看守农场的小狗却奋不顾身地坚守岗位。看到如此忠诚的小狗，他把买给自己吃的快餐让给小狗，还撑起一把伞给小狗遮挡毒辣辣的太阳。而狗也像通人性似的，工作比以前更加兢兢业业，白天黑夜都守在门口。

转眼，几年过去了，狗渐渐老去。2008年奥运会结束后的一天，狗走了。狗离开后，杨华志把它埋在农场门口——它平时站岗的地方，以纪念狗的恩义。

从此，狗埋骨的农场在他心中成了一片感恩的土地。一个以养猪、卖猪肉为生的家庭就在这片土地上生长起来……

一个感恩的人

"人活着要懂得感恩。感恩，才会让生命有意义。"这是华润发配送公司的总经理杨华志说的话。

春天的声音

　　1989年，杨华志毕业于广东省农科院的兽医专业。他擅长养猪，一毕业就在阳江市江城区岗列食品公司工作。有一次，有个朋友养的猪不吃东西，朋友非常焦急，以为猪生病了。可是，到兽医站找了两个兽医去看，都找不到病因。眼看猪场的猪就要饿死，这时朋友找到了杨华志。他到猪场一看，发现是喂猪的水温太高的缘故，只要调低水温，生猪就不药而愈了。而他也曾因此担任阳东县养猪协会的常务副会长，并且在2003年10月筹划举办了阳江市首届养殖博览会。至今，仍有不少养猪场的朋友向杨华志咨询如何养猪的问题。

　　工作之余，杨华志经营过生猪养殖场，开过服装厂，在商海中打滚几十年，积累了一定的经商经验，为后来创建华润发配送公司打下了良好的基础。五十岁的时候，他办理内退，担任江城区第九届人大代表和常务委员。虽然杨华志的年纪已过知天命之年，但是他的眼光和气魄是超越年轻人的。钢架结构的房屋方兴未艾，杨华志就敢于尝试。他把马槽的一个店面推倒重建就是使用钢架结构，只用了两个月零一天就把二百五十平方米的两层小楼建成开业了。

　　杨华志相貌普通，个子矮小，在人群里，绝对是最不起眼的一个。但是，他从小就敢想敢干，懂事孝顺。他说："有胆量尝试始终会成功，反之则失败。"

　　他原名叫杨华光（光仔）。读一年级的时候，杨华光觉得这个名字不好听，就给自己起名叫杨华志。老师问他为什么给自己起这个名字，他就说："别人问路的时候，都会叫声'同志'，我觉得同志的'志'字好听呀！"

　　在阳江市一中读书时，因为家庭困难，他节衣缩食，也想方设法赚钱。当他看见食堂的快食面很畅销，就和一个有自行车的同学合伙，用两人大部分的伙食费到阳江市江城区的河堤批发快食面卖给同学。

　　杨华志有十个兄弟姐妹，他排行第八，父母养大他们十分不容易。读大学时，杨华志之所以选择兽医专业，就是因为看见母亲为自家养的猪发猪瘟伤心落泪。

参加工作，是杨华志报恩之旅的开始。

在食品公司，平时接触最多的是一些猪肉佬，年轻时的杨华志因此也有了一些粗犷之气。闲暇时会和他们玩一会儿扑克，拉近彼此的关系，他的妻子娟姐也是在这时候加入了卖猪肉这一行业。后来，他自己又打理生猪养殖场、分割车间、配送公司、猪肉连锁店、腊味厂，杨华志的人生就再也离不开一块猪肉了。一块猪肉也成了他的口头禅，"就是这块猪肉，就是做这块猪肉"，这是他常对朋友说的话。而他所做的这块猪肉说小了是为自己，说大了是为国为民。正如他所说的："该做的要做，只要对社会有贡献，对企业有创造，对个人有利益就去做。"

接触市井之人多了，杨华志对老百姓的吃喝拉撒、婚姻嫁娶等习俗都非常熟悉，甚至一条街上哪里卖什么，他都一清二楚。所以当他做配送公司的时候能够切实为客人考虑，把服务工作做到客人心里，和谁交流也都有共同话题。

杨华志的公司有五家卖猪肉的店面。一家在牛圩上元春，占地八十平方米；一家在东源市场，同样占地八十平方米；最早也是最大的店面在马槽，占地二百五十平方米。前面两个是租的，马槽这个已买下重建。还有两家分别在中州大道和名豪蔬菜批发市场。他知道老百姓喜欢吃健康新鲜的食品，五家门店都写着"健康""新鲜"的广告词；他知道百姓生活需要顺应自然，按时饮食，五家门店都写上"快速"的广告词。杨华志在潭塘点占地706.9平方米的分割车间、麻演名濠点占地289.2平方米的综合批发市场配送点也写着同样的广告词，可见他是十分了解顾客需要的，也力求满足顾客的需要。杨华志还根据客户所做的具体事情，替客户着想，决定送货的时间。

2024年1月10日，杨华志马槽店新居进火。他请了不少亲戚朋友来吃丸子，中午十二点多还不断有朋友来。一对行色匆匆的中年夫妻就是在这个

春天的声音

时候来的。他们吃了丸子后就在茶台旁一边喝茶，一边和杨华志洽谈买猪肉娶儿媳的事。朋友要求买半个猪，早上八点送到。杨华志说："八点太迟了，你们去接新娘要在七点前做好准备，而且还要拜祖先，我七点前准时把猪肉送到。"朋友夫妇满意地笑着说："好，这样最好！"

这时，杨华志发现一名年轻的女员工端着一杯奶茶在喝，就说："这个马猴妹，屋里这么多水果不吃，要买奶茶喝。"女员工说："不喜欢吃水果。"杨华志说："哦，你是在这条街左边第三家那里买的？"女员工回答是。

杨华志就是这样一个留心生活、为他人着想的人。他很平凡，也很接地气，做的都是与老百姓生活息息相关的平凡小事。但是他又是不平凡的，因为他拥有一颗感恩的心。这颗感恩的心让他不管对谁都一团和气，颇有"佛性"，而且喜欢帮助人，时时处处做好事，像"总理"那么忙。用近年兴起的一个网络词语来形容，杨华志可谓是"大虾"（大侠）。

杨华志是身边朋友的"智囊"，因为经商经验丰富，他经常给朋友的生意出谋划策，全国先进个体工商户关林生就经常得到他的点拨；同行有什么疑问，打电话向他咨询，他都热情解答，知无不言；陌生人偷偷来他店面和公司学习，他大方邀请他们拍照、取经，只要不雷同就行。

2023年冬天的一个晚上，杨华志和一群朋友在茶庄喝茶聊天。他用不急不缓的语速说他每个下大雨的夜晚都会照看朋友的茶庄，因为朋友的茶庄就在他家前面的一条街上。有一个下大暴雨的夜里，幸亏他发现得早，要不等雨水漫上店铺，茶庄的茶叶就要被水泡坏了。接着，一个朋友就和他开玩笑，指责他这个地方做得不对，那个地方做得不对。他却只是笑笑，不发一言。直到有人忍不住打圆场，大家才又嘻嘻哈哈说起别的话题。而杨华志始终慈眉善目，语调平和地与朋友谈笑风生。

杨华志的配送公司有一个做了八年的员工，大家叫他谢主管。本是天之骄子，且在电脑方面有专长，可是，他却在人生道路上遭遇巨大的挫折。杨华志知道后对他不离不弃，经常劝诫他。经过杨华志的耐心教育，谢主管变得勤奋积极，成为公司的一个副主管。谢主管是个知恩图报的人，他对杨华志评价颇高。他说："杨总和善、平易近人，从不摆架子，对人诚恳，好多人都愿意跟着他干活。而且，在他这里打工从不怕拖欠工资，也不怕克扣工资。所以我无怨无悔地跟着杨总打工，公司规定八小时的工作时间，我一般主动加班两个小时。"

有一次，杨华志在检查公司账本的时候，发现阳东二中一个学生一个月的伙食费只花了几十元，细查下去发现这个学生是因为家庭困难。于是，他毫不犹豫地承包了该学生高中三年的伙食费，并请求校方不告诉学生本人。

对朋友、员工和陌生人都如此费心费力，杨华志对家人更是好得无话可说。

杨华志的弟弟杨华谷说："阿光（杨华志）白手兴家，是比较忙碌辛苦的，但是，我们十个兄弟姐妹，在父母走后还能经常在一起聚聚，证明我们大家的关系是很好的。这离不开我们每一个人的付出，相对来说阿光付出更多。"

的确，杨华志是族里族外的"总理"。不管是自己这边的亲戚，还是妻子那边的亲戚，大事小事都喜欢找他帮忙，建房、孩子读书、找工作等也都要问问他。而杨华志有时候要凌晨一点起床工作，白天也事务繁忙，总是电话不断。可是不管他多忙，总挤出时间去尽力帮助他们。

对父母，杨华志是至善至孝的。

杨华志老家在阳东区红丰镇潮观村委会羊孖岗村，但在父亲那代已经到阳江市区谋生。他父亲一辈子都在阳江市果菜公司上班，母亲则在家打理家务、养育孩子。杨华志的父母都是九十三岁高龄走的，父母走的时候，他都握着他们的手，让他们走得无憾、安详。因为，在父母活着的时候，不管多艰难，杨华志的兄弟姐妹都要满足他们的要求。

春天的声音

杨华志的父亲在九十一岁中风后，生活就不能自理。在这种情况下，杨华志和兄弟们照顾父亲将近两年时间，喂饭、擦身、端屎端尿都亲力亲为。杨华志每个星期还会陪父亲吃一次饭，给他讲笑话，逗他开心。

杨华志的母亲临走前的一个月，杨华志把母亲接回了家自己照顾。母亲吃不下东西，他就从医院拿来营养液，从鼻孔给她打进去。

杨华志说："一个人一定要懂得感恩，而且还要无怨无悔。"的确，能够把十个儿女养育成人的父母实在了不起！他们值得儿女无怨无悔的报答。或许，正因为父母的出色教养，杨华志对怎样做一个丈夫、父亲有自己的想法。

他认为夫妻之道关键在一个"忍"字上。杨华志夫妻和睦，双休日他们总喜欢到"山头"吹吹风，偷得浮生半日闲。一般是组织一群朋友一起到白沙镇的罗琴山或者大八镇的大屋地爬山或吃农家菜。杨华志说："亲近大自然，可以促进夫妻之间的和谐相处，也可以让劳累了一个星期的大脑保持清醒。"

平时，妻子许凤娟想买一件东西，如果值得买，杨华志就不出声；不值得买，就和她讲道理。有时，如果东西已经买了，即使吃亏了，他也忍下来，以后和她讲道理。

杨华志有两个儿子，他们的年纪刚好相差十二岁，都是属狗的。大儿子叫杨荣德，小儿子叫杨仪德。大的已经成家生子，小的还在读高中。两兄弟感情非常好，小儿子读书放假不是回父母家，而是回哥哥家。杨华志对他们的教育都很重视，认为自己没空管教孩子，就把他们送去当地最好的私立学校就读，并且尊重他们的喜好。大儿子喜欢摄影，就让他按自己的兴趣发展，从事摄影方面的工作。但是，目前他正在创造条件，让大儿子喜欢配送这个行业，希望大儿子接他的班。

在教育孩子方面，杨华志认为最好的方法是引导。他经常利用吃饭、节假日的时间引导孩子，不能让孩子知道的事尽量不让他们知道。孩子不在身边时,就通过微信发一些正能量的视频给孩子观看,从而起到正面引导的作用。

杨华志说:"我小时候过得很艰苦,所以很珍惜现在的生活。"从这句话里,可以看出杨华志感谢生活给予他的一切。或许,正因为怀着这颗感恩的心,才成就了今天的杨华志。而他后来能够成立配送公司和腊味厂,并且让它们发展壮大,也都是感恩故事的延续。

感恩,华润发配送公司一股无形的力量

杨华志做人能顾及各个方面的事情,可见他不但懂得感恩,还很细心。而当他把这份心用到做事上,无疑事半功倍。感恩,更成了华润发配送公司一股无形的力量。

华润发配送公司正式成立于2014年7月,在公司正式启动前,一直是杨华志的妻子许凤娟女士经营。而杨华志是岗列食品公司的主任,在本单位承包配送公司。2001年,食品公司想要成立配送公司,却没人敢承包。是杨华志敢吃"头啖汤",承包了配送公司,从2001年至2016年,干了整整十六个年头。2017年,杨华志办理了内退,华润发配送公司才正式启动。但是,选择进入配送行业,杨华志并不是冒进的。他觉得自己具有前瞻性的眼光,认为社会在不断进步,各行各业的服务必须跟上去,食品的配送也是服务行业中最重要的一环。不过,当时阳江配送行业还是起步阶段,为了解配送行业的配送流程、作业要求、全面运营情况,杨华志特意到珠三角地区参观考察。考察后,认为配送行业有很大的发展空间,才确定成立配送公司。

公司的正式启动,意味着"这块猪肉"越做越大。首先是公司配送的食品种类增多,再就是人力、车辆增多等。为了把配送公司做强做大,杨华志下了许多苦功夫。

春天的声音

首先，思考如何经营好一家配送公司。经过夜以继日的市场调查和实践，最终，杨华志认定食材的质量保障才是配送行业的立足之本。只有提供优质新鲜食材，确保食品安全，才能得到供应商的认可和高度评价。而要保证食品的质量，关键是抓源头，将食材做到高质量、标准化。

华润发配送公司与全国最大的养猪大户"温氏"合作，一头猪从分割车间到饭堂都有监控；蔬菜经过深度清洗，检验合格也在监控下，但价格却不会比市场高。杨华志自己还在网上、武汉大学、温氏公司的博物馆学习管理办法，让公司管理细化，让每个员工有职责、有担当，并按照具体的工作内容规定员工的上班时间。他把公司分成开发市场、经营、配送、司机、卫生五大部门。公司设立一名主管，每个部门设立一名副主管，每个副主管的岗位随时调换。一般情况下，一年更换两次岗位，让副主管对公司的每个岗位都熟悉。还设立年终奖，激励每个员工积极认真工作。

每个行业都有标准要求，华润发配送公司也不例外。一直以来，公司的每一项操作都严格按照《中华人民共和国食品安全法》《中华人民共和国产品质量法》执行，规范化管理，并通过了ISO9001：2015质量管理、ISO14001：2015环境管理、ISO45001：2018职业健康安全管理和危害分析与关键控制点（HACCP）等一系列体系认证。公司还一直坚持每年购买食品安全责任险，为食品安全提供足够的保障。

经过疫情三年的洗牌，公司还能正常运转，足以证明杨华志眼光独到，看对了市场。

其次是诚信建设。杨华志说："一个人或者公司，如果没有了信誉，做什么都寸步难行。"

食品配送公司对流动资金要求高，因为配送给客户的食材，不可能现送现结，最快的是半个月，一般都是配送完一个月才能结算，但食材的采购大部分是即时结算，所以公司需要较大的资金来垫付食材采购资金。而且食品配送行情波动大，存在一定的经营风险。但是，公司秉承务实的经营作风，科学的管理体系，宁愿贷款给供应商和给员工发工资也不失信。这样就让华润发配送公司渐渐成为同行业中信誉最好的，与多家企业、学校、幼儿园、机关单位等建立了友好的合作关系，2020年，还被评为"广东省守合同重信用企业"。

同时，在运营过程中一直保持良好的公司形象和信用关系，随时可以申请到银行短期贷款，也确保了公司资金的正常运转。

华润发公司也没有欠债，与杨华志的诚信经营有很大关系。可见，在杨华志的苦心经营下，他公司的信誉真正值千金啊！

再就是人才队伍的建设。公司注重人才培养，不惜代价培养一批食品安全管理员、营养师、售后管理师，农产品食品检验员、服务管理师等专业人才，为公司的发展壮大配备人才力量。目前公司的服务团队拥有六十人，其中，高级食品安全管理员两人，中级食品安全管理员一人，营养师三人，售后管理师两人，服务管理师两人，高级农产品食品检验员一人。这些人每月创造八万元的税收交给税务局，而杨华志与他们共进退、同甘苦。

最后是硬件设施配套。配送行业对车辆的要求非常高，除恒温车辆外，还需要有冷藏车辆。目前，公司有配送车辆二十辆，其中冷藏车八辆，厢式运输车八辆，仓栅运输车两辆，应急轿车两辆。配送分拣场所三个：马曹市场配送点、潭塘分割车间、麻演名濠综合批发市场配送点。猪肉销售网点三个：马曹市场档口、牛圩市场档口、东源市场档口。公司还有自己的食品检测实验室，配备检验检测仪器和专业的农产品食品检验员。

总之，公司自成立以来，始终坚持"安全第一，质量第一，服务第一，让客户满意"的宗旨，秉承"诚信为本，合作共赢"的方针，坚持以价格求生存，以质量求发展的理念，为客户提供健康、安全、卫生、优质、及时的专业配送服务。

因为杨华志苦心孤诣把每一项工作都做得很细致，也不会用老板的身份和员工说话，凡事都从员工的角度考虑，所以他与员工很默契，工作能够与员工同步进行。

杨华志说，华润发配送公司要养活六十多个家庭，他不但不能拖欠任何一个人的工资，还比以前提前一个星期发放。员工感谢杨华志是一个好老板，杨华志感恩员工的辛勤付出，整个公司就上下一心，不断发展壮大。

如今，杨华志响应国家高质量发展的号召，继续加强公司自身建设，努力学习温氏博物馆的架构、管理等，准备用八到十年的时间引进外来技术、理念，把公司向珠江三角洲、大湾区、全国各地挺进。这样，既让阳江的一些弱小企业在本地有生存发展的空间，又给外地的企业向我们阳江发展腾出空间。相信当我们看见"一块猪肉"冲出阳江的同时，也能看见杨华志——华润发配送公司老总一颗比浩瀚星空、大海还宽广的胸怀。而那里，始终跳跃着一颗感恩的心。

感恩遇见，腊味厂的半生经验一世情缘

因为在食品行业工作了几十年，杨华志的食品安全卫生意识非常强，对腊味制作非常在行。因此，当他遇见凸丰炒米饼的继承人岑定昌时，就又开始了一趟感恩之旅。

杨华志与岑定昌是几十年老友。岑定昌家几代经营凸丰炒米饼，在雅韶有一家面积很大的炒米饼加工厂，杨华志是他的合伙人。当他知道杨华志想把阳江的土特产——腊味推广出去的时候，就把厂房二层的一部分租给杨华

志建设腊味厂。

阳江的腊味有几十年的历史，主要是制作腊肠。以前，人们制作腊肠靠的是炭、天气，但现在用炭火来烘不符合国家卫生标准。为了达到国家的卫生标准必须用电，用电就必须要控制温度、时间。如：要控制在一个小时内调换高温多少度，再晾晒；冷要有冷气，但不能低于10℃以下，还要有北风。

如何做到有北风？必须要用机械控制火候，让腊肠处在10℃以上的温度，腊肠才有腊味。如果没有低温，腊肠永远都没有腊味，只有硬。外面许多人做的腊肠都很硬，嚼得牙很累就是这个原因。因此，杨华志要做腊味厂，首先必须有一个达到国家卫生标准的大晒场，还要有一个用电脑控制温度的烘炉。

华润发腊味厂的大晒场，杨华志是用透光瓦制造的。阳光穿过透光瓦照射下来，一只蚊子都不能飞进来。可惜，透光瓦上面没有做三度压顶（中间压、头尾压），不能抵御强台风。有一年刮台风，把一边透光瓦都掀走了。

透光瓦是增加晒场温度的。如果晒场外面的温度是30℃，里面的温度则是50℃。腊味白天在晒场上晒，夜晚就入烘炉。烘炉的温度在15℃至65℃之间。当最高温度是65℃时，大概三个小时就要降到15℃，两个小时后，又要升温。这就要用电脑控制时间了，但有时也需人工控制时间。

华润发腊味厂除了晒场、烘炉，还有切粒机、打浆机、灌肠机等机械以及配料间。配料间里的配料一定要检验合格才可以拿进去。这期间除了配料师，任何人都不能进出。配料的过程是全程保密的。当工人进入腊味厂之前，必须换好工作服、洗好手、戴好口罩。开始工作时，所有的门窗都要关闭，里面开着空调。这时，如果有客人要参观，只能在专门开通的参观通道透过加了窗纱的窗门观看。

做腊味一定要有北风，所以，一般在9月到10月开始制作。制作时间一年只有四个月，但要制作供应一年的量。腊肠的保质期是一年，一年卖不出就过期报废了。

阳江人的口味比较刁。因为阳江近海，喜欢海鲜，喜欢吃新鲜的东西，不肯吃冰冻的东西。阳江人吃东西搭配的味道、味觉和外地人也不同。华润发腊味制作宗旨是适合阳江的风味。所以，华润发腊肠一定要鲜，还要又脆又香。这种味道的腊肠一走出阳江，外省人就不喜欢了。因为外省的腊肠用的酱料多，原味没有了，只能吃出酱料味。

华润发腊味厂制作的腊肠首先是选最靓的猪大腿、臀部的肉，这部分的肉越结实就越酥。因为腊肠的制作过程是将肉打成浆，再用肥肉切成粒，才有脆的口感的。

其次是讲究配料。华润发腊味厂制作的腊肠一定要用宏酒（山西的一种酒），这种酒是酱香型的，清香型的酒是做不了腊肠的。然后将肉浸泡在酒里，就可发挥出酒香。如果用其他酒做的腊肠，就没有脆香的口感了。

最后是控制好火候。

2021年9月，华润发腊味厂开始投产。第一年，只制作一万斤腊肠。2022年，华润发腊味厂制作三万斤腊肠。2023年，华润发腊味厂制作五万斤腊肠。

这些华润发腊肠，杨华志都没有在网上推广，也没有在商场出售。根据自己丰富的人生经验和独到的眼光，杨华志认为网络市场有高有低，华润发腊肠应以口碑立足市场。不管社会如何喧嚣、纷纷扰扰，他只想踏踏实实去做好"这条腊肠"。

杨华志不走商场这条路，一是腊肠的数量不多，二是税率较高，三是商场的抽成太高。

华润发腊味厂的腊肠现在只接受单位的订单，销售的时间是中秋节、春节。这种销售方式关键是要用料足、口感好。还有一小部分放在自己的配送公司和凸丰炒米饼厂开辟出来的一个阳江特产店里售卖。

华润发腊味厂除了制作腊肠外，还制作腊鸭、腊鹅、腊肉。腊猪头皮、腊排骨也尝试过。以后，和腊制品息息相关的腊味，杨华志都想去做，如腊鱼、腊鸡等。他会不断拓展腊味的范围，数量也会逐年递增。

总之，现在华润发腊味厂做的腊肠主要是打开华润发腊肠的名气，凭借着口感、口碑，一步一步得到大家的认可，进入阳江人民的生活中，然后才想着赚钱。这正好与杨华志另一句口头禅相吻合，不管是对自己的事业，还是对朋友所干的事，他都喜欢这样说："慢慢地，不要急。"的确，"罗马不是一天建成的"，"慢工出细活"。有这样一个认真细致工作的老板，相信华润发腊味厂一定可以走得更远，实现预期的目标。

睿智务实，是杨华志一贯的作风。当他在人生路上遇见岑定昌这个好伙伴，他是心怀感恩的。如果没有这份相识相知，或许，杨华志半生所学的腊味制作知识没有用武之地，他的"一块猪肉"也不能以另一种方式走进千家万户，他与"一块猪肉"的缘分自然也没有这么深厚。

感恩做了人大代表

深怀感恩之心，又满怀赤子之情的杨华志，事业有成之后很自然地走上了一条为人民服务的道路。

2021年9月23日，杨华志经岗列街道漠阳湖选区选民投票选举为阳江市江城区第九届人民代表大会代表，任期五年。2022年2月18日杨华志在阳江市江城区第九届人民代表大会常务委员会第五次会议上被任命为阳江市江城区人民代表大会常务委员会教育科学文化卫生侨务工作委员会委员。

杨华志平时工作虽然繁忙，但是丝毫没有影响人大代表的履职，而且总是一丝不苟地完成自己的任务。

2023年10月17日，杨华志和区委一个常委、正副主任两人以及四个人大代表一起到田家炳学校进行双减工作调查。他们和六个学生代表、六个家长代表在学校的会议室里连续开了两个多小时的会议。会上认真审核书面资料，再对每个学生和家长问话，然后回区委做总结，认为符合实际才签名。一个月后又回访，确认学校做好了双减工作，才请正副校长到区委开具书面证明，证明该学校双减工作已经通过。

对民间实事，人大代表也要年年查，如网红点卖食材。杨华志是做食品的，所以对食品的安全卫生查得很严。他自己点数，让网红点的工作人员自己写食材名称，然后和工商局、管理局一起去查食材的来源是否正规、卫生。还要经常下乡走访学校，检查学校有没有按照给出的预案做好工作，有没有按照区委下拨的款项要求办实事等。对于正在建设的江城区人民医院也经常去检查，帮他们解决一些实际困难，让他们尽快开业，为江城区人民做点好事。

2023年10月的一天，他在江城区双捷镇调查发现青冲茶水村的学校不同年级的七个学生，在同一间教室同时上课。学校的文娱活动几乎为零，校园杂草丛生。他很焦急、痛心，认为这样的教育环境影响了孩子的全面发展，建议把这些孩子安排到附近的寄宿学校就读。

人总要经过许多波折才会长大。做了人大代表，杨华志经历的事情多了，他也在不断地成长。如果以前的杨华志是平凡朴实的，那么现在的杨华志则变得可敬而厚重。他不仅会从自己这方面考虑问题，也会从政府和民生这方面考虑问题，依法依规为更多的人谋福利。所以，杨华志感恩自己做了人大代表。

杨华志虽是一个普通人，但你越接近他，就越能发现更多惊喜，就像看见一朵花一刹那的绽放和结果。

老骥伏枥，无处话沧桑

——《广东阳江方言研究》整理者黄绮仙的故事

一个地方的语言意味着什么呢？当黄绮仙把父亲的遗著《广东阳江方言研究》整理成书后，在书的首页留言：不忘乡音，留住乡愁。这应该仅仅是方言其中的一个作用，但对旅居在外的游子尤为重要。

黄绮仙是已故广东阳江人、中国语言学家黄伯荣教授的三女儿。黄教授曾主编《现代汉语》《汉语方言语法类编》《汉语方言语法调查手册》。关于父亲与家乡方言，黄绮仙曾说过这样一句话："父亲在我们很小的时候，就要求我们在家要讲家乡话，他怕我们忘记了家乡话，忘记了家乡。"由此可见黄教授对家乡方言的重视，也可见一个学者对家乡的深情。可是，当黄教授2013年病逝时，他毕生热爱、研究的家乡（阳江）方言却尚未编辑成书。黄绮仙在父亲的遗物中发现手稿时，瞬间就泪流满面。父亲几十年来抓住一切机会调查、编写家乡方言的情景也马上浮现在眼前，让她决心要把父亲的遗稿整理成书。在一些仁人志士、学者和地方政府的帮助下，黄绮仙不畏艰难，历经四载，终于在2018年金秋将《广东阳江方言研究》整理出版。现在，让我们走近黄绮仙，倾听她的故事……

在父亲身边求学的幸福日子

黄绮仙，1947年出生于阳江。五岁的时候，她随母亲来到黄伯荣教授身边生活。当时，黄伯荣教授在广州中山大学任教。后来，黄教授调到北京大学，黄绮仙又跟随父亲来到了北京，并于1954年就读北京大学附属小学，接受启蒙教育。这让黄绮仙对注音字母和汉语拼音两套音标都掌握得很好，为她以后整理父亲阳江方言手稿打下了很好的基础。

可是，仅在北京三年半，黄教授就服从组织的安排，调到兰州大学，支援西部建设。那时的兰州大学不管生活条件还是工作研究条件，都和北京大学无法相比，有许多教师就是因为忍受不了兰州大学的艰苦条件，教不了一年半载，就申请调离的。当黄绮仙一家来到兰州大学时，教师家属房都还没建好，他们只得暂时住在两间小教室里。这里，既没有供暖设施，也没有厨房和洗手间，但并没有影响一家人的工作和生活，黄教授继续自己的语言研究工作，黄绮仙也继续自己的读书生活。这样，黄教授在这里整整工作了三十年。黄绮仙也在父亲身边幸福地生活了十几年。

精神食粮丰富的下乡生活

1966年，黄绮仙高中毕业。但是，因为恰逢"文化大革命"，高考中断了。黄绮仙就响应国家号召成了知识青年上山下乡的一员，到甘肃会宁锻炼学习。

会宁虽然自古就是丝绸之路的重要通道，也是中国工农红军第一、二、四方面军三大主力胜利会师的地方。可是，在20世纪60年代，这里却非常贫穷。不但没有米饭和蔬菜吃，甚至本地适宜生长的小麦、高粱、马铃薯都不够吃。春天到来，还要到田野挖蒲公英之类的野菜充饥。

这里冬天的气温，一般在零下十几摄氏度，贫苦的村民住在简陋的窑洞里，盖的是薄薄的破被子。但村民对下乡的小青年挺优待，特意把他们的炕烘得暖烘烘的。

生活是如此艰苦，可是年轻的黄绮仙非常乐观，精神生活很丰富，她说这是父亲的乐观和实干精神感染了她。黄教授能从北京大学那么好的地方，来到兰州大学埋头苦干，的确是最好的言传身教。工作上，黄绮仙喜欢挑最苦最累的活儿干。她简直是一个女汉子，不但学会了犁地和打水窖，还利用空余时间和其他下乡青年编小品、小戏表演给村民看。黄教授曾自制一把秦琴送给她，她也带到了这里来，一有机会就弹琴唱歌给大家听。这不但娱乐了自己，也丰富了当地人的精神生活，大家都很喜欢看他们的演出。

可是一年多之后，兰州大学要遣返没有工作的母亲回家乡。为了让母亲在家乡有个安身立命之所，也为了让母亲回家有个儿女照顾，孝顺的黄绮仙就听从父亲的安排，从会宁回阳江老家找个贫下中农青年结了婚。自此，黄绮仙就开始了她的农妇生活。

呕心沥血整理《广东阳江方言研究》

2003年年初，黄绮仙退休了。可是，她却退而不休。因为，她又有了一份新的工作。黄伯荣教授退休后，就回家乡定居。十几年来，黄绮仙充当父亲的保姆兼秘书。在这过程中，她协助父亲做《现代汉语》教材的修订与编写工作，在实践中积累了丰富的经验，学习了不少知识，加上以前的学习基础，都对她后来整理父亲的遗作有很大的帮助。但是，整理工作依然是困难重重。因为，黄伯荣教授生前研究了六十年的阳江方言，留下的是一大沓发黄的手抄稿和参差不齐的刻印稿。

当看见黄绮仙搬出黄教授留下的方言手稿时，笔者百感交集，就向她提了一个问题："请问您看见这些发黄的纸片时，有什么感受？"黄绮仙不假思索地说："有一种沧桑感。"可是，看着不停轻轻翻阅手稿的黄绮仙，笔者却感慨：这是一个语言学家毕生的心血，虽是纸片，却重如磐石。书未出版，黄绮仙一定是老骥伏枥，无处话沧桑啊！

是的，当时黄绮仙所想皆是如何完成父亲的遗愿，把他的遗作精益求精地整理出版。因为她认为把手稿放在家里作用不大，也不可能永久保存，只有整理出来，出版成书，才能发挥书稿的真正价值，也才不枉费父亲六十年的心血。

黄绮仙首先想做的是把稿子复印出来。可是有些手抄稿因为放置时间太长已经发黄变脆，一不小心弄坏了怎么办？没人肯做这件事，即使给多倍工钱也不肯。因为那么多稿纸，一张一张复印很麻烦。最后，还是黄绮仙说自己帮忙一张一张拿给他们复印，才有人肯承接。一些保存较好的手稿，就由晚辈拿去帮忙复印了。

原稿复印出来了，可是有些很模糊。黄绮仙没有责怪人家，因为有些手稿不管是手抄的，还是刻印的，的确比较模糊，她只能拿出原稿一一对照誊写清楚。这样，用了将近一年的时间，复印稿总算完成。可是请谁把含有大量国际音标和生僻字的稿子录入电脑呢？这又是一个问题，而且遭遇的困难比复印手稿更甚。

当她举步维艰之时，2016年初，黄绮仙有幸认识了阳江职业技术学院中文系的容慧华副教授。她非常乐意协助黄绮仙整理书稿，答应把书稿录入电脑，变成电子版。这无疑增加了黄绮仙整理书稿的信心。但是，整理书稿的艰难程度还是大大超出了黄绮仙的意料。首先，要细细翻阅每一沓手稿，进行分类；其次，对一些内容重复，但并没有标明写作时间的稿件要反复翻阅、对比、理解、探究作者的意图，然后做出抉择。因此，在整理的过程中，黄绮仙经常累得头晕眼花、泪眼蒙眬。幸亏这时候很多仁人志士也纷纷伸出援助之手。终于，经过两次复印手稿和七次录入电子版，共九次的反复整理、校对，书稿终于可以交给出版社了。但是，在版式的处理上，又遇波折。后经协商，五次审稿，最后《广东阳江方言研究》才顺利出版。这意味着我们阳江话有了一本工具书，即使不会讲阳江话的人，也可通过这本书学习阳江话。

父亲遗作的出版，让黄绮仙觉得无比轻松，她的人生也翻开新的一页。现在，黄绮仙报读了老年人国画班学习国画，开始从容过自己的退休生活。

春天的声音

谋大事者大格局

余秋雨说:"人的生命格局一大,就不会在生活琐碎中沉沦。真正自信的人,总能够简单得铿锵有力。"这句话恰是拥有两间石材厂和一间装饰公司,并把公司开到东莞去的年轻八〇后个体老板姜理涛的写照。

敏锐的生意头脑,赚下人生的第一桶金

姜理涛是广东省阳江市江城区花厅人。2003年,他在市三中读高中。可是他对读书毫无兴趣,仅读了半个学期就不读了。辍学后,做司机的父亲就拜托自己的老板,让他进入阳西的一间石材厂当学徒。这时候,姜理涛刚刚十六岁。对这份工作,即使每月领的三百元工资只解决温饱,他也很知足。

2004年,他对石材厂的工作流程全都熟悉了,对各个工序的工作也全都掌握了。这时,他请求父亲帮他买辆车做石材买卖生意。父亲认为一个未成年的孩子不懂做生意,担心血本无归,就不答应他。姜理涛非常着急,不断

恳求父亲。因为他虽小,且不爱读书,但天生敏锐,有生意头脑,让他仅工作一年就发现了从厂里批发石材运送到云浮售卖的商机。

经过多次恳求,父亲被姜理涛说服了,也被他执着的精神所感动,就向老板预借了两万块工资,又欠了车主一万五千块,才买下了一辆二手货车给他。姜理涛第一次做生意就这样起步了。对一个毫无家庭背景又一穷二白的孩子来说,这个起点让姜理涛很珍惜。所以,他一天工作二十多个小时都不觉得累。

自从做了运送石材买卖后,即使有时候对石材的优劣看走眼,但是姜理涛的生意盈利仍然很可观。在厂打工每月只有三百元,自己做生意每月可以赚到一万多元,这让他干劲十足,不到半年就还清了买车钱和做生意的本钱。可惜,这么好赚钱的生意仅仅做了三年,却因为石材厂不能继续开采停止了。不过,这已经让姜理涛赚下了人生的第一桶金,也为他今后的人生道路指明了方向。

开办新丰石材厂,第二次扬帆起航

从阳西石材厂回到家,姜理涛不知做什么好。他用了整整一年的时间观察市场,又根据自己所长,最后得出两个结论:一是继续做石材生意,二是做运输生意。但想到运输行业的危险性和时间的不定性,他决定还是继续做石材生意。于是,2009年,姜理涛在江城区开办了新丰石材厂。在工商局注册时,还发生了一段插曲。为了给自己的石材厂起一个好名字,姜理涛绞尽了脑汁,可是电脑操作时都无法通过。不是因为这个字与别家公司的名字相同,就是因为那个字相同。最后,姜理涛干脆不想了。他拜托工商局领导帮他的石材厂起一个名字,只要电脑能通过就行。工商局领导想到"新丰"这个名字,这回电脑很给力,一打上名字就通过了。从此,新丰石材厂就在阳江落地生根,姜理涛的石材生意第二次扬帆起航。

春天的声音

谦卑与薄利多销，新丰七次腾飞

  顾客是上帝，在姜理涛的工作理念里是绝对不能质疑的。面对上帝，谦卑的态度是战无不胜的法宝。因此，姜理涛骄傲地说："新丰成立十五年，从没和顾客红过脸。"但是，说起面对态度粗暴和喜欢吹毛求疵顾客的工作经历，姜理涛还是觉得心酸与无奈。姜理涛说不管自己是什么身份，面对那些顾客都得是谦卑的态度，有时候甚至谦卑到"跪求"的程度。姜理涛对顾客的态度真正诠释了什么是和气生财。他总结说："和那些顾客根本无道理可言，唯有自己放低态度这一条路。"这对于一个血气方刚的年轻人来说是多么不容易！但为了工作的顺利进行和石材厂的持续发展，不管受到多大的委屈，姜理涛都忍让了，也都放下了。他的大局观与豁达的胸襟由此可见一斑。

  说到石材厂的经营之道，姜理涛说石材厂的诚信形象是吸引回头客的法宝，薄利多销却是主打。

  正因为姜理涛谦卑的服务态度和明确的经营理念，换来了新丰的七次迁址，而且一次比一次面积大，直到现在拥有了一万平方米的厂房，成为阳江市最大的石材厂。其中，一间厂房经营中低等次石材，占地七千平方米；一间厂房经营高等石材，占地三千平方米。高等石材厂里除了整齐摆放着世界各地、各种各样的原石材和国内一个知名品牌五颜六色的人造石，还摆放着各种石材所做的楼梯样本以及用人造石所做的一个厨房样本。

  2021年，为了拓宽生意渠道，姜理涛还成立了安峰装饰公司。

  2023年，因为机缘巧合，姜理涛把公司开到了广东省的东莞市。这是新丰石材厂发展的必然，也是石材厂为了适应社会发展的必然。展望未来，姜理涛充满自信，他说将来要把新丰石材开到全国各地。

毫不计较得失，谋大事者大格局

虽然新丰石材厂一开张就盈利，但是也会有走单、尾款收不回来的事发生。姜理涛说这样的事占比百分之一左右，十多年过去，仅是欠款单就有厚厚的一叠。为这事，姜理涛的母亲很纠结，但是他却毫不计较，他劝慰妈妈说："我们是赤条条来到这个世界上的，本来就什么也没有，钱收不回又有什么损失呢？而且，我们现在赚钱了，就当那些钱帮助有需要的人算了。"

毫不计较得失的姜理涛也很容易忘事，他说对一些无关紧要的小事昨天做了，今天就会忘记，他要用更多的精力做实在的事，做未来的事。胸怀广阔的姜理涛真的是个有大格局的人！ 他所谋的是大事。

回馈社会，四五年间捐出几十万

近四五年，姜理涛加入了许多私企协会，也做了许多好人好事。作为阳江市个体劳动者协会的常务副会长，他更是无数次率领会员到贫困地区和残疾学校去考察。他说社会上确实还有不少需要帮助的人，特别是那些残疾人，他们一辈子就是那样了，他很庆幸自己是一个健康的人，也很庆幸自己可以帮助那些有需要的人。所以，不管是协会要求捐资救助这些人，还是网络上看见熟人朋友发来的众筹信息，他都会尽己所能、尽己之责去帮助他们。而且，做了好事从不留名，也不记得自己具体捐了多少钱。他说只想实实在在地做人做事，国家的好政策让他发财致富，回报社会很应该。

姜理涛，这样一个大格局者，相信他一定能走得更远。

春天的声音

人到无求品自高

"绮雯小诗：生活写照，没有功歌德颂，只是有感而作。"我觉得有必要把这句作为本文的开头，因为它与我写此文的目的完全吻合。我知道，书架的主人公——董绮雯只是一个平常老百姓，是一个60年代的大学毕业生，一个退休的古稀老人。但是，我的心情就是难以平静，非得马上把自己的感受记录下来不可。

二十平方米左右的阳台摆满了董姨侍弄的花草。早晨的阳光亮闪闪地照在开满花的米碎兰上，金黄的、粟粒般大的小花开得更灿烂，花香也更浓郁。我疾步穿过这花香弥漫的小院，走进了董姨的书房。

最先吸引我眼球的是董姨自制的书架。董姨用五个白色泡沫箱自制了两个小书架。一个单独的泡沫箱书架就摆在书房正中的书桌上，里面装了汉语词典、英语词典、笔记本。有些笔记本的内容被董姨分门别类整理成集，而且大多是手抄笔录的，如：《饮食》《日记》《趣谈》《旅游·时事》等。第二个小书架摆在书桌的右边，有两层。一半地方放《秋光》《家庭》杂志，一半地方放一些饮食、保健、医药等书籍，如：《家庭医院》《小验方》《中华药膳宝典》等。《秋光》和《家庭》是董姨最爱看的杂志。她说《秋光》杂志是最受老人欢迎的，其中的生活、保健知识、历史事实记载她最喜欢。但是，改版后的《家庭》杂志，她觉得看起来不大方便，她喜欢旧版写家庭生活的文章。因为那些文章内容很真实，可以了解社会的方方面面，可读性强，让老人足不出户就可感受外面的世界。董姨出生在医学世家，虽然学的是农业，但她喜欢收藏医学书籍，平时也爱琢磨。

书桌的左边摆放着一个两门的红褐色书柜，它分上下两部分。上部分是三层的玻璃柜，下部分带有木门。玻璃柜第一层主要摆放着毛泽东和周恩来两个伟人头像。第二层主要摆放着父母的黑白头像，还各配一幅自己画的画。母亲叫陆菊，就画一株傲霜的秋菊，题目为《绿菊》。父亲则依照相片画一幅素描。第三层收藏一些专业大词典和各类书刊。在这个书架上，我看到了一个退休老人拳拳的爱国之心和浓浓的孝敬之情。在她心中，党和国家始终是最重要的，其次是她的父母，她以自己的方式永远怀念着生养她的父母。

董姨是幸运的，她恰巧在"文化大革命"之前的1965年大学毕业。她又是不幸的，就在她大学毕业的前一年，父亲病逝了。她赶回去奔丧，并因家庭困难决定辍学。但是，不幸中的万幸，她生活在社会主义的中国。所谓"一方有难，八方支援"，老师、同学都关心她、帮助她，让她得以重返学校，完成学业。因此，董姨永远都不会忘记党和父母的恩情，也永远不会忘记老师和同学的恩情。

董姨从书柜里拿出《华南热带作物学院61级宝岛新村相聚五十周年纪念》一书给我看，兴高采烈地回忆当年与同学同甘共苦的岁月，还讲了现在同学互助互爱的故事。特别赞扬了一个叫林瑞年的老同学，说他不但花巨款筹办了这次聚会，还帮助一位云南受地震灾害的同学重建了房屋。真是悠悠岁月，道不尽的情谊啊！就好像这个陪伴了董姨五十多年的书架，它虽然又老又旧，但是它饱含深情，与董姨一起走过人生的风风雨雨。那斑驳的色彩、

春天的声音

钉满图钉的侧面不就是沧桑岁月抹不去的真情吗？

正因此，董姨十分怀旧。心灵手巧的她总喜欢收集一些废弃东西，让旧的东西重获新生。她可以让泡沫箱变成书架，也可以让旧壁灯变成相框，更可以让旧衣服变成新衣服。她所写的《退休生活》，就对此事做了一些记录。现摘录一首诗："诗书画棋度晚年，裁旧改新衣不添。幸福家庭何处觅？清净简洁顺自然。夜难成梦背诗篇，早起晨练踏车颠。买菜煮饭成炊妇，岁月流转白发添。"在这首诗里，我看到了董姨兴趣广泛、高雅，顺应天命的淡泊之心。

董姨的第四个书架在她的睡房里。我一见这个两米多高的三门书柜就充满了好奇：董姨在这里收藏着什么宝贝书籍呢？仔细一瞧，发现这个书柜的结构、颜色和书房的一样，但明显比前一个高大、宽阔。这个书柜上面有四层，收藏的都是旧版书，有一些在外面应该买不到了。第一层主要是文学书籍和人物传记，如手抄版印刷的四本《聊斋志异》、十五本《清帝列传》等。第二层主要是名人选集和名人传记，如《毛泽东选集》《刘少奇一生》等。第三层主要是文学书籍和影视名人传记，如《基督山恩仇记》《姜昆外传》等。第四层主要是专业大辞典、人物传记、文学书籍，如《英汉材料科学词典》《毛泽东》《千古中医传奇》等。这个书柜的左边还挂着董姨画的一幅国画《雀跃》。当我问起这幅画时，董姨告诉我，在刚退休的那两年，她曾到老干部之家学了两年国画。接着，董姨指着书柜对面墙上挂着的一幅毛笔字说："这是我一个老同事送的，他是退休后开始学习写字的，虽比不上大家，但自成一体。我去探望这位同事时，他已病得不能开口说话，他是拉着我的手，亲自到书房拿了三幅裱好的字送给我的。"最后，董姨指着书柜第二层一个写着"人到无求品自高"的小木匾对我说："人就应做到无求，这正是我此时生活的写照。"我一听马上就赞美她，并对她说："好！我就用这个做文章的题目。"但是，"品自高"的董姨真的是无求吗？如果"有求"，她求什么呢？

再回到书房，董姨给我拿出了她珍藏的另一些宝贝。这在她自制的另一些更小的"书柜"里。这些书柜是用月饼盒做的。董姨对我说，她的时间总是不够用，除了改旧衣服，就是看报纸剪报。她已将过去的剪报装订成十几本，漫画集就有两本，一本《千姿百态克林顿》，一本《纪念关山月》。还有摄影剪报集，如《山水画》《花鸟画》《古树》等。最近她又从《广州日报》剪下张滨的水墨漫画，说特喜欢他的漫画，他画了一些贪官的丑态，鼓励大家讲廉政。还特别找出张滨的《晕菜鸟》《钟进士墨宝》让我欣赏。她现在还有一个宏伟的目标，就是整理好一本小集子。这本集子分成三部分，前面两部分已经整理好了。第一部分就是本文开头的内容。第二部分是友人赠诗。董姨翻出她伯父的一首诗给我看，说想不到她伯父的诗写得这么好，不好好收集，就浪费了。第三部分是喜爱的诗。董姨说，她最喜欢杜甫、王维、李白、杜牧等古代诗人的诗，经常背诵。王维的《鹿柴》，她本来不大懂诗中的意境，是去东岳公园晨运才真正有了切身体会的。毛泽东的诗词，她也能背诵多首。总之，董姨要把她喜欢的古今中外的诗词收集整理出来。临别，董姨从书柜里拿出一本她早就整理好的歌集，找出《万水千山总是情》和我一起合唱，找出粤剧《卖花女》唱给我听。她说这首粤曲是她五岁左右听姐姐哼唱的，想不到至今仍记得，说明那时的记忆力非常惊人。她现在所做的一切就是想让过去的记忆不会随风飘逝，也为了自娱自乐。

　　逛完了董姨的书架，回到家里，我的眼睛竟有些湿润。我想：老一代人的精神生活是多么丰富。他们在那么艰苦的年代能够学有所成，并且品行高洁，就是因为精神世界丰富、高尚啊！而这一点却是我们现代一些人所缺少的。我衷心希望：今天我们追求丰富的物质生活，也应追求丰富的精神生活。这样，我们的社会就真正和谐、长治久安了！愿每一个人老了，也能像董姨一样颐养天年吧！

深巷的酒香

程村蚝驰名中外，养蚝业是程村的支柱产业之一。我们挑在暮春时节，在路上消耗两个多小时来到程村镇，却不是为蚝而来。

为何而来？好像老天了解我们似的。前一天还春阳灿烂，晴空万里，出发时，竟阴云密布，薄雾茫茫。因为，我们此次阳西县程村镇之旅，只是为了寻找一个名不见经传的土炮酿酒（阳江传统工艺酿酒）作坊，的确不需要好天气。只要那酒够香，不管它在多深的小巷，只要给我们足够的时间，就可找到。

只是，在通信高度发达的现代，我们来到程村镇不用循着酒香穿街过巷去找酒坊，一个电话就请来了酒坊小主人——黄昭赞引路。

站在显得特别潮湿、狭窄的街道上，我发现酒坊附近民居的春联比其他地方的春联红艳，但对联上的字却千人一面（都是印刷体）。而那站在酒坊前欢迎我们的女主人，一位纯朴的中年妇女，满脸的笑容特别真诚，与她身上那件简朴的外衣很相称。

"这土炮酿酒作坊的人文环境就显出一股'土'味。"我不禁想。但其实土炮只是方言,在广东粤西一带,土炮俗指农家自酿的米酒。"程村农家自酿的米酒如何呢?将来会不会像程村蚝一样远近闻名呢?"我不禁又想。

一进入酒坊,我就被浸泡在玻璃瓶里的青梅所吸引。远看还以为是阳春特产仁面果,近看才发现不是。那和蔼可亲的女主人赶忙解释说:"这是青梅,浸泡在酒里,就是青梅酒,这酒刚浸泡五六个月,还不宜喝。"青梅酒?《三国演义》中有青梅煮酒论英雄的故事!这样随意地在矮方桌上放上一瓶青梅酒,就让简陋的小镇酒坊充满了英雄的豪气。

不容我多想,一头发斑白的精瘦老者——酒坊的主人黄华濠就对我们说:"这不是酒坊,这只是我家,酒坊还在后面。"接着,就马上引着我们走向屋后的一条小巷。小巷大约三米宽,十多米长,经过两三户人家就到了,但也要拐一个弯,好像有意要我们寻找似的。酒坊从外面看,只是一座低矮的房子,门口也较窄,一个人可以自由进出,但两个人就要谦让了。酒坊里有三个小房间,一个酿酒房,一个发酵房,一个相对较小,放杂物。一低头走进门里,只见里面一口不锈钢大锅蒸汽腾腾,一股米饭的清香也扑鼻而来。黄华濠师傅指着不锈钢大锅说:"这就是蒸饭锅,一次可蒸三百斤大米,每天蒸一锅。蒸饭和蒸酒同时进行,一般从早上五六点开始工作,一直工作到下午一点左右。"然后,黄师傅就给我详细介绍酒坊里一系列酿酒的工具:晾饭床、两台巨型风扇、蒸饭锅、蒸汽炉、蒸酒炉、大水池、大水池中的冷却器、出酒口、玻璃瓶装酒桶、不锈钢发酵桶等。

酿酒的过程烦琐精细,由于时间关系,有许多步骤我们都不能亲眼得见。我们有幸观看了蒸饭和晾饭的过程,就觉得酿酒也是一个体力活、辛苦事。酿酒房里的温度很高,花生壳不断地往火炉里倒,让酒坊更像一个大火炉。蒸饭还要经常在热气腾腾的饭锅前用巧劲搅拌;饭好了,要把饭铲到晾饭床上需要大力和耐力。我坐在板凳上，看着黄师傅一铲铲把刚蒸好的饭铺在晾饭床上，一下子，酿酒房里就充满了水蒸气，热气也瞬间弥漫全身。即使那两台巨扇卖力干活，也酷热难抵，汗水不断涌出，何况那正在使劲干活的黄师傅。同伴戏说是免费的蒸汽浴。难怪黄师傅说隆冬天气最适合酿酒，其他季节都是光着膀子上阵的。黄师傅把三百斤米煮成的大米饭铲到晾饭床上颇费了一番功夫。我问他累不累，他说不累，做了几十年，习惯了。不过，黄师傅父子每天在这蒸炉里进行一次蒸汽浴，看到的最大实惠，就是父子俩都皮白肉嫩的。黄师傅虽然头发斑白，但皮肤光洁，皱纹很少。他的儿子小黄师傅三十岁，皮肤却像十几二十岁的小伙子。对这父子俩，我也就充满了好奇。

黄华濠父子是平凡的。他们是最普通不过的老百姓，经历简单，过着寻常的小日子。

黄华濠的酿酒缘，要从他的父亲黄杏启说起。因为黄家的酿酒业就是从黄杏启这一代开始的。当年，黄杏启在程村公社粮油加工厂熬酒。这所谓"熬"，就是铁锅煮饭造酒。黄华濠记得，从1979年开始使用铁锅熬酒，做了二三十年才换成现在的蒸汽锅。而蒸汽锅也使用了十多年。铁锅熬酒的工作更烦琐，出酒率不高，出酒时间长，又不符合卫生要求。蒸汽锅恰巧弥补了这些缺点。黄华濠大约三十岁接父亲的班进入加工厂学习熬酒，工作了两三年，加工厂就解散了。黄华濠就自己租地搭棚酿酒，一直做到现在，有四十多年了。买黄华濠自酿米酒的一般都是老客户，酒坊有多少年历史，老客户就跟着买了多少年酒。

儿子黄昭赞今年三十岁，自小帮父亲做一些力所能及的活。初中毕业后，黄昭赞出外打工。他入过工厂，也入过公司，这些工作经历增强了他的沟通能力，让他由一个性格内向、羞涩的小男生成长为一个落落大方、办事果断利索的人。后来，看见父亲年岁日长，觉得应该减轻父亲的负担，就回来专心向父亲学习酿酒，至今也有五六个年头了。

黄华濠父子是不平凡的。当今社会，有很多人心浮气躁，不能静下心来做人做事。但黄氏父子，却坚持四十多年用传统的手法做好米酒，他们是市井中的英雄。黄昭赞称赞父亲说："我爸做了四十多年的酒，始终一个味，从不为名为利所动。还带出了十多个徒弟，毫不保留自己的技艺。如果有外来的人虚心请教，也坦诚相待。"

黄昭赞则虚心好学，志向远大，既向父亲学习，又到其他酒厂参观学习别人的酿造工艺。黄昭赞说："三分酿造，七分文化，现在边学习边做，将传统手艺学熟，争取将自酿的家酒推遍阳江。不过，首要的还是质量，要做到人人喜欢，不掺假，坚持用传统手艺！"

现在，黄家父子的酒坊基本就是纯米酒（土炮）、糯米酒（黄酒）两种，还泡有少少的稔子酒和黑豆酒。家里泡的青梅酒应该是不外卖的了。但就是这几种酒，也足见他们父子的"英雄本色"了，相信这深巷的酒香一定会越飘越远。

十年做一"龙" 异国展风采

——记"阳江龙"风筝制作者梁业忠

我们都是龙的传人。但是,"阳江龙"的传人你可知道?不过,此龙非彼龙,"阳江龙"乃是阳江风筝的一种,即会发光的百足风筝(龙串风筝),全名叫阳江夜光龙风筝,夜间放飞效果尤佳。这"阳江龙"的传人就是它的设计者与制作者梁业忠。那么,阳江夜光龙风筝为啥又叫"阳江龙"呢?笔者给您细细道来。

自小喜欢制作风筝

百足夜光风筝之所以得名曰"阳江龙"皆因一场比赛,是当地的观众朋友叫响的。

2019年3月2日,梁业忠设计和制作的阳江夜光龙风筝在马来西亚第24届巴西古当国际风筝节中荣获夜光风筝和龙串风筝比赛两项冠军。同年3月18日荣获文莱首届国际风筝邀请赛夜光风筝冠军,此两次比赛都是澳门河马风筝队搭建的平台,梁业忠带风筝作品代表阳江职业技术学院参赛的。当说到"阳江龙"在异国星空腾飞的那一瞬间,梁业忠脸上洋溢着自豪。

梁业忠说,当时现场一片叫好声:"啊!阳江龙!阳江龙!冠军非它莫属!"很多记者、数万名观众也争相拍照,发到各个朋友圈、微信群。"阳江龙"瞬间就传遍国际风筝界。

是的,当"阳江龙"腾飞的一刹那,就享誉国际风筝界,作为"阳江龙"的设计者和制作者的梁业忠也随之声名远播。但是,成功从来都不容易。所谓"十年磨一剑",梁业忠则是"十年做一龙"。谈起往事,梁业忠脸上始终洋溢着微笑。

梁业忠1955年出生于阳江市区,1981年毕业于武汉科技大学,机械高级工程师。

阳江素有风筝之乡的美誉,土生土长的梁业忠自小就喜欢放风筝,也喜欢制作风筝。上小学时,他曾经制作"小蝌蚪""白鲳子""双桃"等风筝放飞。可惜,中学毕业以后,他响应国家号召参加了"小三线"的建设,就难得有机会制作风筝了。1977年恢复高考,梁业忠考入武汉钢铁学院(现系武汉科技大学)。

毕业后,梁业忠一直在企业一线工作,担任过技术员、工程师、机械高级工程师、生产技术副厂长、厂长、行业经理等职,发表过十多篇论文,有些论文获得了省部级一等奖和优秀奖,1985年曾在企业与国家机械部第四设计院合作研发设计生产低噪声、超低噪声玻璃钢冷却塔,获得省科技成果三等奖、市一等奖。2000年行政事业单位体制改革,他下海进入私企工厂负责技术和生产管理。2005年9月,机缘巧合,梁业忠从企业一线工程技术人员调入阳江职业技术学院机电系工作,担任专业教师。因有企业一线实践经验,梁业忠讲课时得心应手,突出知识重点,准确精练,善于启发引导,因此多次被评为阳江职业技术学院优秀教师。一转眼十年过去了。十年间，梁业忠在阳江职业技术学院历任过教研室主任、系副主任、系主任。2015年从系主任这个岗位光荣退休。退休后，为了让日子过得充实快乐，梁业忠决定重拾童年的兴趣：学做风筝放飞。这才有了我们今天的"阳江龙"。

十年风筝路

夜光龙风筝虽然不是梁业忠首创，但是，他确实对夜光风筝的传承起到了重要作用，促进了阳江风筝的发展。不过，刚开始重拾风筝爱好的梁业忠却遭遇了一些风筝爱好者的嘲笑。因为，梁业忠对风筝的认识还停留在童年时代，对现代风筝的制作可以说是一无所知，特别是制作风筝的一些工具和材料已大大不同。当梁业忠按照童年记忆，用纱纸、纱带、浆糊等材料制成风筝去放飞的时候，就被现场的风筝友人嘲笑："现在谁还用浆糊和纱纸扎制风筝的！"

受挫的梁业忠发现了自己的不足，但他没有气馁，一有机会，就"偷师学艺"。首先，梁业忠花了大量时间四处拜访风筝制作艺人，学习他们的经验，然后，用万能胶水、布、细线制作了第一条百足风筝。但是，放飞时失败了。因为梁业忠的"百足"是用传统方式包扎的扫把枝，比例不配。他只能继续"偷师学艺"，仿照别人"百足"的比例，一比一重新制作一条"百足"。经试放飞，整条"百足"在空中游动，动态效果非常好。梁业忠第一次有了成就感。但是，当第二次放飞时，由于风力变化，风筝在空中直直的，一动不动，有时打转掉下，不知如何处理调节。

梁业忠发现偷师学艺这条路走不通，便老老实实拜师学艺。为挑选一个风筝制作放飞好的艺人，梁业忠先观察别人放飞，谁的风筝空中放飞动态效果好，他就跟谁学。最后，梁业忠经多方努力，先后拜非物质文化遗产项目风筝传承人谭昌安（过背）、郑荣发两位大师学艺。从此，梁业忠通过拜师学艺，又结合自己的专业知识，一心一意学扎制龙串、灵芝、板子鹞等。学成后，梁业忠经常代表学院参加省、市及国内大型国际风筝比赛，不断取人之长，补己之短。时光荏苒，一晃十年过去了，梁业忠为阳江职业技术学院捧回很多奖杯，积累了许多制作风筝和放飞风筝的经验。终于，梁业忠迎来了播种的春天：根据自己对风筝的独特见解，开始制作夜光龙风筝。

腾飞的夜光龙风筝

据梁业忠介绍，夜光龙风筝是一款可在白天和晚上放飞的风筝。它由132片每片直径35厘米的受风面组成，在132片当中每间隔1片安装有绿色低压60盏LED灯头，共3900盏灯串在一起作为龙身发光的光源，整条龙全长约100米，龙头规格50厘米×70厘米×60厘米，安装有360盏红、黄、绿、蓝等颜色的LED灯头，能定时闪出五颜六色的光，灿烂夺目。夜晚放飞，整条龙风筝能在夜空中乘风舞动，摇头摆尾，绿光闪烁，栩栩如生，看得人如醉如痴！

但夜光龙风筝制作比其他风筝难度高，因此，制作夜光龙风筝，梁业忠也是百味俱尝。

刚开始制作夜光龙风筝，梁业忠运用的灯带、开关都不是很合适，白白浪费了一千多元的材料。经过不断的改进，龙片的受风面积承受不起灯带、开关、电池的重量，效果仍是不理想。梁业忠只好重新制作，将龙片的受风面积加大一些，为了龙片颜色与灯带的色彩搭配更加艳丽，他将龙片涂成荧光绿色，灯带采用绿色LED灯珠，才有了现在像翡翠玉龙似的阳江夜光龙。

春天的声音

梁业忠也迎来了收获的秋天。

2014年,夜光龙风筝参加潍坊国际风筝比赛,荣获夜光风筝第一名。此后,夜光龙风筝继续屡获殊荣。仅从梁业忠2019年1月至5月间放飞夜光龙风筝所获荣誉,我们就可略窥一斑。

继2019年3月2日阳江夜光龙风筝获得马来西亚第24届巴西古当国际风筝节夜光风筝和龙串风筝比赛两项冠军后,3月18日,阳江夜光龙荣获文莱首届国际风筝比赛冠军;4月28日,夜光龙风筝代表阳江职业技术学院参加武汉木兰草原国际风筝邀请赛荣获冠军;5月4日,阳江夜光龙风筝代表阳江职业技术学院参加广东省第五届珠海风筝邀请赛获得三项冠军、四项亚军。

收获是可喜的、甜美的,但成功永远在路上。一架风筝的成功放飞是风筝制作和放飞技术的完美结合,梁业忠深知这一点。因此,他始终保持着谦虚的态度,不但继续学习制作风筝的技艺,还不遗余力地拯救传统风筝。他通过拜访一些制作传统风筝的老艺人,挽救了阳江古老的特技风筝(阳江称吹鹅)。当然,他也不断学习,创新风筝制作和放飞技术。他成功制作了自行车动态风筝、软体夜光风筝等,正在筹划2019年8月中旬出国参加印尼巴厘岛国际风筝比赛。

现在,为了阳江风筝的传承与发展,阳江职业技术学院继续留用梁业忠担任督导员及讲授风筝制作和放飞技巧的课程,他希望能够利用自己的专长为阳江风筝的传承发展做一点力所能及的事情,也希望阳江风筝带给人们更多快乐。我们期待着梁业忠下一步创新设计的阳江夜光风筝双龙戏珠特技表演。

/ 第四章 春雨篇

玩的是风筝，放的是心情

阳江作为"中国风筝之乡"，活跃着一群喜欢制作和放飞风筝的风筝迷，用他们自己的话来说，风筝是人生的第二爱，这足见他们对风筝的迷恋程度。

在阳江金门风筝协会就有一群这样的风筝迷。年轻的队长梁毅强把本市一些风筝老艺人和爱好者聚集在一起，他们一起制作风筝，一起放飞风筝，相互交流传承和发展阳江风筝。从2012年至2016年，已获得国内外大大小小五十二个奖项，为阳江风筝这项传统文化争得了荣誉。

一间二百多平方米的屋子，就是这些风筝迷制作风筝的地方。他们衣着朴素，皮肤黝黑，大多是五六十岁的年纪，最小的也有四十多岁。他们静静地专注于自己手中的工作，满屋的风筝就是他们精心制作出来的作品。屋顶悬挂着两条长龙，红色龙头的是雄龙，绿色龙头的是雌龙；四壁挂着五颜六色、各种各样叫不出名字的风筝；桌面上随意摆满了谐雀子、双桃、小蜜蜂……

这时候，他们正在构筑一个伟大风筝梦——自费三四万元制造希望用于申请吉尼斯世界纪录的最长的风筝——五百米长龙风筝。但因放飞场地和天气的局限，虽然只成功试飞三百多米，但他们的这种把风筝文化发扬光大的精神追求令人肃然起敬。

他们成功的背后有许多执着追求的故事。

阳江现代风筝制作的创始人之一陈福原来是一名退休医生，对软体风筝情有独钟。他制作的软体风筝可折叠，便于携带。他制作的领航风筝可带其他软体挂件升空，也可作为广告风筝；制作的风洞风筝可以随风自转，空中效果立体感很强。他经常和队友探讨制作技术。市风筝非遗传人郑荣发很欣赏陈福，说他心胸开阔，乐于分享风筝制作经验方法。陈福一有空，就到鸳鸯湖放风筝，并对放风筝有自己的看法。他说："玩的是风筝，放的是心情，交的是朋友，收获的是健康。"

黄美荣是阳西人，现在已儿孙满堂。他是个全能的风筝手艺人，制作了很多风筝。他特别擅长制作蜈蚣、长龙、灵芝风筝，放飞效果栩栩如生。听到别人的称赞，他谦虚地摆摆手说："该怎么说呢，其实还是经验。放风筝是我的爱好，从小到大都喜欢放风筝。从小学二年级到初中，每次重阳节学校举行风筝比赛都拿第一。小时候，不时会拿走阿妈的补衫线去放鹞；年老时，以锻炼身体为主。每天早上六点准时到鸳鸯湖放飞，玩到八点，除了下雨天。大家在一起就互相交流学习。"

专门制作硬板立体飞机风筝、板子风筝的黄义俊，年轻时以修自行车为业。到六十岁时，他才开始学放风筝，至今已坚持放飞十六年。黄义俊性格朴实，别人问一句就回答一句。有人问他为什么喜欢放风筝，他就说："看别人放着有趣就学放。"问他为什么喜欢放飞机风筝，他就说："因为看着天上的飞机在飞，也想制作一架飞机来飞，试飞成功就一发不可收了。"风筝老艺人郑荣发这样评价黄义俊："当时他仿国产播种机来做风筝，不懂就向同行请教，为人谦虚好学。"难怪很多人都觉得黄义俊制作的飞机风筝很逼真，就像真的一样。

　　年纪最小的梁二铺很风趣，他把风筝称为"老二"。他说放风筝完全是为了身体健康，但想不到遇到了志趣相投的朋友。他和梁毅强、关春朋、谭凡广三人搭档一起放双线特技风筝，为放得好看，他们相互培养出一种团队默契精神。他说放风筝有一种动感，可以自由发挥想象。有队友背后经常夸他是最勤奋的风筝队员，除了下雨天，每天早晨一定按时到鸳鸯湖训练放风筝技巧。遇到没风的日子，他就提议放盘鹰风筝。因为盘鹰风筝的最大特点是不受风力的限制，零级风都可放飞。不少阳江风筝老人认为，盘鹰风筝在阳江能够发展起来和梁二铺的勤奋分不开。其实，在制作风筝方面，梁二铺也是个好手。他制作的百足风筝、盘鹰风筝手工精细，让人爱不释手。

　　除了他们之外，阳江还有许多风筝迷。同时也希望我们的城市有越来越多的风筝迷，让我市的非物质文化遗产——阳江风筝继续精彩下去。

春天的声音

喜欢踢毽子的阳江人

夏日的早晨，空气特别凉爽，晨风在耳边欢歌，朝阳在树梢跳舞，在市区公园和广场，喜欢踢毽子的阳江人三五成群，围成一圈踢得正欢。他们有老有少，有男有女。老的，一般都是六十岁开外的退休老人；少的，有二三十岁的年轻人，但大部分都是四五十岁的中年人。他们不管从事哪个行业，都对毽子运动有天然的爱好，经常坚持踢毽子，风雨无阻，朝气蓬勃。

毽球爱好者荣叔的"毽子经"

踢毽子，起源于汉代，盛行于南北朝和隋唐，至今已有两千多年的历史了，是中国民间体育活动之一，是一项简便易行的健身活动。阳江人什么时候喜欢踢毽子的呢？

毽球爱好者荣叔和善健谈，在市区的毽球爱好者中有一定的名声。荣叔名叫黎开荣，他穿着一套迷彩服运动装，六十多岁的人显得健壮年轻，看不出实际年龄。对阳江的毽球运动，他也比较了解。大约在20世纪50年代，阳江城的渔洲路、三铺街、龙津路、塘基头、河堤路就有商家子女身穿体面的衣服，脚穿薄底鞋在踢毽子。最热闹的是春节时，几个人围在一起踢围燕（毽子的一种踢法）。这在当时的孩子眼里是一项很美的活动，让他们很羡慕。

在荣叔的记忆里，1960年的阳江城没有毽子卖，喜欢踢毽子的人们就找来鹰毛做毽子毛，用羊皮、猪皮做底，自己做毽子玩。这些人经常在太傅路口、龙津路口、河堤路口、文化宫路口踢毽子。21世纪后，阳江依然没有人建毽球厂，一般是买辽宁丹东产的毽球来踢。现在踢毽子的人一般早上在灯光球场旁边的环城河覆盖路面、人民广场、望瞭岭、北山公园、北湖公园、金山植物公园、鸳鸯湖公园、燕山湖公园等地方玩毽子。当然，荣叔和一个叫昌叔的人有时也会精心制作广州花燕自己玩。

阳江目前有多少踢毽子的队伍呢？荣叔说，阳江人把毽子俗称为燕，把踢毽子称为踢燕。他们以锻炼身体、愉悦身心为目的，自发组成二十人以上的一个个团队，一起踢网燕、围燕或广州花燕，成为城市早晨或晚上一道写意的风景，大家每天都可看到一些燕子团队快乐飞翔的剪影。在灯光球场旁边踢燕的人干脆把自己这一团体称为燕子队，队员幽默风趣、平易近人，踢燕的动作花样百出，像一只只灵巧的燕子在蓝天下翱翔。以北山为训练基地的好易飞毽球队则以善于外出交流闻名，足迹踏遍雷州、吴川、深圳、珠海等地，他们是一支年轻有活力的队伍，队员技艺高超，以踢网燕为主，参加全省各地网燕比赛，曾获得女子二等奖。

组建于2000年的北湖网毽，每天早晨七点半就在北湖公园开始踢网燕或者围燕。队员穿着赞助的统一队服"上下翻飞"，在绿树掩映的北湖公园特别养眼。晚上，在中源广场踢毽子的人主要以小团队的年轻人为主，也有家庭组合，或三口之家，或夫妻两人，或母女两人等。在习习晚风中，在璀璨灯光下，这些踢毽子的人闪转腾挪，自得其乐。

老燕友开叔改良毽球

开叔已经退休,他为人随和,性格开朗乐观,且是个老燕友。开叔名叫莫成开,从小就坚持踢燕,一点也不显老,活脱脱是一只快乐的燕子。一说起他喜欢的毽球运动,开叔就滔滔不绝。目前阳江许多喜欢踢毽子的人,都在踢经过开叔创新、改良的好易飞毽球。这种毽球经过开叔五次改进,不但经久耐用,而且稳定性、弹性好,在踢的时候还会发出响声,增加了大家的乐趣。而且开叔对目前阳江人踢的三种毽子,如广州花燕、围燕、网燕都比较精通。

开叔说,广州花燕,广州人最喜欢踢。广州花燕要使用内力去踢,动作比较轻柔,如杨式太极,以柔制刚。所以,平时我们看见那些踢得特别优美的毽子,就是花燕。花燕位置固定,一般四人踢配合最好。花燕还有一个特点就是花样多,最讲究技巧和基本功。其次是围燕,相当于陈式太极,适合四五个人一起踢。位置可移动,体力消耗较大,但有动感、开放性强,除了手掌不用之外,身体其他任何地方都可用,但灵敏度低的人,很难接住毽球。还有网燕,一般六人踢,最讲究配合。配合不好就失球多,属于竞技类运动。不少毽子爱好者经常会请开叔指点,而开叔也非常乐意。

开叔最后提醒上了年纪的人踢毽子,一定要先做好热身运动,否则易拉伤脚筋。

下岗厂长的漆艺情结

阳江漆器艺术始于明末清初。至清嘉庆、道光年间，漆器产品就以产量大、品种全、工艺精而闻名，尤受"金山客"的喜爱，成为人们居家旅行的日用珍品，世界文化遗产——开平碉楼、铭石楼珍藏的金山客日用品中，就陈列着两件从海外征集的阳江漆皮箱。可惜，至今生产漆器的企业基本消失，漆艺的另一个种类——漆画，由于艺人的爱好和追求苦苦生存。

天气晴朗的早晨，一位头发斑白、戴着防尘口罩、双目炯炯有神的老人，总喜欢坐在自家门口捣鼓着漆器。他，就是原阳江县地方国营漆器工艺厂最后一任厂长陈泽波。陈泽波的工作经历较为简单，但最后一份工作让他与阳江漆艺结下了深厚的情缘。

陈泽波是阳江报平村人，毕业于阳江一中。年轻时的经历，陈泽波只简单地说曾在韶关三线工作，后来回到阳江电瓷厂工作，担任了十多年的工会主席。一说起最后一份工作和晚年爱不释手的漆器，他就滔滔不绝了。陈泽波1996年调去阳江国营漆器工艺厂当厂长，一干就是十一年，直到2007年漆器厂解体，他成了下岗厂长。

对阳江漆器一往情深

"阳江漆器工艺制品,早期为私人家庭作坊形式。作坊地点都在市区龙津路、南恩路、太傅路一带,当时已出口销往东南亚一带,乃至欧美。1935年为阳江漆器工艺发达兴盛时期,产品供不应求,城区主要商业街南恩路西段(西门街)差不多全是做漆器产品的商铺。在阳江漆器史上,大大小小的漆器厂、店、作坊不下五百家。其中经营时间最长的超过半个世纪,而最短的却只有几个月。"每逢有人参观他的漆器工作室,陈泽波总会向人介绍阳江漆器的历史。

作为阳江县地方国营漆器工艺厂最后一任厂长,陈泽波如数家珍地讲述该厂的辉煌历史。阳江县地方国营漆器工艺厂是阳江漆器的代表,它前身是1955年底成立的阳江县漆器合作社。1958年转为国有工厂。改革开放前,与阳江糖厂、阳江小刀厂、阳江船厂并称"阳江四大厂"。该厂以生产漆皮箱、漆皮枕等漆器为主,产品有传统的皮胎产品、漆木家具、日用漆器工艺品等,品种达五百多种。出口商品主要有皮箱、皮枕、茶叶盅、茶具、烟具等日常生活用品和屏风、挂屏、花瓶、磨漆画、仿古文物等艺术陈设品两大类。后来还增加了补偿贸易、来料来样加工等经营方式。1976年以后,开拓漆器工艺美术品,产品销量逐年增加,远销日本、法国、美国、东南亚及港澳等十七个国家和地区。

1975年因研创"阳江漆",即"腰果漆"解决天然漆供应不足的成就,先后获国家轻工业部三等奖、国家经贸部荣誉证书和轻工业部工艺美术公司"先进成果"奖、广东省"优质产品"奖等奖项。

1980年,创制大型漆画《葵乡》,体现珠江三角洲的风光,被置于首都人民大会堂广东厅。

1986年，中国美术馆举办漆画展，该厂两幅参展作品均被评为优秀作品，《瓜叶梅》留馆珍藏。

　　陈泽波还讲述了20世纪60年代广州花园酒店定了一幅《百骏图》和《百美图》，以及1995年开平某镇定制一幅价值三万元左右漆画的事。这些往事让陈泽波对阳江漆艺颇为自豪，也是让他对阳江漆器一往情深的原因之一。

　　对目前漆器市场的现状，陈泽波分析得较为全面。他说，随着科技和社会的发展，污染性大的化工漆多了，就少用阳江漆了，阳江漆器走下坡路是必然的。但是，在党和国家的重视下，阳江漆器得到了很好的保护和传承，有了发展平台——阳江漆艺院，阳江漆器已不缺乏技术和人才，关键在于是否有人使用，这就需要资本推动。阳江金鸡寺对面的酒店挂了一幅十几米长的漆画，就是资本推动的例子。其中，经济的发展和人们环保意识的提高对漆器的发展起着决定作用。制作漆器使用的大漆、阳江漆都是无毒性、无臭味的环保产品，而且其物理性能稳定，相信随着社会和经济的不断发展以及人们环保意识的不断提高，阳江漆器发扬光大也是指日可待的。

要传承发展漆器艺术

　　目前，阳江漆器都是以装饰为主。喜欢漆艺的陈泽波下岗后就把学习漆器的制作作为一种生活方式，平时经常向陈其积、马文奇等请教。

　　陈泽波对漆器有一种情结，耐得了寂寞，家里摆满了收藏的和制作的漆器。陈泽波收藏的民国时期的漆皮篮子曾刊登在2013年3月第013期的《阳江史志》上，据说是那时候有钱人家的姑娘出嫁时装礼品用的。当然，中等家庭走亲戚时也会使用。他收藏的少爷箱是广泰成出品的。这个少爷箱上下两层牛皮，木框包皮，铜把手，上面以颜黄体写着：阳江太傅路广泰成出品。

春天的声音

  不要小看这几个字,这可是阳江20世纪30年代著名的漆器厂——广泰成的能工巧匠谭新篁题字的。当时广州市的豪绅多以书有谭新篁"颓黄"书法的广泰成漆器作为交往的名贵礼品。

  陈泽波制作的漆器作品主要有大漆画《鲤跃龙门》《鹰击长空》等。近期,他正在制作牡丹花碟,也不时给一些有需要的人做一些漆器。有一个顾客特别有意思,她的父亲曾是第三野战军的一个普通士兵。为了纪念父亲,也为了对漆器的传承,她请陈泽波把父亲坐过的椅子、凳子髹漆。陈泽波很欣赏这个客人,因为他自己也这样做过。他把父亲送给他结婚的遗物——实木沙发和实木柜子都加工成了精美的漆器作品。相信这些象征父慈子孝的老物件一定能被漆器的优良特性保存至久远。还有些顾客喜欢一些漆器小玩意儿,如书签等,也请他制作。陈泽波总是用心满足顾客的要求,他觉得只要顾客使用漆器,就是对漆器最好的传承,阳江漆艺也才能繁荣发展起来。

  "静女心如发,名师手有神。"但愿静下心来,沉醉在漆艺世界的陈泽波能创作出越来越多精美的漆艺作品,为阳江漆艺的传承与发展尽自己的一份力量。

一杯沉淀下来的茶

"爷爷,这是什么呀?"勤谨懂事的孩子好奇地问。

"这是温泉红茶。"慈爱的爷爷耐心回答。

"爸爸,这是什么呀?"孩子继续问。

"这是鸡山红茶。"年轻的爸爸响亮回答。

"叔叔,这是什么呀?"

……

孩子不停地问,不停地成长。谁也想不到,若干年之后,这个孩子会与茶结缘。而当他像茶一般沉淀下来的时候,惊艳了时光。

他就是"全国先进个体工商户"的两度获得者关林生。

年少立志,雄关漫道真如铁

关林生出生于埠场镇永华村,八〇后,三十九岁,正是大好年华。可是,看他的眼神深邃专注,仿佛有刀光剑影披荆斩棘;听他充满磁性的声音清晰有力，仿佛有金戈铁马厮杀四方。那遭遇狂风骤雨，却"雄关漫道真如铁"的少年郎就迎面走来。

1997年，由于家庭困难，又受在市区做生意的叔叔影响，上初中的关林生就想做商人。没考上重点高中，关林生更想做商人。于是，他就跟着叔叔做起了中介生意。

可是，现实让关林生认清，不管是做生意还是打工，都不是一件容易的事。2000年，十七岁的关林生报名参军。可是，年龄不适合，参军这条路也断了，关林生像折翼的雏鸟铩羽而归。

他开始放纵自己。五个工作日辛苦赚到的两三千元，双休日就可花光，甚至电话费都要向姊姊借。幸亏他很快意识到自己的错误，鼓足勇气闯过了这一关。

2001年，关林生重拾参军梦。这次，他如愿以偿，成为一名光荣的解放军战士。

踏上火车的那一刻，关林生就想到了当兵的苦，也想到可能会熬不下去。可是，现实往往比想象还要残酷。

冬末的河北承德，北风呼呼，滴水成冰，关林生穿着厚厚的棉袄，背着重重的行囊下了火车。刚开始，关林生感觉良好。渐渐地，就觉得部队纪律太严，还要日夜训练，这些从没受过的苦让关林生很想家，也很想放弃。不过，家里人的鼓励让他克服了困难。

三个月的新兵营训练结束，关林生习惯了部队生活，并得到领导和战友们的一致认可。在部队两年，关林生掌握了车床技术，考了驾照，入了党，做了通讯员，养成了优良作风，还荣获了三等功。他对党和国家的热爱以及对英雄人物的崇敬也达到前所未有的高度。当然，他没忘记做商人的梦想，也没忘记向战友们请教茶事。

在部队，关林生写生活日记，既记录部队的生活点滴，又记录未来工作和生意的设想。他知道外面四十元可以买进面值一百元的电话卡，就请家人买进寄给他，他再转让给战友，让战友省了不少钱。

因为自小对茶有浓厚的兴趣，遇到喜欢饮茶的战友，关林生就虚心请教。这让他对茶有了更深入的了解。

其中，海南的"兰贵人"茶让他印象深刻。

部队生活让关林生收获颇丰，也铸就了他的铁血意志，为再次踏入社会做好了充分的准备。

2003年12月，关林生转业。他立志做一个有胆识、有想法、有担当、有行动的退伍军人，眼界和格局今非昔比。他觉得叔叔的中介生意赚钱的确比较容易，也可获得一些资源，但没大出息，不是长久之计。

在工作不好安排，做其他生意又不懂的情况下，关林生先随父亲来到广州。春节，又孤身到海南，和姑丈一起开了一家卖体育彩票的小卖部。结果，亏了父母三四万元的血汗钱。他很后悔，因为贪婪，将"贪"写成了"贫"。

但是，第一次创业失败并没有打击关林生的信心。从海南回到家，他对父母说："这些钱，我一定会想办法赚回来的！"这铮铮之言，何尝不是"迈步从头越"的必胜之心呢？

小试牛刀，品行端正人人尊敬

2004年年末是关林生人生的转折点，也是他事业的转折点。这时，他进入广东省阳江市江城区教育局后勤产业办属下的服务部做临时工。在这里，他与茶有了更亲密的接触：寻找爱茶人士一起喝茶、交流茶道，周末一有空就坐班车到广州芳村——茶叶的集散基地取经。茶，在他眼中不再只是待客解渴之用。茶，有茶文化——单是冲泡一杯茶就很有讲究，如：温杯烫盏、醒茶、定点注水等。

但是，关林生家里依然困难。他骑着祖母用两千块私房钱给他买的摩托车去上班，暗暗给自己鼓劲：一定要好好做人，好好做事！

每天早上七点，关林生从沿江路的住所出发，途经河堤十字街，买一些早点赶往办公室。然后，打开门窗，搞好卫生，煲好开水，摆上热乎乎的早点请同事们吃。工作时，他不怕辛苦，认真细致，执行能力强。

这么一个勤劳、肯干、乐于付出的年轻人，很快得到了大家的认可，领导更是出入都带着他。

因为工作需要经常走访市区的各所学校，所以关林生对经过的巷头巷尾、各行各业都了如指掌。周六日陪领导到阳春、阳东等地交流学习也让他发现了不少商机，意识到"非商不富"的道理，也认识到文化知识、人际关系的重要性。

于是，关林生报读电视大学行政管理专业，每天华灯初上，就到电大充电。在夜大，他也没有忘记军人本色，处处起模范带头作用，被同学选为班长。还结交了不同单位、不同行业的同学。看见同学坐小车上学，他很想拥有一辆。已经摸清生意脉络的关林生，在这份强烈欲望的驱使下，开始利用休息时间做各种生意。

2004年，在江城区政府对面，关林生与四叔一起开了"绿香茗茶"茶叶铺；不久，自己又在漠江路开了逸雅茶庄。接着，在江城三小甜酒巷租了一大一小两个铺位。大的租给别人，小的让母亲卖零食、玩具、文具和教辅资料。他还让家人在阳江市第一小学和十三小学开临时档口销售教辅资料，春节时卖糖果，晚上到步行街卖品牌积压的服装。2006年，他又在岗列中心小学附近开了一间游戏机室和桌球室。

这么多生意，除了游戏机室和桌球室因为修路亏本，无法经营下去，其他的都有盈利。2006年岁末，关林生终于买了一辆小汽车。

第二次创业，关林生能够赚钱，除了国家的大好政策，关键是他吃苦耐劳、诚实守信。他把所有的闲暇时间都用来学习、经商。读夜大，做同学的榜样；卖茶叶，保证质量，绝不短斤缺两；开铺子，商家往来的货款，数目分明，绝不拖欠；卖糖果、服装，讲究宣传口号，薄利多销，童叟不欺。他厚道做人做事，事业自然蒸蒸日上。这也让他把"品行端正人人尊敬"作为座右铭，挂在茶庄大门的旁边，时时鞭策自己。

栉风沐雨砥砺行，春华秋实满庭芳

有了一点根基和底气的关林生，不满足于现状。2007年至2015年，关林生做了几件大事。

2007年年中，关林生用手中仅有的十多万元和四叔做根雕木材生意。根雕厂在福建建平村。节假日，他要从广州租货车把根雕木材运到福建建平村。车子满载着昂贵的红木在公路上行走，关林生独自跟车，日夜不眠，风雨无阻。夏日炎炎，车子走在荒郊野岭，前不着村后不着店，渴了、饿了，都只有水喝。伸手不见五指的黑夜，再累，也不敢睡觉，担心遇到不法分子，人财两空。一路颠簸，两肩风霜赶到根雕厂，还要马上卸货、交接、商讨生意，再赶回来。

2007年春节，关林生和三叔在佛山乐从家具市场做灯饰生意。需要出差时，不管多晚，他都要马上出发。

外省、外市的生意要做，市内的生意也要做，还要在服务部工作。实在忙不过来，关林生就请小弟帮忙。成家以后，关林生尊重妻子的想法，结束乐从的生意，在阳江安家。2010年，为了专心做茶，关林生退出了服务部。

这时候，关林生好像鱼儿游进了大海。他一天当两天用，每天花十多个小时浸泡在茶庄。为了做好茶，他总结经验，把茶叶与红木根雕茶台放在一起售卖，与同行一起抵制茶业市场乱象，向国家资深茶叶专家邹炳良、卢国龄学习，做了高级茶艺师、评茶员。为把控茶叶的质量，他每年亲自带人到茶叶生产基地，监督采茶、运茶、制茶。老茶树一般长在山高林密的地方，只能步行上山。高高的老树需要攀爬才能采摘嫩叶，不小心碰到蜜蜂，还会受到蜂群叮咬。采到茶叶，需要小心翼翼地背下山，不管多晚，都要马上炒青、晾青……亲眼见证茶叶制作的艰辛过程，让关林生对茶叶的价值有了新的认识：每一片茶叶都是主观与客观、精神与物质、个人与群体、人类与自然的和谐统一，有任何差错，茶叶的品质都会不同。

正如他所说："你怎样对茶，茶就怎样对你。"

多年用心对茶，关林生的茶庄开始走上专业化发展的道路。

他售卖汝窑茶具，耐心开片，为顾客打造专属茶具；他经营品牌茶叶，货真价实；他经常开品茶会，用视频形式向顾客宣传茶文化……他说饮茶是未来生活最健康的生活方式之一，我们要根据个人的体质饮不同的茶，如普洱茶有养生价值和药用价值……

关林生已经由一个对茶叶一知半解的毛头小伙子变成了一个深谙茶文化的沉稳汉子。

2012年，关林生实现了一个大目标——位于阳江市区马曹路的恒福茶城开业。他说："做恒福茶城，是奔着做百年企业的方向去的。"2015年，他注册了雨恒公司，经营茶叶、茶具、酒业。也注册了"雨恒"和"关林生"两个茶叶品牌。其中，"雨恒"品牌用岭南画梅大师关老的梅花作为包装，深受顾客的青睐。

从此，关林生的工作和生活更离不开茶，出门访友也时刻带着茶，茶香浸透了身边每一个人。他还不断开拓创新,经营其他生意,一年实现一个目标,令人刮目相看。

古艺远含雅,今见茶高量

做好人,做好事,让一个贫穷的孩子赚得千万身家。但是,关林生很谦虚。他秉承一贯的经营理念,诚实守信,热情周到。

2016年至2020年,他的公司连续五年被评为"广东省守合同重信用"企业称号;他的茶庄常备点心,保证顾客不空腹喝茶;几十年老友请他品鉴茶叶,发现茶叶已坏,就免费赠送新茶。

关林生也不忘本,懂得感恩。2010年开始,他就加入各种商会,团结各私企老板,为繁荣家乡经济做贡献。他积极参加"重温历史的转折"遵义红色教育培训班,时刻保持党性,帮扶有创业志向的战友与同学,做志愿者,捐钱捐物给需要的人。

关林生付出的越多,回报也越多。如:2016年、2019年,他两次被评为全国先进个体工商户;2019年获评江城区最美退役军人;2019年获得阳江市红十字会优秀志愿者称号;2021年被评为阳江市江城区拔尖人才……

关林生就像一杯沉淀下来的茶,给人带来甘与香。他把销售茶叶、宣传茶文化作为自己的终生事业。创业的时候有多苦,现在就有多甜。他说:"阳江人买东西习惯认人。"如今,关林生充满正能量的形象已深入人心。最近几年,他的茶庄生意不但没有受疫情影响,还蒸蒸日上,这就是最好的证明。

人生如茶,总有风雨相伴。饱受风雨终不悔是一片茶的虔诚,也是茶商关林生的觉悟。

春天的声音

一个半路出家成功创业的八〇后

随着数码技术的发展，智能手机的普及，现在是人人都可成为摄影师的时代，开照相馆似乎过时了。可是，一个八〇后凭着对影像后期产品制作的浓厚兴趣，半路出家，成功开设了一家充分应用数码技术的现代相馆。这家相馆的主人名叫蔡智捷。

改弦易辙，出外闯荡

蔡智捷是建筑专业本科毕业生。毕业时，他发现自己对与专业相关的工作兴趣不大，而对运用现代数码技术进行影像后期产品制作产生了浓厚兴趣。他当机立断，决定到广州从事影像后期产品制作工作。

可是，做任何一件事都不可能一蹴而就。首先是家人的反对，父母担心他一个人出外闯荡不安全，希望他留在阳江工作。但是，下定决心的蔡智捷在2005年5月12日，不顾家人的反对，独自背着行囊，带着借来的三百元就从肇庆的学校直奔广州。然而，这个刚走出象牙塔的大学生，社会经验不足，一到广州就在火车站附近被人骗走了钱包里所有的钱。因此，蔡智捷步行了四五个小时，又饥又渴才赶到广州朋友处。热情的广州朋友非常同情他的遭遇，给予他无私的帮助，让他很快找到了理想的工作。

影像后期产品制作是一个时髦的工作，尤其受到年轻人的欢迎，但也是一个工序烦琐的行业。一本相册制作由下单到成品有大大小小三十多道工序。初来乍到的蔡智捷凭着年轻人的闯劲和吃苦耐劳精神，很快得到公司器重，短短两年间，就从一个调色师晋升为经理。说起调色师的工作，蔡智捷有自己独到的认知和理解。他认为，出于各种主客观因素的制约，即便是同一场景，不同的镜头之间也很难在布光和色彩上取得一致。在进行影像后期产品制作时，要对画面的各种要素进行分析，调出预期的色彩风格，达到画面整体色调的协调。这就是他对调色工作的理解。他还利用空闲时间，观察和学习公司所有岗位的技能、操作程序，为以后自己创业打下基础。

在工作中，蔡智捷总是站在顾客的角度去完成每一件影像产品的制作，给予客户最贴心的服务，这让他在公司得到了很好的发展。2010年年初，在广州某数码公司工作四年多的蔡智捷因为工作出色，名声在外，被珠海一家数码公司挖走，聘请为营业经理。

一站式创新服务

到了2010年年末，满怀创业热情的蔡智捷看到条件成熟了，又当机立断辞掉珠海的工作，回到家乡阳江开设影像制作公司。这是一家应用数码技术的现代相馆。

开业之初，由于市场竞争日趋激烈，新技术不断推陈出新，成本上涨，产品价格走低，客户对产品的要求越来越高，企业发展遇到了困难。蔡智捷看到，继续依托传统的照相馆盈利模式，已经不能推动企业进一步发展。

蔡智捷观察到，近年来社会上各种聚会日益增多。结合自己十多年的影像后期产品制作技术和服务经验，凭着自主生产的成本控制和终端服务商优势，整合资源，推出了聚会策划、拍摄、纪念册制作等完善便捷的一站式创新服务。

蔡智捷认为，对于丰富多彩的生活，每个不经意的瞬间，每张照片都有着不一样的故事和回忆。而摄影构图决定着构思的实现，并赋予它鲜明的表现形式，拍摄出的照片才会更有艺术观赏性和故事的可读性。设计是纪念册的灵魂，纪念册真正的情感诉求是为了让回忆更加生动。蔡智捷在聚会策划、拍摄、纪念册制作各个环节，始终贯穿着这一服务理念，为顾客提供优质的一站式服务。用他的话说，就是将"瞬间记忆变成永恒纪念，让相片尽显典藏珍贵"。他的这些创新举措和服务理念，也革新了人们对传统照相馆的认识，赢得了顾客的赞赏，也为公司拓展出更大的市场空间。

在工作的过程中，蔡智捷还凭着热情和诚信，结识了很多朋友。这些朋友在拓展业务方面给了他很大的帮助。

沟通于心，服务于行

走进蔡智捷的相馆，就好像走进一个温馨的家。学建筑设计出身的蔡智捷，对如何布置他的相馆可谓得心应手。他想让每一个顾客走进相馆，都可以体会到温馨和雅致。在相馆内，细观每一帧张贴的照片，不管是一家大小的全家福、日常生活的普通照片，还是婚纱照、金婚纪念照、聚会集体照，都流淌着温馨雅致的韵味。蔡智捷以真诚待客为宗旨，急顾客所急，满足顾客所需，给每一个顾客留下美好印象。这一美好印象无疑就是一帧帧美好的照片，都深深地烙印在每一个顾客心里。

有一次，一个顾客让他帮忙晒一些同学聚会的集体照，但顾客拍摄得很不专业，蔡智捷要花很多时间美图、修饰。结果，个别心急的同学就责怪那个顾客迟迟没有完成任务。这让热心为同学服务的顾客很委屈，就向蔡智捷诉苦。蔡智捷静静倾听顾客的诉苦，然后耐心解释照片迟迟没有晒好的原因，让顾客向同学解释清楚，并承诺会尽快晒出让他们满意的相片。就为了这一承诺，蔡智捷熬了一个通宵，才在约定的时间里，把晒好的照片交给顾客。

笔者也曾亲身体会到蔡智捷的热情服务。当时，我和儿子到蔡智捷照相馆拍摄身份证相片。为了给我儿子拍出一张满意的相片，他一连拍了十多张，每一张都让我儿子过目，并纠正我儿子每一个表情和坐姿，直到我儿子满意为止。看见他工作这么认真细致，我忍不住也让他帮忙照了一张单人照。而一个在旁边等候的年轻人，看见此情形，便不肯让照相馆的其他人照相，非要等蔡智捷来。蔡智捷知道后，就笑笑说："好！麻烦你等一下。"

一个炎热的午后，笔者正在蔡智捷照相馆品味一幅幅悬挂在墙壁上的美照时，忽然，一个衣着朴素大方的妙龄女郎手提着哈密瓜走进来，她笑语盈盈，满脸都是真诚。她直接把哈密瓜递给蔡智捷，说是给他解解暑，感谢他热情周到的服务。

这样的主顾关系，让笔者感到好奇。当蔡智捷送走女郎后，我就忍不住问他原因。他耐心向我解释，说该顾客在他那里晒了不少照片和定制了多本相册，对他的服务态度和服务质量非常满意。光顾多次后，主顾之间就建立了真诚的友谊，才发生了顾客馈赠老板的行为。这让我不由赞扬起来。蔡智捷却笑笑说："服务行业最基本的就是沟通于心、服务于行，与顾客之间架起互信互动的桥梁，才能给企业带来更好的发展。"

沟通于心、服务于行。这或许是除了技术外，蔡智捷创业成功的另一大原因吧。

一个古稀老人的艺术人生

在阳江日报社和市作协举行的"砥砺奋进30年"征文比赛颁奖活动中，笔者在一群获奖者中，发现一名衣着俭朴、头发斑白、精神矍铄的老人，深感好奇。采风时，碰巧和他坐在一起，才知道他是这次征文比赛散文三等奖获得者冯天瑞，今年七十多岁。是什么力量让一个古稀的老人保持浓厚的文学兴趣呢？走近冯天瑞，才发现他是一位可亲可敬的长者和前辈，获奖并非偶然。

小时候向卖药人学吹笛

冯天瑞是江城岗列人，祖辈务农，但他自小喜爱音乐。小时候，一次他跟母亲去赶集，听到一个卖药人在吹笛子，就被笛声吸引舍不得走了。母亲不见了孩子，就急急忙忙地回头去找。当发现冯天瑞在聚精会神地听吹笛，就非常生气地骂他。但是，冯天瑞仍然不肯走。母亲只好啪啪两巴掌打在他的屁股上，一边骂，一边把他拽走。

可是，这并不能阻止他对笛子的着迷。每逢圩日，他还是跟着母亲去赶集，每次都到卖药人那里听吹笛，并请求卖药人收他做徒弟。卖药人却劝他不要学这些杂艺，读书才是正道。尽管母亲不喜欢他听吹笛，尽管卖药人不答应教他，但这并没动摇他想学吹笛的决心。又一个圩日，他自制一把"笛子"，带到圩上来向卖药人请教。卖药人见他有如此大的决心和兴趣，感动之余便答应教他学吹笛。

从此，冯天瑞学会了吹奏一种又一种乐器。现在，他会吹洋号、唢呐、洞箫、横笛、葫芦丝等十多种乐器，其中有三种乐器还可以用鼻子来吹奏表演。

模仿鸟鸣鸡叫惟妙惟肖

冯天瑞还有一手绝活，那就是模仿鸟鸣声、鸡叫声惟妙惟肖，还因此闹出不少笑话。

有一次，他在市区中山公园表演鸟叫声。当时，园里很多人都听到了悦耳的鸟鸣声，但四处寻找都寻不到鸟的踪迹。大家惊诧莫名之时，冯天瑞主动上前向大家揭开谜底，赢得了一片赞扬声和掌声。

还有一次，冯天瑞在一个街角表演鸡叫。一个正在做家务的主妇听见母鸡总是咯咯地叫个不停，就不耐烦地走出门口想骂那只母鸡。可是，找遍整条巷子都不见母鸡的踪影，但咯咯声仍响个不停。冯天瑞看见恼羞成怒的家庭主妇还在喋喋不休，只好停下来，走到她面前笑着为那只母鸡洗刷"冤情"。

除了天生对音乐的痴迷，冯天瑞还有一双巧手。他不但会制作各种小鸟、龙虾、中国结等手工艺品，还别出心裁制作了一条活灵活现的金龙。这条金龙眼睛发光，全身金光闪闪，曾在中山公园供游人拍照留念，获得了大家的一致赞扬。

在文教岗位上勤奋工作

冯天瑞工作经历丰富多彩，但都离不开文艺教育。

1961年至1965年，冯天瑞由岗列公社安排做岗背东西两村团支部书记，负责业余教育和文化宣传工作。每年大队推荐的知识青年读大学的入学材料、先进事迹、典型事例、总结、报告等也由他负责撰写。这些资料送到上级，均顺利通过。

写入学材料很烦琐，总要加班加点才能完成。看着自己熬夜劳作，换来一个个优秀农村青年走进大学，冯天瑞由衷地高兴。可是，他却从来没想到过自己。直到有一次，妻子见他又熬夜写材料，就问："你这么优秀，为什么不为自己写写呢？"他才恍然醒悟。是呀，自己也算是一个优秀的农村青年呀！不过，当时冯天瑞只是心动却没有行动，依然无怨无悔"为他人作嫁衣裳"。因为他觉得那是自己应该做的工作，他只是努力做好本职工作罢了。

后来，冯天瑞抽调到岗列大队文艺宣传队，负责创作戏剧、编导小品等工作。这期间，他创作的歌剧参加阳江县文艺会演，获得了优秀奖。他还带领全体宣传队员到阳江县各机关单位、工厂、农村、部队等进行歌舞演出。每到一处，都得到观众的好评。

1968年至1991年，冯天瑞在岗列中心小学当民办教师，担任初中毕业班语文老师、学校文艺宣传队辅导员。这期间，他带领学生参加公社、各大队举行的文艺晚会，也获得各种奖励。

1992年至1993年，冯天瑞调到大朗小学任教三年级、五年级的语文、音乐课。在音乐课上，他教学生吹洋号、笛子和拉手风琴等，为学生提供了丰富多彩的音乐教学。

1994年，冯天瑞又调回岗列中心小学教四年级语文。他精心教学，辅导的尖子生参加全市的语文竞赛，皆获得优异成绩。

退休后义务教学，热心文艺

1999年，冯天瑞退休了。可是，他离岗不离职，义务教学生吹笛、拉二胡和演奏葫芦丝等。在市区北山公园，他就曾教过一个大学生吹笛。大学生没钱买笛子，他还把自己的笛子送给他。其他各行各业的弟子更是多得数不清，年纪越来越大的冯天瑞已经记不起他们的名字了。

2008年到现在，生活富裕后的冯天瑞开始回报社会和感恩老师。他为了活跃民间乐队的业余生活，曾经十多次出资邀请艺友、歌舞团到旅游景区去旅游、唱歌、聚餐。

2018年春节，为感谢教过自己数学的高中老师，他特意在市区中山公园举办了一场文艺演出，邀请老师夫妇俩来观看，还给老师送了礼物。

2017年和2018年，阳江日报社连续举行两次征文比赛，一生喜爱艺术的冯天瑞都参加了，并都获得了三等奖。面对赞扬声，冯天瑞谦虚地说："自己参赛只是想多动脑筋，防止老年痴呆。"他经常念叨："年轻时，熬夜写资料太多了，现在头脑衰退很快，不动动脑不行啊！"

逝者如斯夫！流金岁月在冯天瑞心里不只是怀旧，更多是感恩和知足。这些，在他的征文《迷路》和《探亲路上》中可见一斑，但更多体现在老人的一言一行里。其中，最让笔者感动的是他发自内心的感慨："祖国好呀！社会好呀！我们老年人生活幸福啊！"

一个年轻人的微电影梦

微电影是微时代——网络时代的电影形式，名称富有中国特色。微电影之"微"在于：微时长、微制作、微投资，以其短小、精练、灵活的形式风靡中国互联网，是一种真正源自生活的小电影。

八〇后的梁倍彰正是这样一个微电影爱好者。为了实现自己的微电影梦，他放弃了让人眼热的某单位工作，和志同道合者一起开始了逐梦之旅。

艰难曲折的逐梦之路

梁倍彰2004年计算机网络技术专业毕业。大学毕业前，他就很清楚地确立了自己的人生规划。

读大学时，梁倍彰参加了一个武术社团。每次训练完毕，作为队长的梁倍彰还要继续工作到凌晨一两点。他要走访每一个团员，关心他们的身心健康，给身处异乡的会员送生日礼物，让他们感受到家的温暖。因为有梁倍彰这样的带头人，武术社团被评为"广东省十大优秀社团"及"广东省十佳社团"。梁倍彰也在工作中发觉了自己的管理天分。

走入社会后，梁倍彰的工作经历很是曲折，最艰难的时候，梁倍彰想的不是生活的困厄，而是有没有学到本领。任何一份工作，只要能增长他的见识和阅历，梁倍彰都愿意去尝试。

此后的十年间，梁倍彰从事了七八份不同领域的工作。而不同的工作领域，让他的各方面能力得到不同的锤炼。每一次的选择，他都坚信自己，因为这正是梁倍彰内心所追求的。在困难与问题前面，梁倍彰从不会感到困惑，认为不久后，这些都将得到解决。他的信心来自他的家庭教育。家里人教给他的人生信条是：遇到任何困难都要一笑而过，生活充满困难，但还有很多事情要做，亦存在很多乐趣。在这期间，梁倍彰遇到了第一个想结婚的对象，然而经历三年的风雨，却因为各种原因而分手。他说："虽然当时自己痛不欲生，可不管如何，生活还是要继续。"

此时，时间已迈进2012年。失恋后的梁倍彰进入了一家行政事业单位。工作三年后，2015年，梁倍彰跳出了在外人看来挺好的单位，到深圳和朋友一起干自己喜欢的影视工作。

十多年间，多份不同领域的工作，既丰富了梁倍彰的见识与认知，又积累了宝贵的人生经验，提高了交际水平，从而使得他在接下来的时间里，真正踏上了他毕业时对就业指导老师所说的人生目标。

幸遇名师

其实，早在2010年，梁倍彰就接触到了微电影。他说，微电影能将所创作的文学作品直观、深刻地展示出来。因此他加入阳江本地的一个微电影团队，一边工作，一边拍微电影。其间，他用积攒的工资和母亲的赞助买了第一台单反相机。他首先废寝忘食地上网学习摄影技术，然后用了八九个月的业余时间走遍城区的景点，实践所学，并有所获。

微电影的后期制作，也是2012年他跟所在的微电影团队的一个负责人学习的。但是，让他对微电影拍摄、制作技术突飞猛进的是《外来媳妇本地郎》的导演——徐茂泊。2015年，梁倍彰在深圳幸遇名师徐茂泊。梁倍彰跟随着徐茂泊导演工作了半年，做场记和后期制作。在这半年里，梁倍彰勤恳、认真、负责的工作态度与能力得到了徐导的认可。在片场，徐导不仅从画面、拍摄技巧方面，甚至导演技术都一一讲解教导；在后期剪辑上也从人物对白、表情、画面等一一细心教导他。

这对一心一意想学真本领的梁倍彰来说，无异久旱遇甘露，背井离乡工作和生活的辛苦就不值一谈了。当他学成回到阳江创立自己的微电影公司时，心里满满的是对徐导的感激。

作为一个土生土长的阳江人，梁倍彰还是阳江市江城区作协理事，阳江微电影协会的会长。他觉得有责任为本土文化做出应有的贡献，近期正在筹备策划关于阳江本土文化的微电影，将从多个方面向大众展示阳江经济与文化的发展历程，向外界展示阳江的人文风貌，为阳江经济发展带来新的启示。

风筝梦

阳江是风筝之乡,也是南派风筝的代表。阳江人素来喜爱放风筝,年过不惑、土生土长的梁毅强当然也不例外,玩就是他放风筝的初心。但是作为一名企业员工,他怎么也想不到,这一玩却玩大了。现在,他不但一个人玩,还带领一个风筝团队,为家乡争得了不少荣誉。一说起这些成绩,梁毅强总是说:"放风筝的初心不变,只是因为喜爱风筝,所以更用心研究风筝、制作风筝。"这一切皆源于对风筝的爱好,让梁毅强在传承发展阳江风筝文化之路上走得更远。

被推举为风筝队长

梁毅强心灵手巧,勤奋好学。刚成家时,为了生计,他曾做过各种营生,修理自行车就是其中一项。这为他以后立志成为一个风筝匠人,打下了良好基础。但把放风筝当作正儿八经的事去做，是他成为阳东金门酒店员工之后。

该企业的员工文化活动开展得相当活跃，梁毅强专门负责风筝这一块的活动，每年组织队员参加市里的风筝节比赛。2013年5月，在阳西县沙扒镇风筝节上，梁毅强带领新组建的广东昆仲特技风筝队参加表演，受到人们关注。2013年8月，该企业成立了广东阳东金门风筝俱乐部，开展传统风筝的制作和放飞以及特技风筝的研究。这时候，勤奋积极的梁毅强被众人推举为风筝队的队长。

为活跃风筝文化，梁毅强经常组织队员赴外地参加风筝表演，曾多次代表阳江市参加全国、国际性风筝比赛，取得不俗的成绩，从2012年至2014年10月，共获得国内外风筝比赛二十四个奖项。2013年，他们参加第八届深圳（大梅沙）国际风筝节获得冠军奖杯，三个冠军奖项，他们获得了其中两个。2014年4月，他们带着长一百六十八米的长龙风筝参加第31届山东潍坊国际风筝会、"泰山平安"杯第10届世界锦标赛，荣获优秀风筝表演奖。2014年，梁毅强与队员联合制作了一只世界最长的风筝——五百米长龙风筝，并成功试飞三百多米。

随后，俱乐部更名为阳江市阳东区金门风筝协会，包括阳江昆仲特技风筝协会、孖发风筝俱乐部、金门盘鹰风筝队、金门风筝放飞表演队四个会员单位。短短两年间，梁毅强带领的金门风筝协会多次代表省市参加各类比赛，荣获团体和个人一等奖、最佳表演奖、最大最长风筝奖、最佳创新奖、最佳空中效果奖、优秀风筝奖等二十八个奖项，擦亮了阳江风筝品牌。协会现有八十六个会员，有一座面积两百平方米、以风筝为主题的非物质文化遗产展示馆。展示馆除具有风筝展览、制作、科教等功能外，还分别收藏古今中外风筝珍品及有关风筝的文化资料，介绍风筝发展的历史、分类、创新等，成为展示阳江风筝历史文化的一个重要窗口。

致力推动阳江风筝传承发展

对这样的成绩,冷静的梁毅强并不大满意。作为风筝团队的领头人,他已由最初的玩风筝行家,成为一个风筝匠人。他心中有个梦——风筝梦。

刚开始,梁毅强玩的是特技风筝。他经常带着风筝队到外地表演和参赛,外地人一看见阳江的传统风筝,就围上来观看。他们那仰慕的表情让梁毅强和队员对本土传统风筝也充满兴趣,便改玩传统风筝。

阳江传统风筝在历次国内外大赛中都取得优异的成绩,也曾代表国家出国表演、比赛,为祖国争得了荣誉。但玩传统风筝不久,梁毅强就发现阳江风筝面临着许多难题。

首先,阳江风筝仍处于父传子、子传孙阶段,风筝技艺后继乏人。阳江风筝是中国非物质文化遗产不可缺少的一部分,是传统文化之根、民族文化之魂,如果没有人的承载和传承,非物质遗产也将消失,这就是所谓的"人亡艺绝"。这个结果是每一个阳江人不想看到的,因此,金门风筝协会里的每个人,都自觉承担了一份继承、发展阳江风筝的责任。作为会长,梁毅强更是身体力行。他不但在最短的时间学到了高水平的放飞技术,还请来著名风筝老艺人阮嘉培做顾问。

他还广招人才,以提升阳江风筝的品位。阳江现代风筝制作的创始人之一陈福,擅长制作长龙、百足、灵芝、双桃、板子风筝的黄美荣,擅长制作软体风筝并获得国家专利的杨钊,专门制作硬板立体飞机风筝、板子风筝的黄义俊,阳江市风筝传承人郑荣发等,都被梁毅强队长礼贤下士请到协会,充实了协会的技术力量,提升了风筝的品位。他也从中学到不少制作传统风筝的绝技。

其次,现在玩风筝的年轻人少了。阳江风筝有很好的群众基础,但随着社会的发展，工作和生活节奏加快，喜欢玩风筝的人不多了。即使在协会里，玩风筝的年轻人也很少。如果现在不认真培养，风筝运动员也将后继无人。

为改变这一现状，梁毅强通过加大投入，并成功申请省非遗项目资金扶持等，推动阳江风筝传承和发展，同时加强协会建设，完善管理，使风筝协会走向规范化。此外，他还改进完善风筝展示馆配套设备设施，增加各种科教器材，提升群众对风筝的兴趣。

比如，通过实物展示、板报宣传介绍，让广大群众充分了解民族民间文化，了解风筝文化的类别、特点和传承、保护的状况；通过制作与放飞的专业技术培训，让群众感受我国丰富多彩的民间优秀文化艺术遗产，提升群众和广大风筝爱好者对保护传承优秀民间文化艺术的重要性和紧迫性的认识；通过组织一些户外风筝赛事、DIY风筝亲子活动，吸引更多群众投身传统风筝保护行列，营造风筝文化的氛围，引发更多的群众对传统风筝文化的兴趣和关注。

此外，他还举办传统风筝制作走进校园活动，培养学生对民间传统艺术的兴趣，提高学生的风筝制作技术、放飞技巧、风筝设计能力。将传统风筝文化传播融入制作和放飞过程中，让年轻一代感受到放风筝不仅是一种娱乐健身活动，更包含一种更高、更快、更好的体育竞技精神，从而热爱上这项愉悦心情的运动，在不知不觉中实现民间文化艺术的传承，成为传统文化传承的主力军。

随着对外交流的增加，梁毅强还注意到阳江风筝在制作工艺方面和先进地区有很大差距，主要是制作工艺粗糙。而造成这个结果的原因是制作者的文化层次较低，本地文化氛围欠缺精益求精的精神。一些风筝制作者以自我为中心，蒙蔽了自己的眼睛，阻止了自己的进步，也妨碍了风筝的发展。阳江风筝的优点是空中效果好，活灵活现。梁毅强觉得要传承发展阳江风筝，就要发扬优点，改正缺点，培养一批高素质的风筝制作队伍。同时政府有关部门要重视传统风筝的传承，在宣传等方面多加支持。

创新让他离匠人梦想越来越近

一直致力于推动风筝运动的梁毅强出于对阳江传统风筝的挚爱，不再满足做一个放飞员，决心做一个风筝匠人。

近两年，他不但自己勤学苦练风筝的扎制、绘画技巧，还鼓励队员大胆创新，加大风筝的科技含量。而风筝的创新主要体现在材料、结构和高科技的利用上。为减轻风筝重量让风筝飞得更高更远，梁毅强用碳纤维做盘鹰的骨架，让风筝经久耐用。在他的带动下，协会会员将LED灯带、闪光器、定时器和烟花，安装在风筝内外，使风筝在夜色中发光、闪光，在一定时间内，风筝的嘴里会喷出各色烟花，空中呈现出绚丽多彩的动感，带给人们美的享受。这些创新和改进，无疑对传播科学知识，提升群众科学素质，更大地激发群众玩风筝的兴趣，促进阳江风筝发展起到了积极的作用。

为挖掘阳江风筝文化，梁毅强加强了与本地风筝爱好者的交流，取长补短，共同进步。同时也加强与外地风筝界的交流，吸收外地风筝制作和放飞的先进技术，提高阳江风筝制作技术水平。现在，梁毅强制作阳江传统风筝的水平已有很大的提高，得到了阳江风筝制作老艺人的肯定，距离他做一个风筝匠人的美好愿望越来越近。

因为亲情恋上阳江

生活中，有不少这样的人，他们往往因为沉醉心中所爱，数十年如一日专注于某事，而不管结果如何。或者为了某个人，心甘情愿付出所有，选择另一种喜欢的生活。殷克诚，一位来自江苏省盐城市滨海县的父亲，为了能够与在外地工作的女儿生活在一起，今年5月，他做出了一个重大的选择：放下在滨海的一切，提早退休举家南下，来到千里之外的阳江定居。

为了爱女南下阳江欢度晚年

离开熟悉的地方并放弃自己的事业到人生地不熟的异地定居，这对年近六旬的殷克诚来说，是不是太不理智了呢？面对友人的疑问，殷克诚做了肯定的回答。

殷克诚觉得他最得意的"人生作品"，就是他的独生女儿。女儿自小就是一个聪明的好孩子，她乖巧懂事，是家里的开心果。家里有她，就有无限的生机与欢乐。她的欢声笑语，是殷克诚幸福快乐的源泉。平时，不管工作多忙多累，只要一回到家，看到女儿可爱的笑脸，殷克诚就浑身充满了力量。但是，女儿大学毕业后，通过公务员考试考入了阳江单位，成为一名公务员。由于工作繁忙，她在阳江工作多年，很少有空回去看望父母，即使逢年过节回家一趟，也是来去匆匆。车旅劳顿不说，单是女儿那份依依不舍的离别之情就让他痛苦了好久。随着年纪的增长，殷克诚夫妻对女儿的惦念也越来越深。在父母的眼里，女儿是个孤苦伶仃的旅人，他俩是空巢老人。作为一个事业成功的商人，殷克诚夫妇晚年可以说是衣食无忧，但在工作之余，他总是因为担心女儿的衣食住行、身体健康而寝食不安。考虑再三，为了爱女，也为了重温一家人其乐融融的温馨，殷克诚决定放下家乡的所有，提早退休，南下阳江和女儿一起快乐生活。

在阳江找到了新的感觉

殷克诚一家来到阳江后，暂时住在市区鸳鸯湖附近的一个小区。在来之前，殷克诚很担心自己不适应阳江的生活。但是一来到阳江，他便觉得阳江的慢节奏生活很适合他，对阳江的水土、气候和环境很快就习惯了，由衷地喜欢上了阳江这块宝地。他每天早晚都会到鸳鸯湖散步，看见鸳鸯湖上放的风筝，很是惊艳，对阳江文化也充满了好奇。但是，大白天还有许多时间无法打发，工作繁忙的女儿担心两老烦闷，劝父亲找一些感兴趣的事来做。

说起他的经历也有一些传奇。他喜欢书法，而且略有所成。殷克诚二十一岁就担任盐城市湖海艺文社理事，二十三岁加入江苏省书法协会，起了个笔名叫古成。他的书法启蒙，首先得益于他的堂叔。殷克诚六岁时，当时在中国政法大学读书的堂叔因为"文革"的影响而辍学回家。郁闷的堂叔

春天的声音

整天在家临摹一些名人书画打发时间。这种行为，对正是贪玩年纪的殷克诚很有吸引力。他发现堂叔画画，总是先画一个方格，然后按照原画的比例大小临摹下来，就像是一个十分好玩的游戏，于是他每天乐颠颠地跟着堂叔画画、写字。堂叔自然就成了殷克诚书画的第一个引路人。后来，他还受益于两位恩师，一位是他四年级的班主任左竹林老师，另一位是教他数学的初中老师。这两位老师让他毕生爱上了书法。不管后来是行医还是下海从商，他对书法始终热爱。

为了免除女儿的后顾之忧，殷克诚决定根据个人兴趣，开一家书法培训工作室。这样，他既可给女儿家庭的温暖，享受舐犊之情，又可做自己感兴趣的事，可谓一举两得。对于殷克诚的故事，不少友人都说他活出了新的感觉。的确，一个人一辈子能坚持一个高雅的兴趣不容易，能在晚年有机会专注于自己的兴趣更是难得。

用汗水浇灌多彩的人生

1958年出生的苏丹是一个室内外景观设计人员。对一个年近六旬的普通人来说，苏丹算是一个有福之人。他有一对儿女，如今既做了爷爷，又做了外公，家庭和睦，事业有成，让他整天乐呵呵的。但是，年轻时的苏丹却走过一条颇为艰辛曲折的道路，用勤奋和汗水闯出了自己的人生路。

边上学边跟亲戚学木工

苏丹是阳江市江城区人，小时候生活非常艰难，从没穿过一身好衣服。为了将来有谋生的手段，读初中时，十几岁的苏丹就跟做木工的表叔扯大锯学木工。

扯大锯对一个瘦弱的男孩子来说，是一件苦差事。苏丹跟着表叔到乡下给人做木工，他就整天扯大锯锯木，几天下来，累得胳膊都抬不起来，最后只得做了逃兵。到了暑假，苏丹又独自一人跑到广州跟舅舅学木工。读高中时，苏丹就买来锯子、斧头、刨子自学削木做凳子和马扎，算是掌握了一项谋生技能。当时，年轻的苏丹绝对想不到二十多年后会转过头来从事木工工作，并最终成为一名与艺术结缘的室内、室外景观设计者。苏丹说，他不得不承认，这一切仿佛有因果，无论他后来从事过哪些行业，最后还是回到了最初选择的木工行业。

艰辛曲折的创业之路

1966 年，苏丹在家乡读小学一年级。在那个年代，下乡劳动成了常态。苏丹虽小，但也要做力所能及的事，如挑担等。到三年级时，苏丹跟随大队伍把积肥从城区担到大放鸡（地名），也到过平冈等地支援春耕。1975 年，苏丹高中毕业后报名到北山林场蔬菜大队当知青。到林场后的第三天，就被组织安排去学开"手扶仔"。在林场开了两年手扶拖拉机后，被其他单位借去开了一年，然后又回到蔬菜大队。这时，队里的"手扶仔"已另外安排人开了，苏丹就被安排去腐竹厂做腐竹。腐竹厂要每天夜里两三点起床浸豆子、磨豆浆、熬豆浆、做腐竹、晒腐竹。这一道道工序做完，太阳才刚出来。对一个喜欢睡懒觉的年轻人来说，每天凌晨两三点起床，确实是非常累人的工作。因此，苏丹在腐竹厂熬了八九个月后，就去开大拖拉机，这一开就是三年，直到 1982 年知青回城。但是，苏丹没有回城，而是留在了林场。

改革开放伊始，思想活络的苏丹停薪留职跟一个朋友去广西做生意。但一年后，因生意失败又回到了北山林场工作。养精蓄锐一年后，苏丹闯荡江湖的雄心又起。这回，苏丹到粤东博罗的堂哥那里帮忙管理一个制衣厂。工作一年后，苏丹精通了整个制衣流水作业的程序，便回阳江一间制衣厂做了三年剪裁师傅。后来，一个老板请他开车，苏丹又做了一年多的司机。当老板知道他会木工后，就派他去做木工。这时，做了多种行业的苏丹仍不安分。他觉得木工的工资太低，就转行跟别人做室内装修。一年后，他自己创业拉起一支队伍从事室内装修。在这个行业做了七八年后，由于室内装修市场低迷，苏丹便改做室外景观工程，一直到现在。

与艺术结缘，生活有底气

苏丹的创业之路虽然艰辛曲折，但他最后还是取得了成功。这除了他的敢闯敢拼，还缘于他与艺术的情缘。

苏丹的父亲曾从事过电影放映工作，退休后专门学国画，后来成为省美术协会会员。在他的影响下，苏丹几个兄弟姐妹，除了弟弟之外，其他几个都从事与艺术有关的行业，苏丹的一双儿女也不例外。现在，苏丹接到的景观设计业务，差不多是一家子在接力做。

当然，苏丹的创业除了艺术渊源，还与他个人的不懈追求有关。苏丹家里的书房放满了有关园林设计的书籍和作品。他说："一个人只有不断地学习，才能提高自己的能力。当考虑一个设计方案，觉得没有灵感时，就查找相关资料。"

做了十多年室外景观工作，苏丹比较有代表性的作品有鸳鸯湖跌水水景等。纵观他的创业之路，笔者认为苏丹非常幸运，因为他生逢一个好时代。没有党的正确领导，一个勤奋、上进的劳动者是无法闯出一条个人的康庄大道的。苏丹的创业史，正是国家发展的一个缩影。

春天的声音

铭记，与太阳一同升起

人间四月，北山公园春意盎然，绿树婆娑，花香淡淡，鸟语清丽。一级级的石梯从山脚下往上延伸，似引领登山运动的人走向一个梦寐以求之地。

但这天的北山公园似与往日有很大不同。天空灰蒙蒙的，没有一丝风，空气似乎停止了流动，又冷得让人哆嗦。树的叶子像树下默哀的人群般低垂着头……

是的，这是一个祭奠先烈的日子。早晨，当我匆匆赶到北山公园参加集体组织的祭奠仪式时，穿着庄重衣服的人们已经整整齐齐地站在烈士纪念碑前开始拜祭。

"一鞠躬！"随着主持人庄严响亮的声音，我们一起向烈士鞠躬；"二鞠躬！"声音刚停歇，我们再一起向烈士鞠躬；"三鞠躬！"我们又齐刷刷地鞠躬。三次鞠躬完毕，就按照顺序从右向左绕烈士纪念碑一圈，结束祭拜。

这时，我才发现烈士纪念碑周围摆满了祭拜的花圈。看着花圈里黑黑的"奠"字，本就压抑的心情更加低落，眼泪竟不知不觉地流下来……

阳江北山烈士陵园是为了纪念各个革命时期牺牲的阳江籍烈士以及外籍在阳江牺牲的革命烈士。他们生前都和我们一样有渴望、有追求。或许,他们是父亲,希望养育孩子,让孩子茁壮成长;或许,他们是孩子,希望孝顺父母,让双亲安度晚年;或许,他们是恋人,希望时刻陪着恋人,让恋人幸福快乐……但因为生在国家弱小不堪的战乱年代,他们为了国家、为了民族、为了人民,宁愿牺牲自己的一切。他们的确是我们心中永远的英雄!而我,仿佛在瞬间体会了他们献出生命时的痛苦与不舍,以及舍我其谁的豪迈气概。如今,他们长眠在北山脚下,日夜目睹着祖国日新月异的可喜变化,应该可以告慰当年的赤子之情吧!

在我们祭拜之后,烈士纪念碑前还站满了等待祭拜的人。他们有各个单位的职工代表,也有各个学校的学生代表。他们排着整齐的队伍,但都低着头,神情肃穆。是呀!在英魂之前,有哪一个人不心怀敬仰呢?

第五章

春泥篇

蔡昕 作品

/ 第五章 春泥篇

白鹭飞处

满眼的流光溢彩。世界好像除了蓝色的天、绿色的地、黄色的土,再没有什么了。

人间四月,正是一年最美的季节,我们走进群山连绵的广东省古村落——阳东区新洲镇北桂村。车子在绿色的画卷中行驶,道路两旁长长的节瓜爬满了高高的篱笆,但那瓜苗还使劲地向上生长,勤劳的瓜农便把长高的瓜苗往瓜棚里绕。忽然,一种洁白的颜色,像羽毛,从浓绿的远处缓缓飘来。它们排成两行,雪白的身影在碧野中摇曳,恍如天外来客。

"一行白鹭上青天",是杜甫诗中的白鹭!我又惊又喜,只盼望这珍稀、美丽的鸟儿飞近再飞近。可是,时间仿佛和我作对,来不及让我与身边的友人分享,就让白鹭在我的视野中消失了,就像它突然出现一样。我有些惘然、怅然,但蔓延的绿不断变换着姿势安慰我。我唯有沉默,把大地的情义填满心中,以致那白鹭变得有情有义,和我作对的时间也变得有情有义。世间有什么是不变的呢?逝者如斯夫!能留下什么呢?我能在眨眼之间与白鹭邂逅已不知是哪世修来的缘分,还奢望什么呢?但那白鹭飞处究竟是个怎样的地方呢?我一下子充满了向往。

春天的声音

终于来到北桂村,首先迎接我们的是村前平静如镜的池塘。镜子里高高低低、大大小小的房屋静默着,蓝天、白云静默着,蓬蒿、浓密的树林静默着。古村落不见人影。在上午和煦的阳光下,它仿佛成了一棵树、一朵花、一棵草,和大自然融为一体。但是,池塘边白色的两层小楼房、古朴斑驳的青砖瓦房和高耸的碉楼似乎告诉我们:不久前,这里确实居住了不少人,演绎了一段辉煌的历史。

极目绿色的原野,畅享明媚的阳光、清新的空气、珍贵的含硒水。恍惚间,我似乎看见了白鹭的身影,它们正呼朋引伴朝一个美丽的地方飞去。

我们到访的第一站是竹海。

竹海是名副其实竹的海洋,就在北桂河两旁。绿色的竹子倒映在水中,好像河里也种满了翠竹。一来到竹海,我就不由自主地想起潇湘妃子。"潇湘妃子"的典故是古代传说中舜帝的妃子娥皇、女英哭夫而自投湘水,死后成为湘水女神,即称作湘妃。《红楼梦》原著里,黛玉的雅号也叫潇湘妃子。宝玉挨打受苦,黛玉作诗题帕,也曾自比湘妃。如此深情的竹子就在眼前,而且浩如烟海,怎能不让人动容呢?岸上竹影苗条,河里波心荡漾,不正好是天生一对!在此处尽情划着竹排的游人自然是他们传情的信使……当我还沉浸在无尽的遐想中,石栈道到了。

石栈道就在竹海中。徒步穿梭在千米石栈道,一种恍如隔世的感觉就溢满心中。身边的友人也不停地感慨:"什么都不做,就这样走走停停,感受着竹林宁静的气氛,呼吸着满鼻的清气,就恍若神仙了。"是呀,久居闹市,何时如此近距离地亲近过大自然?

依依不舍地出了竹海,就到了陈桥。陈桥,是一座单拱石桥,是赵氏子孙为了纪念历史上的"陈桥兵变"而命名。周围绿树翠竹生机勃勃,桥下河水清澈见底,可见潺潺流水中鱼儿在嬉戏。站在陈桥上,我们追思历史,畅想未来,仿佛看见了一个宋朝古村落。

过了陈桥，就来到河仔村。河仔村在 1958 年以前叫河仔圩，在民国时期是农产品贸易中心，阳江人要走两天到这里赶集。古圩还有镖局、客栈、河仔桥。河仔桥对面是古码头旧址，平均水深十米，八公里外是南海出海口，水陆两便。现在的古圩却破败不堪，人迹稀少，只见两个年迈的农妇在忙着下地劳作。问起古圩的历史，她们也无暇应答。我们瞻仰了古圩遗迹，在狭窄的小巷中拍下了一个个珍贵的镜头。仿佛在寂静的镜头下，可以让昔日古圩的繁华复活。但是，人世的沧桑在造物主眼里就像大海里的一滴水，掀不起任何波澜，倒是村前屋后一百四十八棵千年古树以其茂盛的生命力彰显了自身的价值。这片茂密的古树林或许正是白鹭的家。我的心感觉距离白鹭近了。

我们沿着弯弯曲曲的山道来到了马庙山水源处。惬意地用泉水洗手洗脸，再掬泉水而饮，一股清凉就沁入肺腑，脸上和手上的皮肤也像牛奶般光滑。原来含硒的小分子泉水，有一部分已渗进皮肤。在马庙山三百二十多米高的泉眼处，我们看见了一股细细的泉水涌出来，几乎清不可见。可是，就是这么一小股泉水，日夜不停地流着，每天竟然可提供两千桶山泉水，还可用来制作本地豆腐。我唯有慨叹自然的神奇。

忽然，我们在马庙山的南边仿佛看到了五十重山。朦朦胧胧的远山在眼前不断地延伸，无法计算，一条连着一条的弧线就像马的脊背，它们扬起四蹄往一个方向纵情奔去，脖子上的鬃毛像一面面耀眼的旗帜向后飘扬，好像万马奔腾。和着潺潺的流水声，我们成了那兽脊上微微颤动的松树。"家，这是白鹭的家，也是我们的家！"我坚定地想。近在咫尺的三仙娘娘之所以与我们为邻，就是想日夜守护着我们的美好家园，让我们的日子就像她钟情的吊钟花一样美丽……

夜色弥漫，我们匆匆告别了北桂村。从此以后，我相信白鹭飞处的青山绿水一定常入梦中，而且那可爱鸟儿翩翩的身影也一定夜夜飞来。

端午雷州行

转眼,一年一度的端午节又到了。在这个国人祈祷安康的节日里,让我想起那年的端午雷州行,让我大开眼界,感触良多。

时逢五月龙舟水,刚出发时,老天就不作美。一路风雨兼程赶到国家级历史文化名城——雷州,已是晚上六点多钟,但这里太阳却还老高。我是慕名来观看雷州东岳风筝赛的。东岳风筝赛发源于宋代,盛行于明清,距今已有七百多年。由于风筝制作比较简单,而且放飞容易,老少咸宜,又是一项户外娱乐健身运动,因此深受广大人民群众喜爱,长盛不衰,至今已发展成全国性的赛事。

雷州东岳庙

观赏雷州风筝赛,雷州东岳庙不可忽视,因为雷州风筝节主要就是城北村东岳庙和风神庙主办的。该村因为对保护和传承风筝节的组织活动具有系统性和规范性，且群众基础较好，风筝制作工艺精湛，技术领先，2014年还被授为雷州风筝节保护和传承单位。雷州风筝节则被授为我省第四批非物质文化遗产保护项目。为迎接雷州风筝节的到来，几天之前，友人就在这里帮助城北村民扎风筝之王——过冬姆，扎好后就存放在风神庙旁边。

据史料记载，城北村东岳庙，始建于宋淳祐六年（1246），约一千两百平方米，庙内祀有五岳大帝、康王大帝、班帅侯王、春夏秋冬十二花母等神。臣民共祀，以祈江山巩固，风调雨顺。东岳庙建在硬山顶，中轴线布局，由山门穿天井拾级而上是花母殿，再经礼亭达五岳殿。右侧附祀风神庙，内祀宣仁昭泰风伯神。东岳庙至今已有七百多年的历史，六朝古迹的历史天空上群星闪耀，贤良忠勇仰如山斗，名流精英纷至沓来。

过冬姆风筝的传说和东岳风筝赛的起源

刚吃过晚饭，友人就说带我去参观东岳庙，还说那里颇具地方特色。这对于特意在端午节前夕赶来雷州猎奇的我当然具有极大的吸引力，便在夜色弥漫中开始了一段谜一样的旅程。

农村的夜总是黑得彻底，但今晚的城北村却灯影绰绰，宁静中似有一股神秘的力量在流淌。这气氛让我不由自主地想起不久前友人和我说的一个有关雷州风筝之王——过冬姆的民间传说。

话说很久以前，有一年，雷州老鼠为患，州府为了治鼠患想尽了一切办法，但是老鼠还是很猖狂，为害一方。这让爱民如子的州官寝食难安。一天夜里，他梦见一位神仙。神仙在梦里告诉他让一只大鸟抓走老鼠。醒来后，州官认为是神灵给了他启示，于是就派人仿造大鸟的样子制造了一只巨大的风筝——过冬姆，放到天空上吓跑了老鼠。从此，雷州不再有鼠患。

春天的声音

过冬姆风筝自然就成了神圣之物，每年端午都要扎一只来放飞。放飞后还要把糊在风筝上的纸撕下来，收藏在家里高高的地方，祈求神灵保佑一年兴旺发达、妻贤子孝。

不过，这个民间传说和史料有差别。史料上说雷州端午节放风筝的来历一是因为雷州半岛多风雷肆虐侵袭，百姓惨遭其害。古雷州府设风云雷雨山川坛祭祀，以求风调雨顺、国泰民安。至清嘉庆十四年（1809），署府怀沆在北关外重修飓风坛时建风神庙，并且每年端午节在位于距离风神庙左边五里坡的古校场赛风筝以颂风神。二是因为雷州半岛三面环海，与东南亚一带国家商业往来频繁，古雷州城夏江是我国古代丝绸之路的始发港之一。为了祝祷风神保佑，祈求商船平安，免去海上风险，官府倡导放风筝祭风神在当时是一种负责任的政府行为，就像我们现今很多地方由政府出头搞一些节庆一样，一为顺应民心，二为招徕商家，还可以搅热旅游，发展地方经济。

不过，不管哪种说法，都反映了古代雷州人民性格刚毅，敢于冒险与开拓，具有包容、博大的胸襟，渴望过上美好的生活。这也正是雷州海洋精神文化的风格。

东岳庙前的雷剧

"雷州真的有神灵保佑吗？"我忍不住问身边的友人。"不知有没有，但雷州人是相信的。你看，这不到五百米的村道，随处可见狗头石像和香炉。"友人边说边指着路旁依稀可见的狗头石像和香炉给我看。这无疑更增添了城北村的神秘感。

忽然，一阵悦耳的音乐传来，仿佛给黑夜划开了数道口子，前方的灯光更亮了。我们情不自禁地加快了脚步。啊！我看到了小时候的戏台！那木头做的长板凳，那台前或坐或站、黑压压的人群不正是我小时候在乡下看戏的情景吗？但又好像不是。家乡的戏台上空没有飘飘的彩带，也没有红红的灯笼！台上咿咿呀呀的大戏我也不熟悉。

"我们已到东岳庙，为了庆祝端午风筝节，城北村民习惯从初一到初五请人唱雷剧。"友人及时提醒我，并拉着我去参观东岳庙。

东岳庙与戏台面对面，但地面比戏台还高。我们沿着阶梯登上东岳庙门口，即可居高临下观看雷剧。我看着观众一动不动的后脑勺，就可知道剧情是多么精彩、引人入胜。可惜我不懂雷州话，一句也听不懂。只见那些身穿戏服的演员眉目如画，一举手一投足、一颦一笑都韵味无穷。但是，在那个亮如白昼的舞台上传来的古老苍劲的乐曲还是让我如闻仙乐。我就是在这袅袅歌声中走进东岳庙的。

夜访东岳庙

东岳庙的大门口亮着一盏日光灯，把红底烫金的"东岳庙"三字照得一清二楚。字左右两边和上面画着的各路神仙也一览无遗。庙里灯火辉煌。站在庙门往里看，不时可见进进出出匆匆的身影和一重一重的门楼。

但是，我被庙门两边的两副对联吸引了。一副是用红纸写的应景对联。横额为：端阳佳景。上联为：北门五月讴歌赛鹞庆端阳；下联为：海国中天擂鼓舞狮欣盛世。一看见这副对联，我就对第二天的端午节充满了期待。那纸鹞满天飞、人山人海的盛况仿佛已出现在眼前。

第二副为乾隆辛卯年，吴应铨为雷州东岳庙山门撰联"木德发生基在坎；岳灵钟秀萃于南"。吴应铨是广东海康人，乾隆武举，历任江苏苇荡营参将、直隶通州协副将、云南开化镇总兵。这让我想起有关东岳庙的一段历史文化。

春天的声音

据相关历史记载，清康熙三十四年（1695），陈瑸掌教雷阳书院期间在东岳庙开设平民义讲，手书"思无邪，公生明"并勒于石碑上，时人把东岳庙也称为"陈学庙"，一直流传至今。遗憾的是，右碑"思无邪"在"文革"时被毁，现在只存下左碑"公生明"。嘉庆十五年（1810），陈昌齐在东岳庙设帐讲学，题匾"以木德王"。时有当地百姓矛盾不决，都来东岳庙找陈昌齐评理，均得以和解而归，雷州衙门几年里几乎成为摆设，至今，雷州还流传着"去东岳庙评理"的谚语。道光二十四年（1844），杨鳣在东岳庙设帐讲学，题匾"兴云致雨"。光绪二十九年（1903），陈乔森在东岳庙开设道学馆，题匾"仰如山斗"。每有好友到访，陈乔森都邀其前来东岳庙论道，旁听者摩肩接踵，时人又把东岳庙称为"道学庙"，一直沿用至今。

由于雷阳书院陈瑸、陈昌齐、杨鳣、陈乔森等四任山长在东岳庙设帐讲学，从而奠定了东岳庙在雷州文化史和教育史上重要的地位。

一进入庙里，就看见左右两边白色拱门里的"左威""右德"。接着就是天井了。天井的左边有一面黑板，刻着古今名家的书法。有的字迹已模糊，但中间刻着的一个大大的"神"字特别惹人注目。细看下面还有八个小字"以人为本，神在心中"。走进白色的拱门就是花母殿，上面的横匾上写着"仰如山斗"四个烫金大字。再经过摆满供品的礼亭，最后才看见香烟缭绕的五岳殿上五岳大帝等神的尊容。出来的时候，友人拉着我到应花母安胎送子神像前说这里求子特别容易，善男信女只要虔诚地奉上数根香，诚心祷告即可如愿。真有那么神奇吗？我们姑且理解为当地人民寄托繁衍后代的急切心愿吧。

风神庙前观壁画

在东岳庙右侧的风神庙庙门较小，也没有东岳庙那么鼎盛的香火。除了门口有数盏灯亮着，让我可清楚看见"风神庙"三字和门楣上刻着的两幅古人放"过冬姆"风筝的壁画外，门里只有数点微光，让人望而生畏。这使我不得不放弃瞻仰庙里的风伯神，也不得不放弃观赏庙旁放置的"过冬姆"风筝。

不过，我仔细观赏了古雷州人放冬姆风筝的壁画，这多少给了我一些安慰。壁画上放风筝的人多为青壮年，也有老人和小孩。青壮年身穿黄色的衣服，高仰着头，拿着粗大的风筝线，一个接着一个排成整齐的队形，齐心协力在广阔的天地间放风筝。那风筝似一张张的帆，把雷州人民渴望丰衣足食的美好愿望放到高空，然后落地开花、结果……

不知庙里的乾坤是何年，当我参观完东岳庙和风神庙，庙外的雷剧还没演完，观众依然沉醉其中。而我，一个异乡人踏入这神秘的土地探视一番，又得匆匆离开。今夜，那莫名的雷剧是否会在梦里唱响？明天的雷州风筝节是否值得期待？

雷州风筝节

第二天一大早我们就起来了，因为友人还被邀请来雷州风筝节上卖风筝。但是，天公好像不作美，阴沉着脸，像一个嗔怒的少女。友人说："端午节来雷州卖风筝五年了，今年第一次遇到这样的天气，如果下雨就没戏了。"我安慰他说："没事的，神灵会保佑风筝节顺利进行的。"友人笑着回答："阴天也好，阳光暴晒一天的感觉也挺难受，浑身流汗，衣服没有干过。"可是，当我们到达比赛场地，把所有风筝摆出来的时候，嗔怒的少女竟然抽泣起来，让我们又慌忙把风筝收拾好，然后望着变幻莫测的天空发呆。

少女的眼泪不多，但一滴滴似断线的珠子，格外引人怜惜。我一边想象美人梨花带雨的样子，一边惊喜地发现这雨并没有阻挡雷州人参加风筝节的热情。随着开幕式时间的越来越近,比赛场地上风筝队越来越多,观众也越来越多。这些人都没准备雨具,有的戴着普通的遮阳帽子,有的干脆什么都没带,浑然不在乎美人的泪水。瞧他们那满脸的喜悦和期待,好像还挺享受似的。

一、过冬姆风筝

巨大的黄色过冬姆风筝被抬进场了!全场发出一阵喝彩声。但是,近十个青年男子托举着过冬姆风筝出场的奇特着装也一下子吸引了我的眼球。他们有的穿着淡绿色的上衣和裤子;有的穿着黄色的上衣和裤子;有的上身披着一件长袖的黄色风衣,下面配着一条不同颜色的裤子。戴的帽子虽然都是草帽,可装饰得很别致。每顶帽子上面都包了一层刺绣着各色各样花朵的绸布,花朵上面还镶着耀眼的塑料珠片。顶部则包了一块剪成四个心形的绒布,再用毛线做成一朵小绒花镶嵌在中间。帽檐上悬挂着五颜六色的穗子,一戴在头上,就随着头部的动作而颤动,或被风吹得摇摆不停。这顶做工精美的帽子和过冬姆风筝一下子激发了我的兴致,便勇敢地冲进雨帘近距离地欣赏它们。结果,一个可爱的城北村妹子友好地送了我一顶帽子。我高兴得连声道谢,马上把帽子戴在头上,就冒着细雨欣赏过冬姆风筝的庐山真面目了。

过冬姆风筝像一个穿着黄马褂的鹏鸟躺在土坡上。那庞大的身躯把一个几十平方米的小土坡完全盖住了,鱼翅般的翅膀和燕子似的长长的尾巴只能向土坡下面的平地伸展。它的头微微上翘,只看见红红的弧形大嘴。尾巴是一根竹竿,上面夹着六把镰刀。过冬姆风筝估计重四十多斤(未含粗缆索),3级以上的风才会飞起。筝身(主体)长7.8米,宽3.12米;尾长8米;双翅各长10米;鸢身及两翼面积共约八十平方米。风筝身上喷有几个大字"东岳国泰民安，风调雨顺"。我从没见过如此巨大、独特的风筝，瞬时对雷州人民的想象力充满了敬畏。昨晚在风神庙所见的壁画又出现在眼前，对几十个青壮年放飞风筝的情景更是期待。或者，不止我一个人期待，风筝场上每一个不怕风吹雨打的观众都翘首以待。

二、游神

雷州风筝节开幕式就在这种期待中开始了。瑞狮舞起来，关部关的大鼓敲起来，关部关的少年鼓仔队也闪亮登场，风筝放起来，雷歌唱起来……

当我又被那古老苍劲的雷歌吸引时，友人忽然来到我身旁催促道："快！快去看游神！""什么游神？""就是一项风俗活动，群众性大游行，有彩车、锣鼓、幡旗等，吹吹打打，乡土气息浓厚，场面壮观。"我和友人的对话一结束，就看见一支穿着古老服装的队伍热热闹闹从风筝场外的大街走过。"哦？有这样的游行，我可不能错过！"我拿着相机飞奔而去。

游行队伍已走过了一半，我决定先看后面的，然后再追到前面去看。迎面走来一队队穿着各种古装、各色衣服的男男女女，他们有的举着旗，有的没有举旗，但是那旗子的种类、颜色已经够多的了，有六国旗、八宝幡、葫芦伞、八卦旗、五色旗……有红、绿、黄、蓝……让人眼花缭乱。有的击鼓鸣锣，在道士的指引下，扛着庙牌，抬着康王大帝、班帅侯王、宣仁昭泰风伯神三尊神像，浩浩荡荡经过。还有的牵着马，推着装有各种仿古用具的车子慢慢悠悠走过……前面的则是狮龙开路，依次是穿着古装的东岳庙游行队伍、关部关大鼓队、少先队员鼓乐队、关部关少年鼓仔队……这么长的游行队伍鼓乐喧天地在大街上走过，惹得大家都挤在大街两旁观看，每个人眼里都装满了神奇和惊叹。

三、舞龙与舞狮

当游行完毕，大家就挤在主席台前观看舞狮舞龙表演。这时，人们暂时忘记了风筝赛场上的风筝，都被热烈的鼓声吸引过来，围成一堵一堵的人墙，简直是水泄不通了。我挤到最前面，给拿着龙珠的舞龙队员拍照，也亲手拿起了龙珠，心里的那份满足一瞬间就填补了多年对龙图腾的向往。而当看见舞龙的雷州青年那股子使不完的劲头和蓬勃的朝气，心里又为这些年轻人自豪。瞧呀！他们多么团结！多么快乐！多么健康！多么勇敢！多么聪明！整整大半个小时，他们都在舞呀！跳呀！穿呀！转呀！吆喝呀！那青龙、黄龙仿佛在海中游弋，又好像在云中翻腾！观众都屏住了呼吸，只有那鼓点越来越急、越来越响，在红色的土地上空回荡、回荡……

舞狮的也不赖。锣、鼓、钹都敲响了，睡狮醒了，饿了，在寻找食物。它在窥测方向、发现了食物、欢天喜地、过桥、采青……一系列活灵活现的表演，把狮子的睡、醒、喜、怒、疑、惊等神态表露无遗，真是一项集武术、舞蹈、乐器于一体的综合性艺术！

丰富多彩的群众艺术表演，让我忘记了时间的流逝。而当我被另一种更响亮的喝彩声吸引过去时，才发觉时间已不知不觉到了下午三点多。这时，嗔怒、闹别扭哭了大半天的少女仿佛也被逗笑了——淅淅沥沥的雨停了，太阳出来了！

四、雷州风筝赛

如火如荼的风筝比赛正在进行。由几十个青壮年扯着的过冬姆风筝飞起来了！但是，又因为风力太小降下来了！人们的心随着这一升一降七上八下，反倒忽略了其他翱翔长空的风筝。但是，却丝毫影响不了孩子们的快乐。他们在父母的带领下，围着友人的风筝小卖部叫嚷着买自己喜欢的风筝，然后亲手把风筝放上天去。那一双双小眼睛洋溢出来的快乐，把天空都装满了。而他们小小的心愿在风和日丽下第一次飞得那么高、那么远！

嘉庆《雷州府志·岁时民俗》曰："童子放纸鸢。"道光《遂溪县志·礼仪民俗》载："童子以风筝为戏，谓之'放殃线'。"民国《石城县志·礼仪民俗》更备述其详："自初一至五日，童子以纸鸢戏，谓之'放殃'。偶线断落人屋，必破碎之，以为不祥。"在这里，风筝又成了不祥之物，放风筝等于放走灾殃，落入人家，无疑带来灾难，非捣碎不可，这是雷州放风筝的古俗。今天的雷州小孩应该是放飞幸福！放飞快乐！放飞健康！放飞梦想！

雨后初晴的风筝赛场上万鸢齐飞，蜈蚣、龙、凤、蝴蝶、喜鹊、八角、雄鹰等各种各样的风筝撒满了整个天空。只是，那只最大的过冬姆风筝还没飞起来。或许，那些小风筝只承载着各自主人的美好心愿和梦想。而那只风筝之王——过冬姆，则承载了所有雷州人的梦想，所以它才放飞得那么艰难，非天时地利人和不可。正因如此，当它翱翔蓝天的时候，才能赢得我们更响亮的喝彩！

百折不挠的雷州小伙们仍在不停地放飞过冬姆。当太阳都疲倦了的时候，风筝之王终于猎猎作响，扶摇直上，翱翔天空！这也意味着雷州风筝节的圆满结束。

可是，在我，雷州风筝节却永远地活在我的记忆里了。在风筝之王的巨大剪影下，我仿佛看见雷州人民在那片红土地上传递的顽强生命意志，那战天斗地、高高翱翔的理想之光永远不灭！

春天的声音

赶海的故乡

初夏的一天,和朋友坐车经过故乡。刚想把故乡介绍给他,故乡却已迷失在陌生的环境中了。原来,故乡那片海边滩涂,现在几乎全变成了一个个鱼塘,差不多与海陵岛相连。我心里焦急起来,连连叹息:"唉!我怎么会找不到故乡了呢?故乡的海成了这个样子,故乡的人到哪里赶海呀?"朋友安慰道:"有了这海量的滩涂,你的乡人哪里还用得着赶海?"我一听,急得团团转的心顿时平静下来,就喜悦地说:"但愿如此!但愿如此!"话刚说完,一丝丝的遗憾竟由心底涌起:不用赶海,赶海的故乡就再也回不去了。

故乡与海陵岛隔海相望,就在海陵大堤入口的东面。村子的西北面有一条北位河。一到夏天,河里就荷叶田田,荷花飘香。向南面走过长约三百米的田间小路,登上一条围海大堤,面前就是一望无际的大海,海边的滩涂有着各种各样的海产品。小时候,不管春夏秋冬,只要大海退潮了,一有空闲,我就和村里的孩子相约去赶海。

泥虫,是家乡味道鲜美的海产品之一,一般生活在红树林里面。记得五六岁时,我们刚扛得起锄头就学着长辈去红树林外边挖泥虫。但纯粹是玩耍性质，家里人也不指望我们这些小屁孩能挖到什么。可是，玩上半天，我们大抵也可以挖到半碗，只是太吃力了，因为泥虫藏在很深的泥土里，而且那些海泥黏性很高。我们选一块有着许多圆圆小洞的泥土，一锄头下去，要喘一口气才能把泥土挖上来。因为动作太慢，很多泥虫不等我们看见，就缩回小洞里去了，只能偶尔抓住那些来不及逃跑的。尽管有着许多泥虫的红树林成了小孩子热切的向往，但我们挖泥虫，是绝对不敢进入红树林的。故乡的红树虽然不算高大，一般高两三米，但枝丫相连，十分茂密。一走进去，小孩子很容易迷路，而且那些支持根、呼吸根长得到处都是，一不小心就会被绊倒摔跤，或者被早已砍断的尖利的枯树根戳伤脚。所以只有成年人才敢钻进去挖泥虫，或者掏海鸟蛋。我们这些小女孩去赶海，就只能遗憾地望红树林而兴叹，而且都得小心翼翼，防止受伤。

小孩子去赶海，最适合捡螺仔和捉鲦仔。

螺仔有青螺和白螺两种。青螺仔像小孩小指般大，白螺仔则比小孩子的小指还小。两种螺仔的尾部都尖尖的，形状、大小相似，只是颜色、嘴巴不同。以前，小贩到我们乡下收购，两三分钱一斤。现在，根本没有人捡，也没有人卖。那时，两种小海螺却是我们一家大小的美味。我经常在下午放学后就到海边捡螺仔，太阳下山之前，可捡到两三斤，装满一个小篮子。第二天一早，曾祖母就会把螺仔煮熟，再从勒树上摘一根又硬又尖的针刺，把螺仔肉挑出来。中午放学，一回到家，就可以吃到清甜可口的螺仔肉了。

鲦仔学名叫跳鱼。故乡的海里有狗鲦、鉴鲦、花鲦三种。狗鲦土黄色，是三种鲦仔中体型最小的，却是我最喜欢吃的。在青黄不接的三四月，背着用稻草把口子堵得严严实实的鱼篓，到海边滩涂里捉一两斤肥肥的狗鲦回来，一煮熟就露出满肚子金黄的鱼卵，那鲜美的味道就算是王母娘娘拿仙桃来交换，我也是不答应的。鉴鲦青黑色，比较瘦长，一看就不大好吃。鉴鲦和狗

春天的声音

鲦比较容易捉，我们只要看见它们钻进洞里，先用手堵住洞口，再用脚往洞后用力一踩，就可逮住它。春天刮东南风的夜晚，父亲和村里的其他男人就会打着手电筒去海边照鉴鲦，往往收获颇丰。花鲦个儿最大，淡蓝色的鱼身上有淡淡的花点，像穿着淡雅衣服的美丽姑娘。可是，你千万不要被它漂亮的外表所迷惑。它天性狡猾，弹跳力极强，喜欢生活在膝盖深的海泥里，最难捕捉。我看见一些外地人，用竹织的鲦笼，放在滩涂上捕捉它；我们本地人没有这样的工具，是很难捉到的。

小时候我最喜欢的是跟着父亲出海捕鱼。父亲每次赶海，总把渔网挂在肩膀上，背上大大的鱼篓就昂首阔步走出家门。我只管乐颠颠地跟在父亲身后就行了。父亲撒网捕鱼一般会选一个有厚厚海沙的地方，人踩上去，就像走在硬地板上似的，还要有膝盖深的海水。父亲的渔网一撒进海里，不久奇迹就出现了，一些两三指大的鱼儿就在网里拼命挣扎，溅起一朵朵浪花，想要挣脱渔网的束缚。这时，父亲会叫我去把鱼儿从网上摘下来，放进他背着的鱼篓里。

最刺激的赶海，是我和小伙伴相约去"捉泊"。"捉泊"一般在炎热的夏天。那时，我们才七八岁，还干不了农活。当长辈们都忙着夏收秋种的时候，家里的菜碗就指望我们了。

"泊"是一张长长的网，有的可长达几百米。涨潮时，泊主用小船载着泊来到海边，挂在原来埋好的一根根竹竿上，牵成一个直角，下面用泥巴压牢。退潮时，人把鱼往直角里赶，就可收获围在里面的鱼虾蟹。村里没有人围泊，我们便跟在围泊的外乡人身后捉鱼，这就是"捉泊"了。不过，大鱼大虾都是围泊的人先捉了，我们只能捉一些漏网的小鱼小虾。我们还不能跟得太近。太近了，围泊的人就会用海水泼湿我们的衣服；有时，甚至用海泥和着海水泼在我们的身上，我们很快就成了泥人。就算如此，我们也心甘情愿成为小泥人。为了盛满家里空空的菜碗,为了劳累一天的亲人有一顿丰盛的晚餐,我们非得跟紧点不可。我们个子矮小,方便钻在网根里捉鱼。网根下有许多小鱼小虾,有时还可以踩到螃蟹和蛤蜊。但也有可能摸到鬼婆鱼,那就倒霉了。因为鬼婆鱼的刺会扎伤手,不但会出血,还会痛很久。

"捉泊"的过程如此紧张激烈,好像要从别人手里抢走一些鱼似的。但是,围泊的人不恼,我们也不怒,仿佛没有这一泼一抢,就太没意思了。有时,他们见我们古灵精怪的样子,还会高兴地夸上两句,泥水也少泼一点。他们稍一放纵,我们就跟得更紧。当我们把小小的鱼篓装满后,那种内心的满足简直无以言表。

"捉泊"是如此有趣,而"捉泊"前后与小伙伴们一起玩乐也挺有趣。比如到菜地里摘甜瓜,到番薯地里采白花籽,都是我们每次"捉泊"前的保留节目。

往往距离退潮还有很长时间时,我们就背着鱼篓,拿着捕鱼工具出门了。但那短短的几百米路程,我们走了小半天还走不完。我们先到每个小伙伴家的菜地里察看那些甜瓜的长相,然后看谁家的甜瓜长得好,就摘谁家的来吃。甜瓜凉凉甜甜的,在赶海前吃上一两个是清热解暑的美味。吃完了甜瓜,我们就到番薯地里一边疯跑,一边采摘酸甜的白花籽吃。白花籽有小小的白色五瓣花,一般长在番薯地里。它会一边开花,一边结出圆圆、小小的果实。白花籽花期很长,可以从仲春一直开完整个夏季。白花籽的果子刚开始是绿色的,成熟后就变成黑色。但有一种白花籽自始至终都是绿色的,只是到了成熟的时候才稍稍变淡,好像透明的碧玉。这种白花籽的果实最甜,我们就特意寻找它的果实来吃。

"捉泊"回来后,我们会到北位河里一边洗澡,一边挖莲藕吃。会游泳的小伙伴负责潜入水里拔莲藕,我这个旱鸭子则蹲在河边把衣服洗干净,坐享其成。吃完了莲藕,我们还会在河里玩水。有一次,大家鼓励我学游泳,可我刚往岸边游去,河水就把我往河中央拖,我只得慌忙喊救命,逗得同伴哈哈大笑,从此就再也不肯学了。

少年时的赶海像温暖的阳光照耀着我平凡的人生。可惜,现在的故乡再也不能让我重拾这份美好。那天路过匆匆一瞥间,我也没看见荷花和红树林的影子。当年天然去雕饰的海边滩涂,已被一个个围起来的鱼塘切割成无数的小块,它还好吗?当年海边滩涂栖居着的无数小生灵,它们快乐吗?

故乡!但愿你一切安好!而且越来越好!

过年的模样

我的家乡在阳江市高新区沙头垒。在我心中,家乡过年有许多模样。

小时候,母亲经常告诫我们要干干净净过新年。一到腊月,乡里人就开始大扫除。不但自己家要搞得一尘不染,村子周围、巷道、角落的垃圾杂草也要清理干净。不过,腊月廿三除外,要暂停一天。传说每年这天灶君公都要上天堂向玉帝报告人间百姓的生活。搞卫生的人如果让尘埃熏着灶君公,灶君公一生气,就会向玉帝打小报告。这人一年到头就会行霉运了。所以,家乡过年最初的样子是除秽迎新。

家乡过年的第二个模样是祭祀多。我们乡下,逢年过节需要祭拜祖先(俗称拜神),新年的祭祀仪式特别繁多——除夕晚上团年要祭拜,年初一早上新年要祭拜,年初二早上开年也要祭拜。我家有三间房子,每间房子都设有祖先堂。于是,我的祖母和母亲依次就要祭拜三次,所花时间就是人家的三倍。所以,每年春节,我家吃团圆饭是最晚的。新年饭和开年饭也是如此。

家乡过年的第三个模样是贴春联和放爆竹。

春天的声音

贴春联代表着喜庆吉祥。一般要在除夕这天上午把家里的大门小门贴上对联，还要分清对头对尾。如果贴错对联，不但被嘲笑没文化，还会走霉运。因为家里房子多，我又是家中老大，所以自小就勇挑重担，帮助父亲贴春联。除夕早上，父亲一把春联、香糊放到桌子上，我就马上找来剪刀、刷子帮助父亲剪门神、广钱，刷香糊。然后，又迈着小短腿跑上跑下给父亲递对联、门神、广钱，兼做小眼镜看看贴得正不正。

家乡人拜神是必须放爆竹的。新年祭祀多，放爆竹自然也多。所以，除夕和大年初一、初二，噼里啪啦声不断。特别是除夕的夜晚，想要安睡几乎不可能，因为这天夜晚十二点之前要放爆竹赶鹤神。真的是"爆竹声声除旧岁"。

穿新衣和做糕点也是家乡过年的模样。穿新衣和吃玛籽是我小时候最渴望的。因为那时人们刚刚解决温饱，平时很少有新衣服穿，也很少有玛籽吃。春节穿新衣，既应了除秽布新之意，也实现了大人小孩穿新衣的愿望。吃玛籽则可饱腹解馋，又可品尝多种家乡美食。

家乡人节日做的糕点，品种多样，单是春节就有粉酥、油糍、酥角等。春节前几天，乡里人就开始做粉酥。我祖母做的粉酥总是酥酥香香的。因为别人做的粉酥，表面是用猪油压实抹平，我祖母做的，则是用鹅油压实抹平的。油糍和酥角则可以在春节前两天做，或者在年初一做。春节前做的，一般是做来拜神和自家人吃；年初一做的，多是用来走亲戚。因为开年后，就可走亲戚了。

走亲戚要给小孩子派利是，自然走亲戚和派利是又成了家乡过年的模样。自家人给自家长辈和孩子派利是，通常在除夕吃过团年饭后。给长辈派利是意在添寿，给孩子派利是则意在添岁，都是希望老人和小孩平安健康、大吉大利。

对于大多数人来说，春节是最清闲的日子。所以，平时疏于走动的亲戚、朋友就利用这段时间走动走动，联络感情。小时候，我经常跟着祖母走亲戚。

祖母用扁担挑着两篮子粉酥和油糍走在前面，我迈着小脚丫走在后面。近的，走一个小时左右就到了；远的，要走两三个小时。但我乐此不疲，因为既有玛仔吃，又可拿利是，还可认识许多亲戚，见识各地的风土人情。

成年后，我在城里工作和安家，过年的模样又有所不同。

记得有一年，我首次逛新春花市。各色各样的鲜花摆满了整个灯光球场，直看得我眼花缭乱。一种开着浅蓝色的花，如梦如幻、冰清玉洁的水仙更是让我惊艳万分，爱不释手。最后，我抱了一盆水仙花回家，才心满意足。

挂满红灯笼的公园和街道不管在白天和夜晚，都给人们满满的视觉冲击和震撼。这中国红让我们感受到新春的吉祥如意，也感受到生活的红红火火，更感受到祖国发展的蒸蒸日上。

家乡过年的模样随着时代的变迁，一定会有不同的变化。但只要人们追求美好生活的愿望不变，复兴中华的中国梦不变，过年的模样一定会更加丰富多彩，也一定会更加美丽多姿。

金山植物公园记忆

记忆中，金山植物公园以前叫森林公园。

叫森林公园时，我去过两次。第一次是随三姑一家去的。那天，三姑约好了几个要好同学举行野炊烧烤活动，大概有三家人吧。我恰巧陪一位远方的朋友到阳江玩，三姑便邀请我们一起去了。当时，森林公园还很荒僻，一眼望去都是茂盛的山草，人走进去，真的好像走进了莽林。但是，在烟熏火燎中，在滚得起泡的浓汤中，景色美不美并不重要，重要的是那份难得的友情铭刻于此时此地。

第二次是陪小表弟、小表妹一起去的。那天是春节假期，公园焕然一新，有五颜六色的鲜花和各种各样的小动物。小家伙们都兴趣盎然，像放归山林的小鸟，呼朋引伴，展翅翱翔，不亦乐乎！童真与童趣便永远留在了公园的每一个角落。

再次见森林公园好像隔了一个世纪。此时，森林公园已更名为金山植物公园，在外漂泊多年刚回到家乡的我好像是在报纸上见到它的大名，又好像是坐车时一瞥而过，但都没留下什么印象，也想不起自己曾经到过此地。直到有一天，有人对我说金山植物公园就是以前的森林公园时，我才对它充满怀念与憧憬。

终于忙到年末，又盼到春节假日，便一家人陪着老爸老妈到久违的金山植物公园一游。金山植物公园张灯结彩欢迎我们，那倒挂在郁郁葱葱林木上的小红伞也像一片热情的海洋把我们淹没。可是，体弱的母亲却因腿脚不便，刚走进南门不远就说累了，我们只好马上陪她回家。金山植物公园的崭新形象却萦绕心头，与日俱增。

熬不过心中的想念，一逮到闲暇，便一家人或早或晚到金山植物公园游玩。公园当时设施还没有完善，一切都还在建设中。但久居闹市的我们却好像找到了一个世外桃源，在广阔山林尽情嬉戏，在天然氧吧自在吐纳，在万花丛中流连忘返。公园林间的小路就永远留下了儿子稚嫩的脚步和我们的亦步亦趋。

那年夏天，母亲的身体特别不好，我便鼓励母亲到植物公园的天然氧吧里吸收负离子，排解身体的废气。母亲最终答应前去。喜滋滋地陪母亲去了几次，她觉得身心舒服多了，就不管多忙都抽空带她去。

一天傍晚，天刚下过大雨，空气特别清新，一走进公园，只觉浑身清爽，不知不觉就和母亲走进了公园深处。天黑时，才发现迷路了。母亲很着急，我安慰她说："不急，公园有几个出口，走哪条路都可出去，我们慢慢找，一定可以找到来时的路。"母亲听了我的话，像个孩子似的安静下来，就跟着我，不急不慢地走着，有时还和我说几句悄悄话。安抚了母亲，我觉得很开心。但我不能掉以轻心，因为夜晚有许多骑自行车锻炼的人，我得提防他们不小心碰到母亲。当我们小心翼翼走出公园时，母亲问："刚才你怕不怕黑？"我很奇怪，不知母亲为何这样问，就疑惑地说："不远处有路灯嘛，怕什么呢？"

春天的声音

母亲一听,轻轻地呼了口气说:"你小时候很怕黑,我担心你怕黑,才故意着急,分散你的注意力的。"我听了母亲的话,只觉得心里一动,眼睛一热,泪水就要流下来了。但我不想让母亲看到,连忙抑制内心的激动说:"哦,是吗?我还真有点怕呢,谢谢您!"在母亲身边,我情愿永远做她的乖孩子,但我又必须长大、坚强,才能照顾好她。想不到金山植物公园的夜晚也这么美好,在深深夜色中挥之不去的是浓浓的亲情。

最近一次去金山植物公园是今年初夏。此时的公园美景不可同日而语。早上九点,公园游人如织,有散步的,有舞剑的,有练拳的,有游玩的……公园新建的景点大展魅力:公园音乐厅让摄影爱好者流连忘返;元山湖的鸭群、鹅群吸引了大批小朋友,欢声笑语不时响起;植物科普展馆也门庭若市,人们观赏那有趣的、珍稀的、常见的各种各样的植物标本之余,还不停地拍照留念……公园的植物争奇斗艳,韵味独特。同时呈现红、橙、绿三色的红车像一群青春美少女似的站在南门口欢迎我;当我站在东成亭欣赏那接天莲叶无穷碧时,左边茂盛的芭蕉就会热情地邀请我下雨的时候来欣赏雨打芭蕉的至景;当我迂回曲折走过南洋杉母树林、茶花园、加勒比松林区、野牡丹科区、元山湖湿地,来到棕榈科区,看到形状像手掌的来自非洲的旅人蕉,一股游子的孤独情怀便油然而生。于是,我羡慕那微不足道的芒萁可以在公园任何一角紧紧依偎着大地母亲,也瞬间理解了花草皆生命,枝叶总关情的含义……

恍惚间,我觉得金山植物公园就像身边的一位至亲好友,它留给我的记忆是那么温暖、那么深情。我也觉得金山植物公园是我们大家的公园,它留给我们的记忆各不相同,但已成了我们生活不可缺少的一部分。不管过去或者未来,我们都会因为它的存在而生活得更美好、更幸福!

/ 第五章 春泥篇

那方热土

很久以前，看见一幅摄影作品，家乡就那么直观地出现在眼前。那是一片广袤的土地，青黄的大地上，一堆枯草燃起袅袅烟雾。雾霭中，落霞满天，远山如黛，一棵枝丫繁茂的老树守望着晚归的飞鸟。

其实，我的家乡背靠小河，面临大海，没有广阔的原野。一年种两季水稻的田野，一眼就可望到边界。但于我，一个离开家乡二十多年的外嫁女，家乡不管是以前，还是现在，都是无边无际的。那里盛满了我的喜怒哀乐，也盛满了家乡人渺小而朴实的渴望以及梦想得以实现的窃喜。家乡就像一个贮满水的池子，一扭开关，如水的相思就流溢出来了。

我对家乡最早的记忆是从人们口耳相传中获得的，那是曾祖父做生产队长的时候。据说，那时人们很贫穷，饥一顿饱一顿。为了解决家乡人的温饱问题，曾祖父总是起得最早，公鸡还没打鸣就叫社员们下地干活。他们积肥除草，劳碌不停，让家乡的土地越来越肥沃。但是，温饱问题依然未能解决。不过，幸好生活还算安定。

春天的声音

当我父亲做生产队长时，不但继承了曾祖父勤劳的美德，还开辟了许多荒地，种上各种经济作物。家乡的土地一年到头都不闲着，家乡人的菜盘子也就越来越丰盛了。但是，家乡人仍是过着农耕为主、赶海为辅的生活。他们安守本分，每天日出而作、日入而息，过着和睦、平静的生活。哪一家有困难，大家会过来帮忙；哪一家有喜事，大家也会过来祝贺；哪家闺女生了孩子回娘家，每户人家一定会派一个长辈拿着利是过来，祝愿孩子快快长大。

我的童年就在这淳朴的民风中度过。每天睡醒就在村里纵横交错的小巷间嬉戏玩闹，不知愁滋味。

当我上三年级的时候，改革开放的春风吹遍了祖国大地。家乡，这小小一隅才发生翻天覆地的变化。

最大的变化是分田到户。这激发了所有人的热情，让整个小村庄都沸腾了。村里的每个人都好像有了一份职业。平常日子，难得寻到一个闲人，不是去种地，就是去赶海、放牛。农忙时节，更是早出晚归，恨不得一个人作两个人来用。

每到春耕时节，即使春雨霏霏，天没亮，女的就穿着雨衣出门拔秧插禾，男的则戴着斗笠，扛着犁耙，吆喝着水牛到自家地里耕田。不一会儿，宁静的田野就撒满了人。人声、鸟语、牛叫声、犁耙翻动泥土的声音把料峭春寒赶得无影无踪。而一页页绿色唯美的篇章也在眨眼间被一双双巧手书写完成。

炎炎夏日，欢叫的打禾机在汗水的浇灌下，步伐更加轻快了。弯腰弓背割禾的小孩则被父亲叫到田埂上略作休息。但就是这短短的休憩时间里，严格的父亲却还不忘对稚儿谆谆教导。他想让知晓劳动艰辛的孩子更加珍惜时间，懂得学习知识的意义，从而走出一条与父辈完全不一样的道路。

这时，稻浪滔滔，人语悄悄，在打禾机歌颂丰收的咏叹调里，人们充满了对未来的殷切希望。

渐渐地，村里人不再死守着家里的一亩三分地，许多青年一过完春节，就三五成群到珠三角打工去，直到年末才回来。于是，一年的收获里不但有成堆的稻谷，还有城市的气息。小孩子活泼健康，变得越来越聪明；小伙子和姑娘赶时髦，变得越来越精神；中老年人睿智踏实，变得越来越慈祥。

渐渐地，越来越多的小孩背上书包上学去。他们不但读完初中，还读了高中、大学。出外打工的青年不但赚了不少钱，还增长了见识。有的在外面开始学做生意，有的则回来挖鱼塘养鱼、养虾、养猪，做养殖专业户。这些养殖者每年辛勤劳作七八个月就有可观的收入，其余时间则熙熙而乐。

渐渐地，田野变了样。家乡的田野不但有水稻，还有星罗棋布的鱼塘、虾塘。播种时，不再是单一的绿色；丰收时，也不再是满眼的金黄色。水波粼粼的池塘倒映着蔚蓝的天空，倒映着多姿多彩的田野，激励着每一个勤劳朴实的家乡人创造更美好的生活。

渐渐地，大海变了样。人们不再满足于退潮时在海边滩涂上捡拾的小小收获，他们要在大海边挖更大的鱼塘，收获更多的财富。海边的滩涂被人承包了，当年的赶海人不少就是承包者。他们主要工作就是在退潮的时候，戴着草帽，穿着防水服，到海里早就围起来的渔网里捉鱼虾。

当然，这些勇敢的"弄潮儿"无一例外地首先发家致富，一幢幢两三层的水泥钢筋结构的新楼房向村子东西两翼延伸。而随着养殖业的发展，个别头脑灵活的青年最先嗅到了商机。他们在村口建一两间小屋卖鱼虾饲料，洗脚上田成了精明的商人。

家乡，这块沉寂了无数年的土地，终于像一轮红日喷薄而出。蒸蒸日上的光芒照耀了家乡每一寸土地，温暖了家乡每一个人，创造了一个又一个传奇。

忘了谁最先成了大老板，忘了哪个家庭最先搬到了城市定居，忘了哪个孩子最先考上大学，忘了哪个年轻人最先买了小汽车……忘了，都忘了！只

春天的声音

知道家乡越来越多经商者,越来越多的家乡人定居城市,越来越多的孩子考上大学,越来越多的小汽车停满了村中小路……

但是,那些脚踏实地、和蔼可亲的家乡人,我又怎能忘记呢?他们既是传奇的缔造者,又是我成长路上的良师益友。他们在家乡这方热土上留下的足迹,是我毕生难忘的。

不能忘记的是二伯婆。二伯婆年已九十,早在十多年前就随儿子到城里享福,但是身体硬朗,有闲情还回家乡点点豆、种种番薯。这与她吃苦耐劳的精神分不开。二伯婆不像一般农村妇女有着大嗓门,也不喜欢走家串户说闲话。她勤快地干着自己所能做的一切,像春雨般润物细无声。如果不是孩子惹她生气,或者谁把她开垦的荒地侵占了,她绝不会高声说话。年轻时,二伯婆去赶海,一整天可以滴水不进。中年后,二伯公因病离开了她。她忍着悲痛,用柔弱的双肩挑起了一家十口人生活的重担。

不能忘记的是昆姆。她命运多蹇,几年间接连失去一个孙子、一个儿子。但这不改她的善良与热情,始终温和友好地待人。在田间小路偶遇我母亲,总是有说不完的话题;一见到我,就像见到自己的孩子一样嘘寒问暖。农忙时节,她一忙完了自己的农活,就赶来帮我们插秧。我们到城里居住后,偶尔回趟老家,一遇到她,她就会把自家种的蔬菜赠予我们。

不能忘记的是和我父亲同辈的两兄弟——邵伯和福叔。他们是最先回家承包土地,挖塘养鱼虾,还兼种田地的人。因此,不但白天要忙,晚上也要忙。记得那时村里刚有了电视,晚上便有许多人聚到有电视的人家看电视。但是,只有这两兄弟始终不去,说那些都是假的,看了浪费时间,倒不如多干点活,过好自己的日子。

不能忘记的是二弟。他是个坚强、有担当的男子汉。他很早就结婚生子,承担起养家糊口的责任。他也很早就开始创业,年纪轻轻成就了一番事业。

但是，生活总不会是一帆风顺的。正当盛年，他就遇到很大的挫折。不但生意失败，欠下了巨债，家庭也不完整了。二弟哥没有一蹶不振，而是重新出发，开创美好的新生活……

正是因为有了家乡这些可爱的人，家乡才在党和国家的正确领导下呈现了勃勃生机，有了脱胎换骨的变化。今天，在国家建设新农村的宏伟蓝图下，相信家乡人会爆发更大的热情，建设我们的家乡！

真希望有一天回到老家，我能看到更美丽的家乡。即使"儿童相见不相识"，也没有遗憾。

春天的声音

翩翩归来报春燕

天地间，一张巨大的雨帘垂了下来。刚开始，是几滴、十几滴，落在鱼塘，像绽开的几朵、十几朵鲜花。接着，像断线的珠子，鱼塘成了花的海洋。然后，便密密麻麻的，花海微波荡漾。最后，水面涌起一层烟雾，不断地弥漫，大地就成了一个蒙着面纱、婀娜多姿、美丽迷人的仙女。

新修整的塘堤变得更潮湿了，黑黝黝的泥土散发出浓烈的芬芳。不远处，那忙着放鲩鱼苗的三个汉子动作麻利，配合默契，似乎毫不在乎这春雨。一个没戴帽子的穿白衣服的壮汉在车上用网兜捉鱼，两个戴帽子的精瘦男子在车下等待，一接到鱼就立刻沿着塘堤赤足跑起来，到了合适的地方，就把网兜里活蹦乱跳的鱼儿小心翼翼地放进水里，然后，又马上往回赶。一回、两回、三回……他们在泥泞的塘堤上如履平地。

丈夫在我身旁说："真不好意思，是我的车子刚才挡了他们的道，害得他们挨雨淋。"儿子接着说："好大的雨，好长时间没看见这么大的雨了。"我很想说："这雨大吗？比这更大的雨，都不影响家乡的人在田野工作呢！"但我始终没有说出来,怕打扰这暂时被雨主宰的美妙世界,思绪就在这迷蒙春雨中回到了遥远的过去。

那个夏日让我毕生难忘。那年我刚上初中,弟弟们年纪尚小,家里二十多亩农田就靠父母和我姐妹两人耕作。为了赶农时,母亲总是三更半夜就起来做家务,天刚蒙蒙亮,就拉我们下地干活。父亲则比我们更早地下地了,他得赶在早饭前把水田耕好,等我们吃完早饭时,就可以插上秧苗了。中午,母亲一般不回家吃饭,她总是让我们带饭出来,美其名曰:野餐。但那天,我们不想让母亲过度劳累,就央她回家,让我们也尝尝"野餐"的滋味。

天气很闷热,正午的太阳像火般炙烤着大地,秧苗的叶尖被烤焦了,秧田裂开了一道道缝隙,像一张张饥渴难耐的嘴巴。田野间没有一丝风,汗水顺着头发、脸颊往下掉,背部的衣服被汗水沾湿,又被猛烈的太阳晒干,但那滚滚的热浪还想把人蒸发掉。

突然,天空暗下来,还吹来一丝丝风。我惊讶地抬起头,瞧见西北方向黑漆漆的,仿佛半个天空就要掉下来。"西北水,西北水就要来了!"不知是谁喊了一声,接着就看见附近几个拔秧的人站起来,似乎要回家,但有更多的人一动也没动。我和妹妹本就不打算回家,因此趁着天凉继续干活。

忽然,一道白色的光在眼前一闪,接着就听见低沉的雷声,仿佛一只猛兽正在竭力地压抑满腔的怒火。我和妹妹都吃了一惊,停下手中的活向西北方望去。只见乌黑得发青的天边又一道闪电,像一只巨人的手撕开了一张厚厚的黑布。紧随着的雷声震耳欲聋。风也不甘示弱,鼓起腮帮猛烈地吹,瞬间沙飞石走。这可急坏了赶着回家的人,他们得用一只手抓住帽子,遮挡飞扬的尘土,一只手捂紧被吹得凌乱不堪的衣服艰难地往前走。一道一道的闪电、一声一声的雷、一股一股的风终于占了上风,西北的云山崩塌了。豆大的雨点借着风势像千军万马疾奔过来,一下子让干燥的大地扬起漫天尘土,

春天的声音

一下子又把尘土冲刷得无影无踪，只余白茫茫的一片。我和妹妹瞬间就被淋个透湿，骤然遇冷，不由得都打了个寒战。秧田里裂开的口子咕嘟咕嘟地猛喝，一下子就喝够了。一会儿，水漫上了脚面，又漫上了我们坐着拔秧的矮凳子……

大雨来得快，去得也快。仿佛天上打开了一道水闸，把田地灌满后，就立刻关上了。风停，雨收，太阳出来了，我和妹妹哆嗦着用力拔秧。

相对于豪爽的西北水，我更怕那绵绵的阴雨。分田到户的时候，我刚读三年级，但每当学校放农忙假，我都得跟在长辈的身后从早忙到晚。春寒料峭，在雨中干活，不管穿着多严密的防雨工具，冰冷的雨水都往我瘦小的身体里钻，总把一部分或者大部分的衣服弄湿。一回到家，我就冷得麻木，须得马上换上干衣服，还得曾祖母推拿、按摩，冰冷的双腿才暖和过来。可我从来没有听见长辈喊一声苦、一声累。我也就不敢喊一声苦、一声累，渐渐地，我学会了坚韧顽强。我的双手依然稚嫩，我的双肩依然瘦弱。但面对一望无际等待收割的金黄稻田，我不再皱眉头，而是埋头苦干；面对那焦急等待插上秧苗的白茫茫水田，我也不再害怕，而是一棵一棵耐心地把它插满。

祖祖辈辈不畏艰辛的精神，似乎潜移默化地传承到了我的身上，让我明白"做"字的深刻含义。做，就是辛勤的付出，只有辛勤的付出，才会有所收获；一切困难，只有行动起来，才有可能迎刃而解。

后来，当母亲和我讲起她小时候没饭吃，也没衣服鞋子穿，我就哈哈大笑；当母亲和我讲起她小时候随长辈到农场割柴，被一阵大风连人带柴刮到水渠里，我也嘲笑她的弱小。但内心，我其实对母亲怀有无限同情和敬仰，在那个物资匮乏的年代，年幼的母亲能熬过来，已经比我强多了。只是她生不逢时，没有遇到伟大变革的时代。只是，有一点是可以肯定的：不管生活在哪个时代的家乡人，他们的勤劳坚韧和改天换地的精神都是不可小觑的！

仲春的雨还在酣畅淋漓地下着，看它不急不忙的样子，仿佛了解我此时此刻的心情。对于一个出嫁十多年才携夫带子回家乡一趟的女儿，有多少往事要重温，有多少亲人要相见！

表哥已下完鱼苗，他热情地邀我进屋里坐。可我情愿站在屋檐下，看着这家乡的雨，看着这雨中的家乡。

春天的田野再也看不见绿油油的稻田，再也看不见忙忙碌碌的身影，只看见一口口在雨中静默的鱼塘和尽职尽责的打氧机。塘堤上一尺多高的疯长的野草似乎告诉我水里有众多蓬勃的生命，也似乎让我看到刚犁完田地的大水牛正在津津有味地啃着沾着雨水的嫩草。

可是，表姐的话却让我清醒过来。记得刚回到村口，走进表姐开的华海饭店时，她就对我说："现在乡里没有农民，只有老板，平时到我这里吃饭的，很多是乡里承包鱼塘的老板。"家乡人不用再过面朝黄土背朝天的生活，这是社会发展的必然结果，也是我日夜盼望的结果。我便问表姐生意怎么样。孙子已上一年级，但风韵不减当年的表姐马上露出洁白整齐的牙齿开心地笑了。我也就不再多问。

在表姐的饭店，我还意外地看见了在家乡承包鱼塘的表姑。一向乐呵呵的表姑人到中年，身材有点发福，古铜色的脸上还保留着少女时代的几颗雀斑，脖子上戴着粗大的碧玉镶金项链。表姑一见我，就热情地呼唤我的小名。当看见我诧异的样子，又笑着解释："你表姐见我这几天空闲，就请我来打扫卫生，准备迎接旅游旺季。这饭店生意可兴隆了，一到夏季就高朋满座，全都是到闸坡旅游的人，车子都没地方放了。"家乡就在海陵大堤附近，是国家 AAAAA 级旅游景区——闸坡的必经之地，想不到做农民的表姐却在此看出了商机。我惊喜地看着表姐，表姐点头微笑。我就打趣着对表姑说："表姑，你不是早到城里买房了吗？有空不会到城里享清福去？你自己就是一个老板娘，哪还用给人家打工？"表姑说："忙惯了，闲不住，城里的房子就让儿女住吧。""不会吧,谁有清福不会享?你是为了赚私房钱吧?"我继续和表姑开玩笑。表姑更乐了,她笑哈哈地说:"你表姑丈承包了二三十亩鱼塘,好时年可赚个二三十万,不好时年也可赚个十来万的,我是家里的财神爷,哪用存私房钱?"这回,我是认真地竖起大拇指夸奖表姑了。表姑却摇摇头,谦虚地说:"这算什么?邻村那个养虾苗的,一年赚几百万,那才厉害呢!他的弟弟也因卖鱼虾饲料发大财了。"我好奇地问:"那个谁呀?这么大的老板,我竟没听说过?"表姑就详细地给我介绍。我听了方知,原来那个人我早认识。

当我还很小的时候,今天这个一年可赚几百万的老板一家却很穷。他有一个年纪很大的二哥,因为没钱娶老婆,便将就着娶了一个带着孩子的北方女人。可结婚没几天,这女人就嫌他家穷,带着孩子偷偷跑了。后来,他二哥再婚,结果也一样,便心灰意冷发誓再也不娶妻了。这老板和他两个弟弟也是年纪比较大了才娶妻生子的。想不到才十多年不见,当年穷得叮当响的一家人却已富甲一方。

别人这么富有,当年家里也很贫穷的表哥怎么样呢?我心急地向表姐打听表哥的近况。表姐说:"你表哥也成了老板,赚的钱虽没人家多,但过日子足够了。他家的鱼塘就在附近,你可驱车去找他。"于是,我们就去拜访表哥,恰巧遇到他买鲩鱼苗回来,且刚回来,老天就普降甘霖。我很想走进雨里,再次感受被家乡雨沐浴的滋味,可苦于没多带衣服,唯有痴痴地赏雨了。

忽然,一个敏捷的黑色身影嗖地穿过雨帘,一闪就不见了。我有一种异常熟悉的感觉,就好像是看见了亲人。我透过雨幕,极目远眺寻找它的存在。那黑色的精灵仿佛听见了我内心的呼唤,一眨眼就神奇地出现在我眼前。原来是家乡的燕子!那曾经在房梁上、屋檐下筑巢的家燕!除了刚飞走的那只,从密密斜织的雨里,又翩翩飞来三只报春的使者——燕子!它们就像我刚才所见的三条汉子一样,毫不畏惧风雨。在风雨里,燕子灵活地上下翻飞,是织女手中的银梭；在风雨里，燕子自由地翱翔，是大海里跳跃的鱼儿；在风雨里，燕子展翅高飞，是天空中离弦的箭。瞧它短短的剪刀似的尾巴垂直向下，圆圆的栗色的小脑袋高昂着，狭长的黑色的翅膀有力地扇动着，和燕子有关的记忆便如雨中的春草一样葱茏。

当一家老小，全家动员耕田种豆、挖渠引水、看牛插秧的时候，也是"晴丝千尺挽韶光，百舌无声燕子忙"的时候。它们叽叽喳喳在田野上空低飞，忙着衔泥筑巢，捉虫育雏。燕子的巢是把衔来的泥和草茎用唾液黏结而成的，内铺以杂草、羽毛、破布等，还有一些青蒿叶。当碗状的巢筑好后，它们就开始养儿育女，每年繁殖两窝，时间大多在三至八月间。乳燕出生后，那声嘶力竭的叫喊声，更让燕子妈妈忙个不休。白居易《燕诗示刘叟》中的诗句给予了此刻的燕子最恰当的描绘："梁上有双燕，翩翩雄与雌。衔泥两椽间，一巢生四儿。四儿日夜长，索食声孜孜。青虫不易捕，黄口无饱期。觜爪虽欲敝，心力不知疲。须臾十来往，犹恐巢中饥。辛勤三十日，母瘦雏渐肥。"

不懂事的时候，我曾嫌它们肮脏，屡次用长棍戳它们的巢。但家中的长者总是耐心地对我说："燕子是吉祥之物，它们繁殖得多，害虫就少，丰收也就在望了。而且，燕子是有灵性的，它们只飞到善良的人家筑巢，哪个家庭有燕子，哪个家庭就兴旺发达。"接着，还教我一句民谣："燕子衔泥塞大海，有鱼吃有鱼嗳。"我不知道这是不是真的，也不大理解这句民谣。但后来，我不再戳燕子巢了，家里的境况真的越来越好。上小学一二年级的时候，我的学费总要迟交，老师一询问，我就羞得低头不语。但不久，大概是不戳燕子巢之后吧，我就可按时缴交学费了。自此，我对燕子就有了一种愧疚感。特别是读高年级后，知道燕子是益鸟，几个月就能吃掉二十五万只害虫，它们筑一个巢也很不容易，心里就更愧疚了。为了减轻这份愧疚感，我就把自家屋檐下的燕子当作亲人了。插秧的时候，每当看见燕子整齐有序地站在高

春天的声音

高的电线杆上,侧歪着头像长辈一样殷切地看着我,就觉得有使不完的劲。闲暇的时候,每当听到乳燕饥饿的叫声,我就会搬来梯子给它们喂食,还经常冲洗它们掉下的白色粪便。见我如此厚待它们,燕子好像也挺重情重义的,它们穿着花衣,不管路途有多么遥远,也不管历尽多少艰难险阻,年年春天双双飞入我家门。

现在,这雨中流连的燕子是否就是我家的那些呢?它们是来寻找旧主人,还是别有来意?

表哥再次热情邀我进屋里坐,我不好意思拒绝,只好依依惜别雨中的燕子。坐在表哥看护鱼塘的小屋里,我询问表哥养鱼辛不辛苦,表哥说:"不辛苦,一年从开春三四月份开始忙碌,一般到十月份就忙完了。""这养殖鱼虾的,与什么有关系呢?"我又问。表哥说:"与天气、水中的温度、营养、环境等有关。我们这里全是露天养殖,人工喂养,要有收获,除了科学喂养,关键要看老天爷赏不赏脸。有一年,我在大热天里捉鱼,因为鱼塘水量太少,很多鱼被烫死了,亏了不少;还有一年,我想把虾养到清明前卖掉,但遇上倒春寒,虾全冻死了,又亏了不少。"我为表哥深感惋惜,便问:"那现在呢?""现在好多了。所谓'吃一堑,长一智',在十几年的养殖中,我积累了一些经验,也学习了一些科学养殖方法,算半个专业人士了。但是,近年来,因为高新区开发,进来了不少污染严重的工业,对种植业和养殖业有不小的影响……"表哥侃侃而谈。

看着朴实、自信的表哥,我仿佛看见了他美好的未来,就问他一些家事。表哥说:"父母老了,需要孝顺,幸亏现在生活好了,不但家庭收入可观,乡里每年有分红,而且国家有养老金、医保。""乡里怎会有分红呢?"我非常疑惑。"乡里近海的滩涂也让一些大老板承包了,他们每年上缴的承包费,每个家庭大概可分几千块。"表哥解释道。我点了点头,又问他儿女的情况。

表哥说:"儿女基本都已成家立业,只有最小的儿子还没成家,但也可自食其力了。"我说:"表哥,那你可高枕无忧了。"表哥说:"还没呢。现在家乡的生活是越来越好了,也出了不少大学生,可乡里人的综合素质水平还有待提高。我希望多学一些种养知识,赚更多的钱,为国家的富强尽自己的一份力。"我敬佩地看着表哥,心里想:这哪里还是一个老实巴交的乡下人呢?家乡的人,确实让我刮目相看!

不知何时,春雨已不见了踪迹。或许,它已深深地渗进泥土里,滋润了万物,也催生了许多新事物,而且还在不断地努力酝酿着。我走出表哥建立在塘堤上的小屋,再次眺望家乡的大地,觉得空气更清新,视野也更开阔了。碧空如洗,近处是数不清的鱼塘,塘堤都长满了茵茵绿草;远处是崭新、林立的楼房,呈现出祥和之气。此刻,我突然有一种茅塞顿开的感觉,"燕子衔泥塞大海,有鱼吃有鱼嗳"这句民谣其实寄托了家乡人远大的生活理想。他们,像燕子一样具有衔泥塞海之志,这不是现代的愚公吗?今天,这个理想,在一代又一代勤劳、勇敢、开拓、进取的家乡人的努力下,终于实现了!而燕子般的亲人,就是我那可亲可敬的家乡人!翩翩归来的燕子呀!你就是为了向我传达这一喜讯的吗?

万里晴空下,那齐刷刷、黑压压站在高高电线杆上鸟瞰大地的燕子好像又出现在我眼前。在它们一如既往的殷切目光下,我看到家乡人再接再厉,在党的宏伟目标下,正迈开大步,潇洒地走在新的征途上,致力于实现更美丽的家国梦!

春天的声音

人生若只如初见

——阳西东水茶园印象

东水山地处阳西县、阳春市、电白县三地交界处，属云开山脉支脉勾漏山脉，习惯称望夫山，是境内最高山地。主峰鹅凰嶂海拔1337.6米，为阳江第一高峰、粤西第二高峰，素有"阳江屋脊"之称。就在这个群山连绵、高山围绕的小山上有一片一望无际的茶园，初次相见，就有相见恨晚之感。

我们从阳江市区出发，驱车走了一个多小时，行程一百多公里，绕着弯弯曲曲的山路，终于驶到仅能让一辆汽车上去的东水山脚下。

在这个山路口，有一幢旅店兼饭馆的白色小楼。陪同我们去的明仔在这里请我们吃了一顿简单却难得的午餐。这顿午餐没有山珍海味，全是山肴野蔌，菜色也很清淡。但我却吃得津津有味，特别是一味白切猪肉配一小碟盐的菜，让从不吃肥肉的我连吃几块还想吃。那肥肉口感没有一点肥腻，蘸上一点盐又香又甜。吃饱后，同行的朋友想到小楼旁边的小店买一些东水干竹笋，我们便随同前往。一到小店，朋友就和精明、清瘦的店主讨价还价，很快就成交。听店主说干竹笋、茶叶、蜂蜜是东水的三件宝贝，我们也想买一些回去。正在讲价，明仔结完账走过。店主一见到明仔，热情地打起招呼，并请我们喝茶，说是朋友。这回好了，一切好商量，茶叶和蜂蜜都以朋友价卖给我们，买了干竹笋的也退回了一些钱。对如此敬重朋友的东水山民，我甚为欣赏。想起刚才那一顿可口、难忘的午餐，大概就是因为主人性情纯朴、重情重义之故吧。

接着，店主还和明仔谈了一下东水山上的野山茶，说他刚采茶回来，脖子、手上裸露的皮肤都被蚊子叮咬了。茶叶虽好，但采茶辛苦，制茶也辛苦。为了及时制出好的新茶，需熬上大半夜，眼睛都熬得红肿了。我仔细一看店主人的眼睛，确实如此。身上蚊虫叮咬的红肿疙瘩更是明显。从没与茶农有过接触的我，第一次知道一片茶叶来之不易，对东水茶园更心生向往。

上茶园的路是单行道，明仔打电话上去确认没车下山了，我们才开车上去。车子在狭窄的混凝土山道上不知弯弯曲曲走了多长时间，我也无心观看山道旁的景色，一心只想快到茶园。

当脚踏上茶园的一瞬间，我竟有种恍惚的感觉，有点怀疑自己是否真的到达。因为我发现自己站在一个高高的山坡上，眼前的一重重群山即使在中午都白雾缭绕。我是在仙界吗？是呀！看吧——众多穿着绿色衣服的仙子化成一行行的茶树亭亭地站在梯田上、山坳里，静静地等待我的青睐。那清亮的眉眼一眨一眨的，似乎在默默倾诉衷肠，又似乎在企盼有情人的采摘。我被这浓浓的柔情融化了，忍不住采下一片嫩绿的茶叶放在口中……天呀！一股清香往牙缝里挤、往喉咙里钻、往肺腑里渗！明仔说："东水茶园的茶树长在海拔六百米以上由花岗岩组成的山地上，是典型的有机生态岩茶。这里有几百棵树龄几百年的古茶树……"我恍然大悟：原来我站在海拔600米以上的高山上，难怪精神如此恍惚。

回到"人间"的我开始参观东水茶厂。认识了许多制茶机器，如：揉捻机、烘干机、理条机、提香机等。还请制茶师傅介绍了制茶流程。然后和品茶师一起品尝了东水山茶。随着品茶师的讲解一口一口地品味，似乎有一个丰富多彩的味觉世界出现在眼前。茶叶的形状、大小、颜色的深浅都有讲究，味道、汤色更不容忽视。这个甘凉清香的，是野茶树的，过关！这个味道不纯正，是那新栽的品种，坚决不能投放市场……有品茶师陪着品茶，大约过了两个小时，竟然越来越精神，茶叶的提神醒脑之功效总算深有体会。对大自然钟情于东水山茶也有了深刻的注解：天时、地利、人和集于一体啊！

下山时，薄雾已弥漫整个茶园。我回望那绿色仙子竞芳菲之处，发现一块块岩石卧在其中，就像拜倒在美人石榴裙下的君子。一瞬间，我竟想要做那君子，一辈子守着东水茶园，一辈子守着东水山茶。

茶叶是大自然高贵的赠与。当我有幸拜访了东水茶园后，除了心怀感恩，更多的是对劳动者的尊敬和对茶叶的喜爱。纳兰性德的《木兰花令·拟古决绝词柬友》词中的第一句"人生若只如初见"，是对我情怀的最恰当表达。

榕树的繁茂与木棉的高大

沿着弯弯曲曲的水泥村道，来到一个比较开阔的地方，我看见长在小河边的榕树，惊异于树的繁茂。榕树庞大的树冠像一把巨伞把绿荫回馈给大地，那一人合抱不过来的主干上面长出四五根大的分枝，大的分枝上又各自长出数不清的小分枝。这些大大小小屈曲的分枝，像盘虬卧龙般地交缠在一起。大的分枝垂下了黑褐色的根须，像在树周围悬挂着一张帘幕；小的分枝则横逸出水面，在水中留下浓淡相宜的丽影。枝上细碎的叶子有倒垂的、平伸的、斜逸的，也有向上伸展的，都如翡翠般碧绿。抬头仰望这碧玉妆成的世界，只觉得阳光特别温和，天空特别可亲，心灵特别宁静。

在几丛灌木、几排篱笆、几畦蔬菜间诧然看见一棵挺拔高大、直指苍穹的木棉树，我的心不由得轻轻地颤了颤。因为是冬天，木棉树上长圆的叶子稀疏得很。黄绿镶嵌间，有些枯黄的叶子默默低头，虔诚地礼拜脚下的土地，让银白、粗糙的枝干越发显得挺拔和繁多。它们像花枝一样向四处伸展，可是，又比花枝粗壮有力。那枝枝向上，昂首挺胸的样子，既像斗志昂扬的勇士，又像捍卫长空的英雄，让我在俯仰间肃然起敬。

这两棵树，我都不清楚树龄，但我想它们一定活得很不容易。因为它们仅仅是树。一棵长在村前小河边供人休憩乘凉；一棵随意长在路边，任凭风吹雨打。而且，它们很平凡，遍布岭南地区，在岭南风物中极具代表性。可是，就是这两棵平凡的树却因生长在国画大师——关山月的故乡，出现在关老的画作上，深深地感动了我。凝视着它们，我仿佛走进了伟人丰富多彩的艺术世界，也走进了伟人光风霁月的精神世界。

关老，原名关泽霈，1912年生于广东阳江那蓬乡果园村，是我国著名国画家、教育家，岭南画派代表人物。他自幼受父亲影响，喜爱绘画。曾拜师岭南画派奠基人高剑父。

2020年11月17日，我满怀敬仰之情走进了大师的故居，寻找他的足迹。

大师的故居是两座方正的上下并列在一起的瓦房。两座房子之间隔着一米左右的小巷，面积各约六十平方米。每座结构大体相同，都是两大房、一厅、一小房、一厨房、一天井。不过，祖居的一座有个小天棚，成了生活馆；后来建的一座，则成了展览馆。生活馆陈列关老小时候的一些生活用品、家具，以及关老祖先、关老夫妻二人的照片等；展览馆展出关老各个时期的一些代表性作品。

在生活馆看见塞满竹片、木片的柴火灶等生活用品，我仿佛看见了关老小时候吃着五谷杂粮生活学习的样子。想必这里的每一样物品都寄托了关老浓浓的乡情。而这浓浓的乡情既体现在关老所画与榕树有关的书画上，也体现在关老回报家乡的养育之恩上。

据贴在关老故居巷口墙壁上的《关山月故乡情》一文所述，关老在几十年间创作了三十多幅与榕树有关的画。其中，1991年所作的《榕荫乡风》还题诗："少小求知榕荫情，至今犹记朗书声。渔农长辈启蒙事，处处童心我自明。"表达对故土的眷恋之情。

关老终生谨遵师训："在山泉水清，出山泉水浊。"一生勤谨，不为金钱卖画，但却为家乡建设事业毫不吝啬捐献心血之作，单是"梅花图"就捐赠了八幅。还不遗余力地为家乡的文化教育出谋划策，不但亲笔题字，还身体力行担当画协、词会的名誉会长和顾问等职。而我当天参观的关老的母校关村小学、溪头中心小学、奋兴中学、阳江师范等学校的校名就是他题写的。而且，这些学校都保留着关老捐赠的书画。

在阳西奋兴中学，我就亲眼看见了关老捐赠的书画。听一些老前辈说，关老曾在此读过小学和中学。奋兴中学现有一个八角亭，亭外有一片梅林，就是关老小时候画梅的地方。只是，八角亭看上去年代比较久远，有修缮的痕迹，但梅林好像栽种不久，虽长势茂盛，但枝条柔嫩。据说，此处还是普济堂的旧址，在阳西县博物馆（七贤书院），有保存下来的碑联为证。关老赠送给奋兴中学的一幅梅花图上面也题诗记录了此事。

当我走进展览馆，就走进了关老创造的艺术世界。众所周知，关老山水、花鸟、人物皆能，尤其擅长山水和梅花。他的作品具有不同程度的实境感，我既可欣赏关老书画作品的精美，也可跟随关老的脚步领略祖国的山川之美，以及感受不同时代一些地方的风土人情和社会变革关键时期的历史印记。

纵观关老半个多世纪的艺术生涯，他始终致力于传统技法的传承、创新和发展，坚持深入生活进行写生创作，在永无止境的艺术道路上苦苦追求，奋斗不息，足迹遍及祖国大江南北和世界各地。1939年秋至1940年春，他首次于澳门、香港及湛江举办个人画展。之后，他自广东出发，经广西、贵州、云南、四川、甘肃、青海、陕西等省区，深入生活，收集素材，边写生，边创作，并沿途举办个人画展。1940年到1942年，北上曲江、桂林、贵阳、成都、重庆，一面写生，一面展出画作。他在敦煌石窟临摹过壁画，研习传统艺术。此次旅行写生，为他后来的艺术成就奠定了坚实基础。他也于1947年作南洋之行，先后在泰国、马来西亚和新加坡等地旅行写生，作品描绘热带风光，并举办个人画展。总之，正如关老所说："不动便没有画。"他每次举办画展，都一定到各地进行写生创作，游遍国内名山大川及东南亚、欧洲，始终不渝地贯彻老师高剑父所倡导的"笔墨当随时代"和"折衷中西，融汇古今"的艺术主张。

展览馆展示了关老二十多幅书画作品，其中代表作有《长河颂》《江山如此多娇》《绿色长城》等。画作囊括多个时代，最早的是1940年，最晚的是1995年，大致可分三个阶段：第一阶段是20世纪30年代末至40年代末，作品有《侵略者的下场》《哈萨克牧场一角》《舞·清迈写生》《人物之一》；第二阶段是20世纪50年代至70年代，作品有《速写人像》《山村跃进图》手卷（局部之二）、《长河颂》《江山如此多娇》《塞纳河畔》《湛江堵海工地速写》《渔歌》《西沙石岛半角树林速写》《绿色长城》《万里长城》《松梅颂》《春到南粤》；第三阶段是20世纪80年代至20世纪末，作品有《秋溪放筏》《九十年代第一春》《漂游伴水声》《松涛伴石泉》《海岸风情》。还有为了纪念敦煌写生的岁月，与画作一起展示的一幅书法作品《敦煌烛光长明》。

关老作品的总体特点是秉承岭南画派"折衷中西，融汇古今"的精神，具有鲜明的时代感和写实性，但是各个阶段又有不同的特点。第一阶段的作品受到西方绘画的影响，强调写实性，注重形体刻画，吸收了西方绘画中的构图法和明暗技巧，虽仍以水墨为主，但在描绘场景时采用焦点透视的手法，而不是传统国画的散点透视，现实感强烈。例如，1940年创作的《侵略者的下场》，树干与线杆都用明暗法画出，以表现其体积感。我们在明暗对比鲜明的视野中，体会了侵略者悲惨的下场。第二阶段的作品以饱满的革命热情，用画作描绘新中国的景象。这时的作品仍然有很强的写实性，充满浓厚的生活气息和地区色彩，同时加强了笔墨的表现力。例如，《山村跃进图》手卷（局部之二）、《渔歌》的生活场景和《湛江堵海工地速写》热火朝天的建设场景，具有较强的现实主义精神，也体现了鲜明的时代精神。代表作《绿色长城》也是如此。看见广东沿海那片生机勃勃、意气风发的木麻黄防风林，我仿佛看见了当地群众人定胜天的勇气和精神。第三阶段的作品在保持写实性的同时，也加入了笔墨、意境等传统中国画的成分。此时关老已是耄耋之年，笔触更为老辣奔放，构图更为简洁，画面更为丰富、含蓄。从对"形"的关注升华为对"神"的关注，注重笔墨意趣。例如，张贴在故居巷口墙壁上的《乡土情》，把对故土的眷恋，把大榕树、河塘流水、纯朴乡亲和童年记忆都寄托在挥毫泼墨间，榕树有多繁茂，乡情就有多深厚。

关老受父亲影响，自幼喜爱画画。他用自己的一生把这一爱好坚持到底。但是这一路并非一帆风顺。少年时，曲折的求学经历；青年时作为旁听生受高剑父赏识进入春睡画院成为入室弟子；1945年在成都举办画展，还未结束，就被逼收展场租金；"文革"时，被指派看管缺鼻、好斗的公牛……但不管如何，关老毕生都秉承中华传统的美德，勤劳节俭，爱国爱家，把根深深扎在祖国的大地上，开拓进取，用笔墨抒发满腔的爱国热情。例如，《江山如此多娇》整体展现的恢宏气势，皑皑白雪中的江南青绿山川、苍松翠石不就是关老心中的木棉吗？

一幅幅精美的艺术作品，就是关老爱国爱家精神的一次次礼赞。榕树为何如此繁茂？木棉为何如此高大？当我们认真欣赏关老故居展出的一幅幅作品，答案就在不言中了……

春天的声音

阳西路上花解语

"纷纷红紫已成尘，布谷声中夏令新。夹路桑麻行不尽，始知身是太平人。"陆游《初夏绝句》尽情抒发了在太平年间看见初夏生机盎然景色的愉悦心情。

初夏时节，我也有幸在阳西看见了难得一见的自然美景，心情也挺愉悦。那是三朵静静盛开的花，驱走了一切喧嚣与污秽，让我只想像花儿一样开在青山绿水间，开在七贤书院内，开在古老村落里。

这天，刚乘车出发时，阳光灿烂，好像我们兴致勃勃的心情。但是，知己般的老天爷或许想让我们欣赏各种各样的美景，半路就撒下万斛珍珠，让我们在珠玉的交鸣声中享受雨趣，而无淋漓之苦。来到东水山却云卷雨停，让我们一路上既有云卷云舒的潇洒，又有空山新雨后的惬意。

为了享受登山的乐趣，也为了探幽寻胜，我们一行人在东水山脚就弃车徒步。一路上，烟萝翠竹夹道欢迎，好鸟相鸣，嘤嘤成韵；石上清泉皎洁如月，幽谷涧流，潺潺作响；山高林密，野花烂漫，峰回路转，疑入仙境。

经过盘古宫，我们始知东水村民原是盘古的后裔；看见新奇的农作物，我们猜测它的名字，却不料被骑车经过的山里人嘲笑为井底之蛙，连甜薯长什么样都不知道；看见石头砌成的农家小屋我们也流连忘返，因为那农妇既纯朴又好客，门口排放的竹篱笆更显山野风韵。

山间景色虽然美得不可方物，但陡峭的山路毕竟考验我们的体力，有许多同伴都累得气喘吁吁，幸亏有队友的帮助与鼓励，大家才有勇气继续攀登。当我们就要登上东水山顶时，德元兄弟唱起嘹亮的山歌，让我一瞬间恍如成了山野村妇，也有了一种"随意春芳歇，王孙自可留"之感。

东水山茶园，是我第二次拜访。记得第一次去的时候是仲春，见之便觉其惊为天人！有缘再次见到佳人，好像一下子化解了相思之苦。因为眼前人不但依旧冰肌玉骨，还更加青葱可爱。

茶园的规模变大了，厂房也变得更加整洁了。而东水茶品尝起来，也依然入口甘醇，令人心旷神怡。更难舍的是那片片长在山坡上的茶树，看在眼里，绿得满世界都是；吸进鼻子里，凉透心肝脾肺；嚼在口里，鲜嫩甘香。

站在茶树间，苍穹像屋顶，变幻莫测的云随手可摘。仿佛茶是天仙，我们也是天仙。甚至，那山道两旁许多知道名字的、不知道名字的花花草草此刻也沾染了仙气，变得亲切可爱。分别时，竟然有泪光在闪烁。

七贤书院是久仰大名的"世外高人"，被贬谪的七位历史贤士是它的筋骨和精气神。穿过时间的隧道，我首先看见高人屹立在两千多年前，被称为古阳江驿站——太平驿站，然后看见的是三百多年前的忠勇祠，最后才是两百多年前的七贤书院。

历史的烟云尘埃落定，但是，一走进书院，我就被古朴肃穆的气氛所感染。我实在不敢高声言语，也实在不敢开怀大笑，贤人的胜迹自有一股震撼人心的力量。

春天的声音

其实，书院并不雄伟，它像一个古旧的四合院。大门口虽然雕梁画栋，却很难看清画的是什么。一走进书院就看见右边的墙上张贴着书院的历史简介和唐宋年间七位贤人的简介，他们分别是唐末的李德裕和宋朝的寇准、赵鼎、秦观、苏轼、苏辙、胡铨。传说，他们都是因为被贬谪途经书院的。想想他们人生失意之时，偶有个栖身之所，该是多么欣慰呀！反之，奸佞小人的陷害又是多么可恨！但是，这些对历史有深远影响的名臣名相的胸怀实在非等闲之辈可比。如苏轼看见一轮圆月就可排解他矛盾复杂的感情，让他对现实、对理想仍充满信心。

在贤士坎坷的足音中，我来到书院中的两棵古梅前。古梅据说是龚自珍来瞻仰七贤时种下的，已有一百多年的历史。历史究竟记录了人世多少沧桑，从古梅的模样就可见一斑。那被虫蛀、被台风肆虐的痕迹，被铁支架勒得伤痕累累的身躯，简直不忍目睹啊！但是，古梅依旧生机勃发，郁郁葱葱，就好像一位贤士无畏地立在冰天雪地里。

树是如此，人亦如此！在七贤书院，我深深感悟到古代伟人的风骨与生命的顽强不屈。

走出院外，站在绿草茵茵中，午后的阳光倾泻在身上，终于一扫我的抑郁。再回想那两棵古梅，却发现它已镌刻在我心里。

走进大洲古村，弯月形的池塘、碧绿的荒草、断砖残垣、隐蔽的炮眼、狭窄的石板路、幽深的巷道、高大的门楼、宽敞的晒谷场、众多的谷仓、一字排开的大屋、四方形的天井、挡风遮雨的四廊、寂静的书室、庄严的宗庙……一幅写意山水画就在眼前铺展开来，这就是广东省第一批古村落！这就是何五公有两百多年历史的家族聚居地！这就是农耕时代的文明！真的让我充分体会到了古风古韵。

当友人打开一个门廊内的木屏风，阳光马上从后面的天井照射进来。我看见在光影之间的老屋就像一幅全景电影似的展现在眼前，那以往在古屋生活过的人和物也一一上演。而友人那倚门站立的身影则像被时光穿透了似的，回眸之间就是两个多世纪。

我赶忙摇摇头，抬头望望四角的天空，希望找回一丝真实感。但是，屋顶茂盛的野花像地毯似的展开，还在告诉我岁月的无情。特别是那棵仙人掌，头戴金黄的花朵，却穿着破破烂烂的衣服。路边屋旁的鸡蛋花，疙疙瘩瘩的树皮更是悠久历史的力证。

走到村外，巨大的榕树、珍奇的银叶、滔滔的簕溪河让我彻底迷失在古村的那片灿烂中……

忽然，河堤旁边一丛丛在微风中摇曳的野花闯进我的视线，恍悟此趟阳西之旅就像花儿一样美丽！

春天的声音

鸳鸯湖的四季

久居鸳鸯湖畔，就与鸳鸯湖成了朋友。在一个温暖的冬天午后，我坐在窗前，品着香茗，看着明媚的阳光照耀着阳台的绿植，情不自禁地想起这位友人的四季。

春天的鸳鸯湖是从大年初一一家子冒着寒风散步、嬉闹开始的。当然，也忘不了手里提着一袋贺年糖果和喜橘。这是要把新春的喜悦随手与人分享的节奏，也是为了给家人随时补充能量的节奏。此时的鸳鸯湖，脸上和我们一样，带着真挚而幸福的笑容。即使冷风掀起了厚厚的衣襟，吹得人脸上起了褶子，眯了眼睛，大家也都笑意融融。

湖边的林荫道上，一对漫步的父子正在交谈。男孩子瘦高的个儿，像一株未经风雨的幼苗，他戴着眼镜，平静地凝视着前方，高昂的头以及插在裤袋里的双手暴露了他的不羁。父亲比儿子矮了半个头，一直微微笑着，低沉的声音像湖边轻轻拍打岩石的水波，和着湖里的涟漪一层层荡漾，悄悄沁入孩子的心里。

风筝雕塑下面，一个远方归来的孩子，正扯着一架"鲳鱼"风筝疯跑。他想让风筝飞起来，也想让快乐飞起来。后面跟着跑的母亲，那急切的喊叫让人如沐春风："慢点——慢点——迎着风跑——"

在新年吉祥物前，合影留念的人们络绎不绝。有久别重逢的友人，有团圆重聚的亲人，有情意绵绵的情侣……皆是浓厚的情谊、满满的心愿、崭新的希望。

当小花小草像一首首诗歌礼赞着春天，鸳鸯湖就在一双双溢满惊喜的目光里亘古不变、千年不老。

小满的节气不知不觉过去，鸳鸯湖的夏天已经像蓬勃的草木一般逼人眼，惹人爱。

早晨的鸳鸯湖最是热闹。湖边浅水中的小鱼小虾在晨曦中游来游去，可是，一眨眼，不是被疾飞的白鹭觊觎，就是被顽皮的小孩用网兜捕捞。木栈道这边的一大片宽阔的水域，百多只白鹭正忙着捕食，在墨绿的湖面上盘旋环绕，轻快翱翔。翅膀扇动的声音和咕咕的鸟鸣声不绝于耳，有时还伴随一两声高昂突兀的"嘎嘎"。它们时而贴着水面低飞；时而欢叫着飞向高空；有时横穿过湖面，飞到高高的树枝上；有时从远处翩翩飞来，悄悄停在草丛里一动不动；一会儿又双脚笔直地扎下水面，把鱼叼进嘴里，扑打着翅膀飞走了……

下午三四点的湖面是平静的，因为白鹭都躲进茂密低矮的树丛里休息了。这时，偶尔会有摄影爱好者架着相机，在不远处静静地等待着白鹭活动的精彩瞬间。可是，那些不解人意的白鹭伸着长长的脖子，一只只整齐地站在巢穴里就是不出来。夏日炎炎炙烤着大地，为了捕捉精彩的镜头，戴着草帽、把自己包裹得严实的摄影者无疑也成了鸳鸯湖的一景。想着即将拍摄出来的相片是如何的精彩绝伦，内心就比鸳鸯湖的夏天更火热了。

鸳鸯湖的秋天适合三五知己在一个空闲的下午，寻一处林荫喝茶、聊天、

春天的声音

野餐；或者三五个伙伴在晚上寻一个小亭秉烛夜谈；又或者在一个傍晚去看夕阳……

那是一个秋老虎的余威还没散尽的午后，一位老同学邀大家到鸳鸯湖堤上的一棵大树下喝茶。我们到达时，大树下有一伙人已经喝上了，而且谈兴正浓。但我们彼此互不打扰，一起共享大自然的真情趣。

明亮的阳光透过层层的枝叶洒下来，在地面留下一个个圆圆的光点，让我们仿佛置身在璀璨的星空中。而眼前那一泓静静的湖水就是天上的银河，偶尔飞过的白鹭则是天上的仙鹤。风轻悄悄，语轻悄悄，恬淡闲适的时光赛似神仙。

那是一个有点昏暗的晚上，我们在鸳鸯湖边散步。亭子里传来嘻嘻的欢笑声，扭头看去才发现里面两个年轻妇人点着蜡烛在喝茶聊天。而一个刚匆匆赶来聚会的妇人正为她代步的电车着急，害怕停放的位置影响了散步的人。我们帮她把车放好，对她说："没事，不影响的。"三人一边哈哈大笑，一边说多谢。敞亮温暖的话语在凉凉的秋夜里比烛光还明亮。

那是一个在孩子眼里洒着金光的傍晚，夕阳照在鸳鸯湖的水面上，金光闪闪。陆地上的花草树木倒映在水中也是一片金灿灿。特别是山脚下一片片盛开的小黄菊格外鲜艳，仿佛要和金色的夕阳争奇斗艳。而在这一片金色中，夕阳变成了无数个。湖边每栋高楼的玻璃上有一个，两棵树的缝隙中有一个，镜子般的水面上有一个……

冬天的鸳鸯湖不见老气，也不见寒气。

一早来到鸳鸯湖，随处可见晨练的人。即使是北风呼呼的早晨，湖边都可见三五个小年轻穿着短衣短裤在晨跑。看那一身有板有眼的运动装备和气定神闲的样子，应是一些坚持锻炼的孩子。花样年华焕发的勃勃生机好像盛开的粉色夹竹桃和异木棉。碧绿的湖水像一条玉带一样环绕着鸳鸯湖中的小山，仿佛它们无边的绿意也有了依托。而矗立在湖边的水杉则披上了金黄的衣裳，为明年的葳蕤做好储备。

晚些时候，小孩和老人会在湖边的草地上晒太阳。坐在婴儿车里的孩子，骨碌碌的眼睛好奇地盯着每个地方；较小一点的孩子在家人身边蹦蹦跳跳，像快乐的小鸟；稍大一点的孩子不是和其他同龄孩子做游戏，就是骑自行车转圈。老人则找一块大石头或者长椅坐下来，笑看着孩子们玩闹或者眯着双眼享受着日光浴。而当有幸遇到吹着笛子或者弹奏其他乐器的人，鸳鸯湖的冬天简直就是一首幸福得冒泡的赞歌。

如果你和鸳鸯湖成了朋友，它的四季一定会每时每刻都让你魂牵梦绕。就像我，刚别了鸳鸯湖，就又开始了想念……